U0062210

名家美文集

郭保林 著

水墨里的声音

作家出版社

目 录

一曲梵歌千古愁

一

　　阴郁的天空，浮动着浓浓淡淡的云，冷冷的雨丝时断时续地飘零着，路边的庄稼叶子凝结着泪一样的水珠，空气里弥漫着很伤感的情调。秋意浓了。这样的季节，这样的天气，来叩访一个华严而苦难的诗魂，是很符合我的心情的。

　　陈思王曹植的墓在前面山上。

　　山叫鱼山，不高，不足百米，但毕竟是山。磊磊岩石筑就山的风骨、山的尊严。因为山的孤独，山上的草木也流露出忧郁和忧伤。黄河从山脚下滔滔流过，涛声浪语抚慰着一颗孤独的灵魂。他仍在沉思，眉额紧蹙，目光忧郁，俯视着黄河，思虑什么呢？已经两千年了，愁肠还未化解？心中块垒还未消融？

曹子建生命定格在四十岁的高度上，是属于中年知识分子早逝现象。按照现代人的生命观念，如果人生四季是春夏秋冬，那么曹子建并未领略生命秋之繁华，冬之静穆。他的生命在枝繁叶茂的盛夏戛然而止。那个时代人对生命充满恐惧感、绝望感，朝不保夕，朝生暮死，是司空见惯的寻常现象，所以诗人们常常发出感叹："人生天地间，忽如远行客""人生寄一世，奄忽若飙尘"。悲凉和慷慨是建安时代文人普遍性的情感，连一代枭雄曹操都发出"对酒当歌，人生几何，譬如朝露，去日苦多"的绝望和无奈。在诗人眼里，天地的空间无穷，时间无限，人生只像一粒随风飘忽的微尘。

面对着这种生之艰难、死之可畏的残酷现实，文人们反而变得十分通达、洒脱、任性、放荡不羁，甚至把生命作为一种赌注，与黑暗较量，使生命在绝望之中放出璀璨的光芒。

曹植是那个时代的骄子。他和他的父亲曹操、兄长曹丕团结了一批文人，以诗会友，诗侣酒酬，"洒笔以成酣歌，和墨以藉谈笑"，成了这些精英的生活写照。面对死亡和长剑，面对白骨蔽野和腥风血雨的大视野，他们长歌当啸，生命的感触趋于敏锐，情感的层次趋于丰富，人生的体验趋于深刻。他们是白茫茫大地上的几朵鲜花，他们傲视风雪，鲜艳而纯贞，大度而潇洒，在苦难和绝望中尽显风流，在寂寞和孤独中张扬生命的个性，为那个时代留下希冀的微笑。在世俗阴霾中渗透的几缕霞光，一直辐射到今天的苍穹。

曹植以公子之豪，常与王粲、陈琳、徐干、刘桢、阮瑀、应玚、杨修、邯郸淳等人宴饮游乐，谈诗论赋，通达无拘，其乐融融，品位高雅风流，为此后竹林七贤、兰亭诗会开了先河。

那时曹丕未做皇上，曹丕、曹植兄弟虽有龃龉，但矛盾并未激化，太子之争只是一股暗流。在邺下之会上，曹丕、曹植自然是中心人物，东道主、公子敬客，丕、植均无居高临下之感。他们趣味相同，平等相待，超越功利，前无古人的平等意识，传统的尊卑观念，全看破打破了。他们顺情任性，无视礼法，豁达狂放，没有汉儒的清规戒律，每个人鲜活的个性，都淋漓尽致地表现出来，洋溢着生命的自然与丰满。

曹植文学上的成就，在三曹中最为杰出。他和父亲及兄曹丕开创了一个辉煌的建安时代。建安时期凡是有点名气、才气的诗人都会聚在曹氏集团周围。建安七子，像北斗星一样璀璨绚丽，却又烘托着曹氏这个月亮。

曹子建生于公元 192 年，即汉献帝初平三年，那是汉末最混乱的年代。以董卓为头目的西凉军阀，已经裹胁着献帝和公卿大臣从洛阳迁都长安，而讨伐董卓的军阀集团风起云涌。一时间，真像《红灯记》中李奶奶所言，天下大乱哪！作为关东群雄之一的曹操，参与了这场讨伐董卓的大战。曹操这支武装力量并没有根据地，也并不强大，他只能让妻子儿女随军转战东西。

曹子建的童年就是在马背上度过的，在军营帐篷里长大的，是在簇矢如蝗、腥风血雨的大环境中成长的。公元 204 年（建安九年），曹操击败对手袁绍，占据邺城为根据地，才将妻子儿女安顿下来。这时曹子建已经十三岁。十三年哪，"生于乱，长于军"。但这并没有影响他文才的发展，他十余岁便能诵读诗文数十万言，定居邺城后，他的才名鹊起。

曹植的少年时期却是极富纨绔、公子哥儿的浪漫气息。曹操喜欢这个儿子的超人才华、非凡的灵气、奇妙的想象力。他隆鼻大眼，修眉阔额，英姿潇洒，风度翩翩，十足的白马王子气派。虽然远方战火不息，血雨飞溅，他却在邺城这暖巢里过着衣食无忧富贵奢华的生活。他白马金鞍，腰佩宝剑，衣着鲜丽，随从成群，走马京都外的山野，弯弓射猎，倚马写诗："白马饰金羁，连翩西北驰。借问谁家子，幽并游侠儿。"这个时期的曹植除宴饮游乐，就是吟诗作赋。他的《游观赋》就是他这个时期生活的写真："静闲居而无事，将游目以自娱。登北观而启路，涉云际之飞除。从熊罴之武士，荷长戟而先驱。罢若云归，会如雾聚。车不及回，尘不获举。奋袂成风，挥汗如雨。"还有《斗鸡篇》《公宴》《侍太子坐》等那种豁达豪放、奢华靡丽的生活："公子爱敬客，终宴不知疲""清醴盈金觞，肴馔纵横陈"。一派纸醉金迷的公子哥儿的真实生活写照。

他的文学才华很快传播开来，人们给他起了个外号"绣虎"。虎是山中之王，他是有文采的"老虎"，岂不是文坛之王乎？

对于曹植的文才，曹操初感怀疑，以为是一些帮闲文人的捉刀代笔，他要当面考一考。那是在邺城铜雀台新落成之际，他率领诸子登台观景，要他们各做一篇赋。果然，曹植第一个交卷，文辞华美，气势磅礴，骨气奇高，曹操拍案称赞：这孩子真是才气非凡。曹操在用人上从来是唯才是举，心里不禁暗想，要立曹植为太子。

多么潇洒，多么狂放，他满眼是蓬勃的春天，满眼是鲜花锦簇的风景。春风骀荡，艳阳丽日。少年啊，只有少年才有这样的激情，这样的想象，这样的诗意！

二

曹植作为贵族少年，走马斗鸡，宴饮游乐，吟诗作赋，才华横溢。他出口成论，挥笔成章。诗文骨高清奇，如出水芙蓉、山涧幽兰，气质高华、卓荦超群。许多大臣都在曹操面前称赞他的才气。再有他老朋友的两个儿子丁仪、丁廙兄弟在曹操面前极力吹捧，曹操的念头似乎更坚定了些。但曹操并未宣诏，而是按而不发，这固然与曹操性格多疑有关，也是选太子必须谨慎。曹植任性放达，轻狂风流，或纵马郊外，射猎追杀；或狂饮浪醉，耽溺声色，"游目极妙伎，清听厌宫商"。连美妙的舞伎、动人的歌曲也看厌了，听腻了，只能和一些纨绔少年走马斗鸡，追兔捕雀，挥洒黄金般的时光。这时期他的诗也缺乏强烈的现实社会内容，但也写了些歌颂友谊，对生活不幸者抒发同情的诗篇。这些诗，似乎比较严肃，也有一定的思想艺术价值。

你才华八斗，你出口成章，你卓荦超群，能不引人嫉妒吗？

曹操本有长子曹昂，但在公元 197 年（建安二年）征战张绣时战死了，不得不再择继承人。他先看好曹冲，但曹冲不久病死。曹操又将目光转向曹植，意欲立曹植为太子，这一下触疼了曹丕的神经。曹丕、曹植一娘同胞，都是卞夫人所生。亲骨肉之间，一场难以避免的矛盾暗流般湍急。曹植一开始占有相当大的优势，他非常自信，自己才华过人，深受父亲赏识。

他是翩翩公子，风流倜傥。我想曹植准是一个美男子，峨冠博带，衣饰华贵，走起路步履稳健而富有节奏感，像每一步都踩在一个音符上。他站在云杉树间，是一棵高耸云天的杉树；他站在竹林里，就是一棵亭亭玉立劲拔挺直的青竹。

任何优点都是缺点的继续。造物主偏偏又给了曹植轻狂、傲慢、任性的缺点，他才气过人，又难以自控，常常做些出格的事。

才气是双刃剑，它既能成就一个人，也能毁灭一个人。

有一件事使曹操非常恼火。公元217年（建安二十二年），曹操远征在外，曹植留守邺城。曹植喝醉酒，就私自坐着王室的车子，打开正门司马门，在"御道"上奔驰起来。这正是犯了大忌的，司马门只有帝王本人在举行大典时才可开启。曹操以法家治国，对这种严重的违法行为，极为恼怒，立即下令杀了掌管王室车马的公车令，并说这事使我"异目视此儿矣"，并在诏令中告诉大臣，这个儿子不能成为我心腹，表示了他对曹植的极端失望。

其实曹操还想重用曹植，给他悔过的机会，任命他为南中郎将、行征虏将军去救被关羽围攻的曹仁。这是曹操给爱子曹植的一个赎罪机会，并准备召见曹植，予以诫敕。这个机会可以缓和父子间的矛盾。可是这个机会被曹丕破坏了，曹植被曹丕灌醉而不能前去听敕受命。曹操再次发怒，"悔而罢之"。

曹植拙诚，曹丕巧诈，他们天性不同。曹丕恰恰会利用他的缺点表现自我。他是"御之以术，矫情自饰"，工于心计，善于权术。他表面上装得老实，一方面引导曹植犯错误，一方面笼络人心，利用自己的地位，让一些大臣为自己说好话，造舆论。其实政治家和阴谋家并无严格的界限。

曹操虽然挟天子以令诸侯，但他并没有僭越为臣之畛域；他始终不称帝，尽管大汉王朝已气数将尽，名存实亡，他完全可以取而代之。公元 220 年（建安二十五年）正月，曹操卒于洛阳，曹丕继位魏王。长达十年的王位之争，以曹丕的胜利、曹植的失败而告终。曹植意气风发的少年人生华章已被历史轻轻翻了过去。

从此曹植的命运乐章便涂上了悲剧色彩，一直演绎到生命的终结。曹丕自幼习经史百家之书，又喜骑射，志趣在统治之学，且受道法、纵横诸家阴谋权诈捭阖之术的影响。当了皇帝更任性放纵，隳乱礼制，对臣下也多有刻毒寡恩之道。严格地说，曹丕并不遵守儒家标榜的"仁孝"。

曹丕一上台就开始了迫害曹植的行动。第一步，就是先除掉他的羽翼，断其手足。丁仪、丁廙是曹植情同手足的幕僚，这两个人曾向父亲极力推荐曹植当太子。他早已怀恨在心，找个"借口"，除掉二丁全家男口。丁仪苦苦哀告求饶，但曹丕不予理睬。曹植看在眼里，痛在心中，但无力相救。曹丕做了皇帝就开始直接迫害曹植，先是把他贬为临淄王，赶出京城。曹丕对每一位诸侯都安插一个"监察使者"，诸侯的一言一行，使者可直接奏报皇上。监督曹植的使者叫灌均，是心毒手狠的家伙。他上疏言曹植"醉酒悖慢，劫胁使者"。曹丕看了奏疏，大怒，立即降旨，召曹植回洛阳，交百官议罪。当然那满朝大臣大都是看皇上的眼色行事，有的主张贬为庶人，有的主张"大辟"。但由于曹植生母卞太后从中干预，曹丕不得已，只好下诏，改封为"乡侯"，也就降级处罚，由县级侯改封乡级侯，封地安乡。曹丕的其他弟兄大都是"郡侯"，是地市级一把手，唯有曹植是个乡镇长。曹操在世时，曹植食邑万户，是当时唯一的"万户侯"，而今曹植被降为"千户"。曹丕虽没有下毒手，但在曹植居京期间也对这个"才高八斗"的胞弟百般刁难。

这就有了七步成诗的故事。曹丕拿来一幅画，画上有两头牛相斗，一头牛掉进枯井，曹丕令曹植诗配画，但诗中不得有

"二牛斗墙下，一牛坠井死"之类的字样。曹植沉思片刻，脱口而出："两肉齐道行，头上带凹骨。相遇块山下，欻起相搪突。二敌不俱刚，一肉卧土窟。非是力不如，盛气不泄毕。"

群臣皆惊。

其实这首诗诗意并不超迈，并没表现出曹子建的才华，说得刻薄一点是平庸之作，竟也惊动了朝野。第二年秋冬之际，曹丕又导演了一场"百官典议"，抓住曹植一个小毛病，上纲上线，批倒批臭，并令其迁居邺城旧居，闭门思过。曹植又免不了天天写检讨、请罪。由于卞太后的干预，再加曹植认罪态度好，曹丕也挑不出什么毛病，即任命曹植为鄄城王，食邑也增至两千五百户，比诸兄弟低一等，在物质待遇上也比诸王"事事复减半"。

曹子建早就有七步成章的盛名，曹丕又命他用"兄弟"为题再作一首。曹植不假思索，随吟一首："煮豆持作羹，漉菽以为汁。萁在釜下燃，豆在釜中泣。本是同根生，相煎何太急？"

曹丕闻之，潸然泪下。

一场刀光剑影的骨肉相残悲剧就此画上句号，而一首千古绝唱传遍天下，妇孺皆知。曹子建天才之光像一道绚丽的彩虹一样，横亘中国文学史的天宇。

从此以后，曹植的文学创作在黄初年间，一改建安初期那种公子纨绔之气，斗鸡走马、宴饮游乐的题材也一扫而空。曹植性情变了，文风也变了，他忧郁，他悲愤，他怨怒，他的诗里反映受迫害生活的抒忧发愤的情绪。所以，后人评价曹植后期诗作："忧伤慷慨，有不可胜言之悲。"

三

曹子建和建安七子一样，虽然他们的行为践踏儒家伦理、毁灭儒家纲常，但他们灵魂深处仍然有一座儒家殿堂巍然屹立：那就是建功立业、入世修身的理念，齐国治天下的宏伟理想，为国家做一番贡献的壮志豪情。

社会地位和生活的改变，也改变了曹植的文学创作。他的笔一扫斗鸡走马、宴饮游乐的纨绔气、公子哥儿的轻狂气，而是出现了被迫害、被压抑的悲愤悒郁之气。这时的作品正如谢灵运所言，"颇有忧生之嗟"。诗思更加深沉，格调更加遒健，情绪亦更加悒郁。《赠白马王彪》真实地记述了兄弟相残、骨肉相杀的悲剧。那是公元223年（黄初四年）五月，洛阳的牡丹已经繁花如海，洛河岸的杨柳泻绿滴翠。阳光明媚，春风骀荡。这真是诗的岁月，花的季节！一切都那么美丽动人，生机蓬勃！兄弟朝会，张灯结彩，喜气洋洋，仿若鲜花着锦。但是，朝廷里忽然阴霾布空，阴风凄凄，剑拔弩张的气氛十分浓郁。曹植的同母兄长曹彰被曹丕毒杀暴死。兄弟诸王从各地来京朝会，曹丕假惺惺极尽皇兄之谊，相邀曹彰下棋，而旁边放些毒枣，曹彰误食而暴死，给这次朝会蒙上一层恐怖的阴影。到了七月，诸王还国，曹植与白马王曹彪同路东归。谁知刚出洛阳不远，监国使者便追了上来，要他们二人不得同行同宿，要分离，单独行动。于是二人分手，临别时，曹植作了这首诗，此诗写得沉痛之极，"有不可胜言之悲"。诗作对于曹丕的阴毒、残暴给予强烈的谴责，对于那些监国使者，痛斥为爪牙、鸱鸮、豺狼、苍蝇，倾泻一腔愤慨。

曹植不仅是建安时代天才的诗人，而且是一位杰出的辞赋家。他的名篇《洛神赋》早于《赠白马王彪》。公元222年（黄初三年），曹植离开京师，路经洛川，想起民间传说中洛神的故事。洛水女神宓妃是一位美丽多情的女神，作者想到洛阳，又联想到宋玉对楚王说巫山神女之事，灵感忽至，写下千古名篇《洛神赋》。

曹植带着随从来到洛水之滨，凝神张望，只见一川流水，滔滔而去，阳光照耀，河水浪花溅溅，满河飞金点银，如梦如幻。他仿佛看到洛神，仙裳飘举，环佩璆然，身姿婀娜，凌波而来。其后，是他们互赠礼物，洛神和她的同伴在空中和水上自由游玩。这时风神敛翅，河神命波浪平静，水神击鼓，创世神女娲也在歌唱。曹植与洛神乘着驾"六龙"的云车出游，一叙衷曲。最后曹植与洛神在洛水的舟中思慕不已，离岸乘车远去时，还回头张望，无限依恋！

一个五彩缤纷的梦，一个美丽的神话。曹植的《洛神赋》是一曲梦幻之歌，这里写的洛神实际上是甄氏。这篇《洛神赋》中的女主人公是以甄氏为模特，并非曹植子虚乌有的浪漫想象。甄氏者何许人也？这位美人甄氏原是袁绍次子袁熙的爱妻。当年，曹丕跟着曹操攻破了冀州城，不顾曹操的禁令，曹丕闯进了袁家，见着这位美人，便请求父亲允许娶她。其实曹操也一见钟情，又不能与儿子争风吃醋，只好答应。曹丕还作诗《善哉行》："有美一人，婉如清扬。妍姿巧笑，和媚心肠。知音识曲，善为乐方。哀弦微妙，清气含芳……离鸟夕宿，在彼中洲。延颈鼓翼，悲鸣相求。眷然顾之，使我心愁。嗟尔昔人，何以忘忧。"美女在任何时代都是稀少资源。曹植对甄氏也有相思之愁，曾写诗《美女篇》赞美甄氏美人"罗衣何飘飘，轻裾随风还。顾盼遗光彩，长啸气若兰"。这种怨慕之情最终化为一曲千古绝文《洛神赋》。那洛神女子，天高地远不可及，泽畔停驻，让你不忍扰碰。这女子头戴金钗，腰佩翠琅，"明珠交玉体，珊瑚间木难"。是水中之月，雾中之花，是佳人又是天仙。

那是落木萧萧的秋日，曹植下榻在驿馆，一豆青灯，铺开绢帛，笔走龙蛇，墨飞色舞，一位姿态绰约、花容月貌的女子跃然纸上："翩若惊鸿，婉若游龙。荣曜秋菊，华茂春松。仿佛兮若轻云之蔽月，飘飖兮若流风之回雪。远而望之，皎若太阳升朝霞；迫而察之，灼若芙蕖出渌波……"极尽铺排藻饰，描绘出一位光艳四照、天姿丽质的美女子形象。

这首抒情小赋，对后世影响很大，极富抒情味，在魏晋时期对抒情小赋的创作，起了推动发展的重要作用。

四

曹植毕竟是贵族出身，温室里长大的苗儿，他没有李白"天子呼来不上船"的诗胆，也没有苏东坡"一蓑烟雨任平生"的豁达，更没有辛弃疾醉里挑灯看剑、栏杆拍遍的凌云之志。

经过种种磨难，曹植已不是那种轻狂放浪的翩翩公子，也不是那种诗心似火、引吭高歌的诗人。俯视茫茫，寂寥空阔，曹植处在不寒而栗的孤寂境地，能不产生"人生如寄"的渺茫之感？苦难和孤寂使一个天真无邪的少年患了"忧郁症"，沉默寡语。有时他也扼腕长叹，沉溺于笙歌美色之中。他四顾，"美女妖且闲，采桑歧路间"，他满眼是"顾盼遗光彩，长啸气若兰"。

曹丕虽然对曹植不直接迫害了，但也绝对不重用，让他在那一亩三分地里闭门思过吧。

我完全想象得出曹植幽禁封地的孤独和寂寞、苦闷和彷徨。秋天落叶的飘飞，冬天暮雪的曼舞，春天残红的凋零，看落霞秋鹜，能不念及远在京都的老母？望星夜孤雁，嘹唳的雁鸣，凄厉肃然，怎能不使他忧伤、孤愤？空有八斗才华，一腔豪情，却无处挥洒。报国无门，壮志难酬，这是人生最大的痛苦。

他的忧郁仍不失贵族气，是法相端严的忧郁。

这种忧郁蕴含着忧伤、忧愤、忧怨、忧国忧民的绝望和悲哀。

他把灼人的痛苦深深地埋在心中。

曹植作《幽思赋》宣泄他心中的块垒。

如果我和曹植是同时代人，见到曹植会拍着肩膀安慰他：子建兄，凡事要想开一点，你写你的小诗、小赋多自在呀，不在其位，不谋其政。操那闲心干吗？澎湃之后的安静其实也是一种美；灿烂之后归于平淡，不也是人生的一种境界吗？

无色的斑斓，无声的喧嚣，使曹植的余生只得安安静静地吟诗，安安静静地写些小赋。小小庭院，春天的海棠，秋天牵牛花，夏日浓荫里一树蝉鸣，夜晚满庭月色。

慷慨悲壮转而为秋水弱柳文风。

曹植不仅是个天才的诗人，还是位精通声律的作曲家、音乐家，尤其熟稔佛教音乐——梵呗。他在东阿陈王位上，除了吟诗就是研究梵呗。"梵呗"就是一种佛教的歌赞。曹植这期间不仅创作了大量的乐府歌辞，又创作了四十多章赞呗，皆以韵入弦管。曹植创作的《鱼山呗》，被时人记载："既通般若之瑞响，又感鱼山之神制。"后人称："用汉语唱梵呗，始于曹魏陈思王曹植。"

我完全想象得到，那是仲夏黄昏，夕晖在天，飞萤缭绕，曹植在院子里置一几案，手弹筝弦，左右侍女或怀抱琵琶，或手执玉箫。歌女对月长歌，音质凄清悲怨，如丝如缕，如怨如诉，清雅哀婉如空中传来一曲仙乐。曹植屏气静听，眼泪唰唰地淌下来。远处的寺院已被暮色吞没了，只有高大的银杏树尖上还闪烁着几滴霞光。风，吹过田野，吹过黄河，涛声梵韵，沉稳、悠扬，缥缥缈缈，连接晚霞和初月，缭绕盘旋，最后消失在天之涯、地之角……

此曲只是天上有。这是天籁。

曹丕在位仅六年，这位经过禅让而登上大位的魏文帝便崩逝，其子曹叡继位，即魏明帝。曹丕之死无论如何对曹植都是一幸事。他长期被压抑、被郁积的怨气、怨愤、怨怒该消一消了吧。他相信侄儿曹叡不同于他爹，对皇叔曹植确实态度会有所转变。果然，曹叡先是把父亲在世时用过的十三套衣被赐赠老叔，接着又把老叔从荒僻、贫穷的雍丘，调到黄河岸边土地肥沃的东阿，物质生活有很大的改善。你老叔该满足了吧？实际上曹叡并未从根本上改变父亲的政策，在政治上曹植仍然没有地位。曹叡仍然按照父亲的"既定方针"，把他禁锢在封地，使他不能与闻朝政。你一边"养尊处优"吧！

曹丕是人，曹植是"仙"；曹丕可做天子，曹植只能是颗流星，让人叹息哀婉。曹操选定曹丕做太子，并没走眼，曹植只能做诗人，专业化的诗人。尽管曹氏父子都是杰出的文学家，且不说开一代诗风，曹丕的诗情意清新，为诗为赋皆流光溢彩，从他的诗中已遥望盛唐的气象。曹植则不然，一生如明月，月光流泻于地，是清冷凄凉。尽管少年狂放，人到中年却悲观、孤寂。他的诗也是唯美主义，是空中月，是波中影，是枝头风，有"寒塘渡鹤影""冷月葬花魂"的凄绝。

但是，人是个怪物，尤其才华过人的人更是怪物。物质生活的穷困和窘迫似乎并不怎么痛苦，痛苦的是不能实现自己的人生价值，不能为国建功立业……他焦虑，他痛苦，一颗曾经冰冷的心复苏后，更加热烈、躁动。他渴盼生活给他一个舞台，一个生命的支点，他试着向他侄儿魏明帝呈上一份奏表《求自试表》，强烈要求曹叡给他一个机会。表文说："如微才弗试，没世无闻，徒荣其躯而丰其体，生无益于事，死无损于数，虚荷上位而添重禄，禽息鸟视，终于白首，此徒圈牢之养物，非臣之所志也。"表文激情淋漓，声泪俱下，说自己犹如笼中之鸟、圈牢之物，生活虽富裕，却不能为国效劳，盼皇上恩赐一职，能济国惠民。并在表文中一再向曹叡表白忠心，言之凿凿，辞之耿耿，可剖肝切腹，"闲居非吾志，甘心赴国忧"，"与国分形共气，忧患共之"，希望为国效劳。然而轩辕不见，神龙不出，曹叡无动于衷。曹植只好幽禁在他的封地。

直到公元 232 年（太和六年）正月，曹叡把诸侯王——大都是他的叔伯辈——召集到洛阳。这是曹植自上次朝会的八年后，第一次晋京。曹叡比他爹聪明，依然热热哈哈，带着老叔游逛洛阳，看看京都新面貌，还问长问短，赐酒食，赐水果。曹植很想当着老侄的面，倾诉心中的苦闷，希望政治上得以重用，但曹叡装聋作哑，充耳不闻，始终没答应给曹植在朝廷安排一个官职。谁知，这次朝会之后，曹植的封地迁徙陈地，曹植心情更加郁闷，精神极其痛苦，怅然绝望，到位不久便一病呜呼了，卒年四十岁。临终前对身边亲人和侍从说："要薄葬，其墓在东阿。"

为何曹植将自己的坟墓选在东阿？是对故封的眷恋，抑或对黄河岸边的小城情有独钟，还是做东阿王时是自己诗文创作丰硕的年代？前边说过，曹植在东阿作过梵音乐曲，或许他期望那凄悲超乎天然的梵音，仿佛仙乐，和着黄河的涛声浪韵，在冥冥中伴随自己孤独凄悲的灵魂？一曲梵音千古愁！

曹植并不屑于翰墨、辞赋，然而命运之神阴差阳错，文学却成为实现他人生价值的最好途径。

他要勠力上国，流惠下民，建永世之业，留金石之功，岂徒以翰墨之勋绩为君子哉！然而，他建功立业的雄心壮志始终没有得到施展，短短一生只能纵横翰墨之间，徜徉诗丛赋林。他在文学创作上留下千古不朽的绩勋。他在《薤露行》中写道："……孔氏删诗书，王业粲已分。聘我经寸翰，流藻垂华芬。"

《三国志·曹植传》载："初，植登鱼山，临东阿，喟然有终焉之心，遂营为墓。"

我徘徊在墓前，历史在我脑海里喧嚣着。

空中的云翻卷着，雨似乎变大了，淅淅沥沥，敲打着花草和树木的叶子，叶子痉挛般战栗着，发出细微的叹息声。没有游客，山是一片沉寂。脚下的黄河，水面宏阔，浑浊忧郁的波涛，无声地漫过去，漫过去，是一章章远逝的历史。

曹植死后，曹叡送给一个谥号"思"，世称为"陈思王"，它的意思据《谥法》"追悔前过思",又解释为"思而能改"。陈思、沉思,一个天才的诗人,一个苦命的诗文大家,就长眠东阿小城,做永恒的深思了。

曹植像一道流光,带着忧郁的色彩,消失在历史的幽暗中。钟嵘在《诗品》中盛赞曹植:"骨气奇高,词采华茂。情兼雅怨,体被文质,粲溢今古,卓尔不群。嗟乎!陈思王之于文章也,譬人伦之有周(文王)、孔(子),鳞羽之有龙凤,音乐之有琴笙,女工之有黼黻。"简直把曹植推向了诗圣的地位。

南北朝的谢灵运,狂放不羁、恃才傲世,但面对曹植极为谦恭:"天下才有一石,曹子建独占八斗,我得一斗,天下人共分一斗吧!"

我走下鱼山,雨停了,夕阳从云隙中艰难地挣扎出来,颜面惨白,恹恹如病。黄昏近了。我无言地回望着山顶上的坟墓,它已经淹没在杂草丛中。

慷慨与苍凉

一

山阳。白鹿山。

一千七百多年前的仲夏之夜。

一片茂林修竹，夜风飒飒，竹叶婆娑。清夜耿耿，幽篁戚戚。一轮明月从东方山顶上露出脸来，宛如蝉翼般的清辉，洒入竹丛，光影摇曳，斑斑驳驳。林间空地上有石桌石凳，石桌上酒盏、菜肴，杯盘狼藉，石桌旁歪躺着、坐着三五条汉子，月光下飞盏流觞，或浅唱低吟，或狂啸怒吼。吐纳风流，才华艳发。为首者名嵇康，字叔夜，一个"岩岩若孤松之独立；其醉也，傀俄若玉山之将崩"的人物。

嵇康是谯国人（现安徽宿县），走进他的故乡，不能不想起文学史上一簇光彩熠熠的星座群，像北斗七星一样闪烁在中华文化史的苍穹上。他们被称为"竹林七贤"。他们的名字镌刻在大理石般的文学丰碑上：阮籍、嵇康、山涛、王戎、向秀、刘伶、阮咸。他们以特立独行的人格，高蹈伟视，放浪形骸，诗侣酒酬，采薇山阿，散发岩岫。绝羁独放的生活方式，震撼了一个时代，也震撼了历史，他们许多诗文成了千古绝唱。

竹林七贤生活的时代是魏晋交替的时代。那个时代腥风血雨、鸡鸣不已，是瓦釜雷鸣、黄钟毁弃的时代。大道凌迟、小人驰骛，这些高士们遁隐林泉，不涉世务，世人皆醉我独醒，举世浑浊我独清，"冲净得自然，荣华何足为！"

长林丰草，固然是隐士的乐土，但大隐隐于朝，中隐隐于市，以隐士的心境居于闹市中心、庙堂之上。风暴的中心往往是安静的，这是隐士最智慧、最高超的生活方式。"居官无官官之事，处事无事事之心"，一个官宦能做到这点，在那个悲风凄雨的时代能安然无恙，其处世态度可谓达到炉火纯青、老到练达之境地。

魏灭晋生。司马氏家族逐渐战胜了曹氏家族，大肆屠杀曹氏家族和余党，血溅簪缨，尸横庙堂，天地昏暗，阴风怒号。在曹氏政权被司马氏夺得的过程中，司马氏动员士人入朝做官，为司马氏政权服务。不服从者，敢抗拒者，皆杀之。

隐逸是躲避现实的最好方法。

嵇康过着长期的隐士生活，这个卓荦超人、声名闻达的文人士子，先后隐居山阳、河东十几年，就是不出来和司马氏同流合污。他追求仙人的生活，遨游人寰之外，徜徉于太清之中，结友于灵岳之上，弹雅琴而清歌，餐琼枝而漱朝露。这是一种矫拂人性的行动，只有神仙世界的圣水才能洗涤心灵的痛苦，消释人类的灾难。

嵇康和阮籍都追慕神仙，他们要遐逝飞升，以摆脱黑白混淆、贤愚不分的名利场、官场的羁绊，消解心中的殷忧之情，在神仙世界里获得精神的超脱和解放。这对后世的李白影响极大。一生好入名山游——这种强烈的追慕仙人的意识和情结实际上是悲剧情结，仙境毕竟是虚幻的、不存在的。人们追求不存在的东西，而且不得进入的境界，这岂不是让心灵遭受更大的痛苦！苦难的硝镪水侵蚀着一颗伟大的灵魂！

嵇康追求超世拔俗、优游天外的神仙生活，遨游在五岳之上，嬉戏于神仙之间，假游仙以寄慨，托真人以为邻，寄欢愁于幻象，寓情意于烟云。真是浪漫得深沉，浪漫得顽冥。其实，浪漫有时与幼稚、纯真有共同点，在某些时候还近似愚昧。实际上他们的心灵在痛苦中战栗着，正如鲁迅批评的那样，人不可能拔着自己的头发离开地球。

嵇康生于 223 年（黄初四年），卒于 262 年（景元三年），只活了三十九岁。

嵇康先世本姓奚，因避怨仇，逃亡浙江会稽上虞，后来迁至安徽铚县。铚县有嵇山，家于其侧，以嵇山命姓氏，故改姓嵇。

公元 232 年（太和六年），曹操的儿子曹林被封为沛穆王，后来嵇康娶曹林之女为妻。嵇康与曹魏宗室联姻，种下了人生悲剧的种子。他不但成了司马集团的仇敌，而且在曹魏集团也不受重用，甚至遭打击排挤，曹丕、曹叡对同姓诸王从来忌刻，监视他们的活动，遏制他们的势力。嵇康虽然做了曹家的女婿，也只被封了一个中散大夫的虚衔，一些大的政治活动都没资格参加。嵇康成了风箱中的老鼠——两头受气。

嵇康只好隐居在山阳（今河南焦作附近）。嵇康服"五石散"，据说久服此药，可以强健筋骨，延年益寿。其实"五石散"毒性很大，吃下去浑身燥热，神思恍惚，若狂若痴，很像今人吸食鸦片或摇头丸一样。在那个时代，魏晋风度，在许多人看来，是一种真正的名士风范，竹林七贤莫不表现出一派

"烟云水气"而又"风流自赏"的气度，超拔脱俗，道风仙姿，曾被后人景仰。

鲁迅曾说：服食"五石散"是从何晏开始流行，以至隋唐，名士们趋之若鹜，历经五六百年。又说："晋朝人多是脾气很坏，高傲、发狂、性暴如火的，大约便是服药的缘故。比方有苍蝇扰他，竟至拔剑追赶；就是说话，也要胡胡涂涂的才好，有时简直是近于发疯。但在晋朝更有以痴为好的，这大概也是服药的缘故。"

"五石散"究竟是什么东西？由哪些药物成分构成？"五石散"也叫"寒石散"，是东汉张仲景发明的，是医治感冒伤风一类的药。

"五石散"是"石钟乳、紫石英、白石英、石硫黄、赤石脂"五味药合成的一种中药散剂。"五石散"的药性非常猛烈而复杂，不仅要靠"寒食"（冷食）来散发，而且穿薄而宽大的衣服，辅以冷浴、散步、饮酒等活动散发药物的热量。所以魏晋文人雅士大都是风流倜傥、宽袍大袖的飘逸风姿，即使这样也不堪忍受药性的燥热，于是赤身裸体——竹林七贤的刘伶就经常脱光衣裳在屋里走来走去。他自称"天生刘伶，以酒为名"，其言行狂诞狂放尤甚。人见之，伶曰："我以天地为栋宇，屋室为裈衣，诸君何为入我裈（裤裆）中？"这种任性、放诞，实际上是对孔子儒家学说的挑战，是对封建礼教的对抗；这种放荡的叛逆，蔑视一切律令、礼法、时俗、成规，超越虚伪的伦理，虽然美其名曰张扬了生命的个性，强调了人的真情实感，是一种对当时黑暗社会现实和门阀制度的反抗和犯忌，似乎是"耍酒疯"，严格地说，是另一种消极、颓废、绝望，也是反文明的。有一种"刻骨铭心的人生失意感、无望感、漂泊感、孤寂感、短促感、焦虑感"，是精神的自我摧残，肉体的自我戕害，是一种绝望和无奈，一种弱者的表现。

建安七子，竹林七贤，他们所处的时代是汉魏交替、魏晋嬗变的时代，那是不正常的、不能任人驰骋的时代。动荡和残酷的现实让人朝不保夕、名教崩毁、伦理失序，令人迷茫和绝望。"人居一世间，忽若风吹尘"，"日月不恒处，人生忽若寓"（曹植），连皇胄贵戚都感到孤独、绝望、悲观、凄凉、忧愁、恐惧，何况平民百姓？

二

司马氏集团得势后，曹魏政权将被司马昭取代。司马氏对曹氏家族、皇胄贵戚，不分青红皂白采取了斩尽杀绝的政策。当然，司马氏集团也有一套"知识分子政策"，动员他们出来为其服务。阮籍就是一个，当了司马氏集团的高官。而嵇康硬是抗旨，隐居山阳，放浪形骸，吟啸林泉，寄兴烟霞，过着逍遥而不自在的日子。

嵇康那时已名气很大，风度很好。传说他身高七尺，端庄英俊，如玉树临风、倜傥潇洒，不假修饰就有一种龙凤般的风采丰姿。人们见到他，仿佛见到仙人、神人。

嵇康除了诗歌著世，他还提倡"玄学"。玄有玄远、玄虚二义，有点虚无主义。他们将《周易》《老子》《庄子》合称"三玄"，视若圭臬，当作"圣经"。士大夫们继承汉末的清谈之风，坐在胡床上，手执麈尾，以精心揣摩的语言，谈论那些哲学命题。

嵇康还有一篇著名的文章《养生论》。他知道神仙是无法学成的，但可以练气功，在导养上，他强调精神的作用，说精神对于形骸，就像君主统治国家，精神躁动不安，形体就会毁灭，就像昏君治国，国家一定乱七八糟。所以说，喜怒哀乐都给身体带来损害。故而，他主张淡泊，不受外界干扰。

嵇康是曹家的女婿，本身就是司马氏集团猜忌的对象。但他又写文章，笔辞犀利、冷峻地揭露司马氏集团的虚伪，嬉笑怒骂、含沙射影，司马昭当然恨之入骨，他便派了亲信钟会察看动静。钟会是贵公子出身，善书法、玄理，曾撰写《四本论》

讨论才与性的同、异、合、离问题。写好后想请嵇康评定，但又不敢面呈，便从户外遥掷嵇康院里，之后急忙跑开。这个钟会又是一位野心家，后来统兵灭蜀，在姜维的鼓动下企图据蜀称帝，结果失败被杀。这是后话。

钟会受了派遣，带了一批宾客来见嵇康，嵇康正与向秀在一棵大树下打铁，赤膀裸背，汗流水爬。钟会们的到来，他不理睬，自顾抡着大锤砸着铁锭。钟会非常恼火，只好快快而去。

景元二年（261），山涛被司马氏集团任命为吏部郎，他举荐嵇康代替自己原来的官职。但嵇康十分恼怒，挥笔写下《与山巨源绝交书》。本是好朋友，竹林七贤之一，结果成了"仇人"。他"书"中谈了自己"七不堪二甚不可"作为不能做官的理由：

"七不堪"：一是喜欢睡懒觉，而守门差役要叫我起来；二是我喜欢独自漫步吟诗，或外出射鸟钓鱼，而吏卒守卫着不自在；三是我身上虱子多，要不停地搔痒，而官场上要求穿戴整齐，正襟危坐，衣冠肃然，还要揖拜上官；四是我从来不喜欢写信，但官场上应酬，不写信就不合礼仪；五是我不喜欢参加丧礼，而人们又非常重视这一礼节，我也从未见过丧主为此事宽恕的，我虽惊惧自责，但不会抑制自己的心意，违背自己本性，这样我既不遭到罪责也得不到称赞；六是我不喜欢与俗人交往，但做官就得与他们共事，整天宾宴聚会，应酬来往，闹哄哄，乱糟糟，臭气熏天，很吃不消；七是我爱清静，当官则忙忙乱乱，要挖空心思去谋划事情，考虑世故人情。

"二不可"：一是经常批评商汤、周武王，蔑视周公、孔子，对这些大圣大贤极不尊重，这种违背世教的言论，在仕途上绝对不允许；二是我性格刚强，疾恶如仇，锋芒毕露，有话直说，不会圆融，不会逢人便说三分话，不会说假话、套话、阿谀奉承话。

你看嵇康哪里是谈自身的"弱点"，简直是嬉笑怒骂、针砭现实，直刺官场黑暗的心脏，骂得痛快淋漓。一副傲岸不羁，独立苍茫的大丈夫气概和蔑视庸俗、睥睨官场的高洁之士形象跃然纸上！

嵇康，一个时代的叛逆者，一个不与世同流、不与统治者共谋、特立独行的人，既受当时有正义感、有良知的士大夫的尊崇，又引得司马氏集团切齿之恨的人物！

嵇康自然本性真是纯真得可爱："头面常一月、十五日不洗，不大闷痒，不能沐也。每常小便而忍不起，令胞中略转乃起耳。"连不洗脸、不洗澡，拉屎撒尿之事都写到"儒雅"的文章里，真令那些硕儒鸿辞的饱学之士气得嘴眼挪位、七窍生烟！

还不至于此，把劝他做官的山涛骂得狗血淋头，其挖苦、讽刺、嘲弄和傲慢，会气得山涛半死！

嵇康喜于形，怒于色，情热烈，性激烈，禀赋慷慨。这种烈火般的情感，发于文则有《绝交书》;发于诗，则为《幽愤诗》。他美词气，有凤仪;人以为龙章凤姿，天质自然。

这名为与山巨源本人绝交，实际上是同司马氏集团绝交的一封书，是一篇向司马氏集团决裂的檄文！

嵇康呀，嵇康，这下子你闯了大祸了！

三

嵇康的绝交书引起司马昭的震怒，这哪里是推辞发牢骚，是对当朝政治的嘲弄、挖苦、讽刺，是对司马氏集团的"大不敬"！这一"上纲上线"，嵇康成了"现行反革命"了，于是司马昭借吕安之祸下诏逮捕嵇康，打进监狱。

嵇康身处风云变幻之际，睥睨和光同尘之流，虽因排俗取祸，却毫不畏惧。

嵇康下狱之后，引发一场全国性学潮。数千太学生游行示威请愿、抗议，要求释放嵇康，给司马昭很大压力。这时候钟会却极力劝司马昭杀掉嵇康。他说，嵇康是一条卧龙，不能让他起来。你不用担心得罪天下，应当担心的倒是嵇康其人。他又造谣说，当年嵇康准备起兵，帮助毋丘俭。钟会所拟嵇康的罪状：上不服天子，下不理会王侯，对时人毫无益处，而他的态度傲慢，伤风败俗，傲岸不羁，不杀他，"王道"就不能推行。司马氏集团为巩固政权，加强统治，疯狂铲除异己，诛戮名族，凡与曹魏宗室及其司马氏的敌对力量有牵连的社会名流，几乎无一幸免，何况"狂徒嵇康"。

小人借助最高权力，置对手于死地，并非自钟会始，也非至钟会终。这一手很厉害，也是他们陷害忠良义士，借刀杀人的手段。中国历史上很多精英人物就死于这种人类渣滓手中。屈原死于子兰、靳尚之流；司马迁受宫刑固然由于汉武帝的愤怒，而朝廷上一些小人也起了推波助澜的作用。此后，又有苏东坡受李定、舒亶宵小奸佞谗言诬蔑、陷害差一点丢了性命。庸人嫉妒有才华者，小人陷害君子，恶人欺负善人，这是人性恶的表现，是人的动物性的本质的表现。

钟会的谗言达到了目的。景元三年（262）嵇康被杀害。于洛阳城东建春门外马市，时年三十九岁。

囚车自街尾辘辘而驶向街心，看客们纷扰拥动，随着车马滚滚行进，卷起阵阵尘土，像乌云似的笼罩在洛阳东市的上空。嵇康站在囚笼里，目光静穆，像平时回家一样，观者如堵。来到刑场，嵇康被解下囚车，依然镇定自若，在刽子手尚未行刑的间隙里，他要来五彩琴，正襟危坐，弹奏一曲悲壮高亢的《广陵散》——《广陵散》是什么曲子？据说，那是一首旋律激昂慷慨，具有纵横杀伐、富有战斗意味的乐曲，气贯长虹，声势夺人，直接表露反抗暴君的斗争精神，因而常为统治阶级及其卫道者所嫉恨。后人朱熹说"其声最不和平，有臣凌君之意"。宋濂也说"其声忿怒躁急，不可为训"。嵇康却热爱此曲，说明他一生充满了反抗和叛逆精神。

刑场一片静默。

这静默有质量、有重量。这静默同样引起知音者热血奔腾。

曲尽，嵇康把琴一掷，曰："昔日袁孝廷要跟我学《广陵散》，我婉言拒绝了。《广陵散》于今绝矣！"

刀起头落，刹那间，一道血雨腾空而起，又如梅花般的纷纷飘落在刑台上，而《广陵散》的余音袅袅，还未戛然而止……

嵇康一生太浪漫了，酷爱弹琴、饮酒，啸傲清风山林。他把生活当成了艺术，他太诗化了。

　　一个大文豪就这样完成了他人格的造型。他诗的高雅，琴曲的飘逸，性情的傲岸旷达，追求自由的理想和信念，化为一曲《广陵散》升腾在空中。

　　他走了，孤单，寂寞，疲惫，苍凉，在这辽阔荒莽的旷野上，玄色的长衫，在晚风里翩翩飘动。他步履急促而又沉重。

　　他走了，《广陵散》成了历史的绝响。

　　我曾想象，嵇康端坐的姿态、静穆的外表，内心肯定卷起情感的风暴。那瘦若竹节的白皙手指撩拨着铮铮的琴弦：其声时而如暴风骤雨，时而如江河倒悬，时而如海啸汹涌，时而如岩浆烈火，时而如潺潺流水，时而如流云飘逸，时而如纤丝断缕，既是休止符也是一颗炸弹引爆前的静寂。一个仁人志士对黑暗的抗争，对丑恶的睥睨，对世俗的唾弃，通过那激昂的旋律、那一条条琴弦倾泻出来，山洪般爆发出来！

　　我也曾经想象，当嵇康接过五彩琴时，应该是大恸大悲，泪流满面，脸色是青冷苍白。当手指滑动琴弦时，那青筋裸裸的双手，会战栗、颤抖，蕴藏在眼窝里的泪水再也禁不住，会扑扑簌簌掉下来，滴落在琴身、琴弦上，化作音符，化为一曲激越高亢的旋律，激荡在这广阔的世界。嵇康留给这个世界的不是眼泪，不是人们的同情，不是悲戚戚的形象，是烈士、志士、义士，是视死如归的大义凛然的英雄……据说，这《广陵散》是嵇康夜遇神鬼所授，是一曲仙乐，是一曲神曲。

悲剧迟早会发生，《广陵散》的绝响，嵇康的慷慨而死，是心性的解脱，精神上获得自由。那个时代政治高压，思想必定会遭受统治者的利刃。割断你的咽喉，消灭你的肉体，了却你的清谈呻吟，使大地万籁俱寂。

四

魏晋时代始终是令人浮想联翩的时代。这个时代最黑暗，最腥风血雨，最残忍，最悲绝，最痛苦，最专制，但也是最有艺术精神的时代，也最富有浪漫主义气息的时代。诗意很浓，酒意很酣，很有尼采宣扬的酒神精神的时代。宽服、麈尾、木屐、丹药、清谈、阔论、抚琴、吟啸、佯狂，一杯浊酒融进令人飘逸的精神，清俊的诗歌，孤高的心性，璀璨的思想，还有铮铮杀伐和高山流水的琴韵以及狂狷的人格。

宗白华对这个时代有最精彩的论述：

虽然政治上混乱，社会上最苦痛的时代，然而精神上极自由、极解放，最富于智慧，最浓于热情的一个时代，是精神上大解放，人格上、思想上的大自

由，人心里面的美和丑、高贵和残忍、圣洁与恶魔，
同时发挥到极限的时代。

　　嵇康、阮籍可谓魏晋南北朝璀璨的双璧，他们才情卓荦，
诗文彪炳于世，更以高尚的人格光耀千秋。
　　更令人惊异的是，嵇康临刑前对儿女最放心的安排是让他
们投靠山涛。而嵇康死后，山涛一直无微不至地关怀和抚养他
的子女。尽管他们在理想和人生追求的目标方面有所不同，但
并不影响个人的友谊。

漂泊的流莺

一

窗外，夜雨潺潺。

雨点落在芭蕉叶上、梧桐叶上，沙啦沙啦，声音单调而凄切。一阵横风吹来，秋意阑珊，更添一重凛冽的寒意。风声卷着雨声和溪流的喧哗声，使孤馆寒驿更显得寂寥落寞。在这秋风瑟瑟、苦雨潇潇的长夜，李商隐辗转反侧，难以入眠。诗人啊，本来寂寞难耐，忧患郁结，又逢上这连绵不绝的秋雨，心头该添怎样的凄苦？时过三更，雨越下越大，屋檐下的雨水连成线，淌成串，溅在石阶上，声声爆响，惊人心魄。李商隐睡不着，干脆不睡了，他坐起来，点亮床头的小油灯，从行李里找出妻子的来信，一字一句读起来。她问何时是归期，公务缠身，他自己也难说清啊！

他对妻子的想念越发殷殷了。

李商隐是个情种，他非常爱他的妻子——写给妻子的情诗成了千古绝唱。一首《夜雨寄北》流芳千古，使他跻身为晚唐诗坛明星级人物。连诗人那首流传千古的《无题》（相见时难别亦难），是写给女冠诗人鱼玄机还是华阳姊妹的？这个密码至今不得破解。"春心莫共花争发，一寸相思一寸愁"，写得何等深切，何等悲痛？

李商隐生性孤介，一生沉沦下僚，犹如浮萍，漂泊不定，孤馆野驿，风晨雨夕。犹如他的仕途，风也凄凄，雨也凄凄。今又风雨，冷雨敲窗，秋寒袭人，怎一个愁字了得？

对于传统中国知识分子，当他们开始读书识字，就和诗词歌赋结下了不解之缘。这是伴随他们人生的必修课。浩如烟海的中国古典诗词，既蕴含着前贤丰富的人生经验，也浓缩着深邃的人生体悟，他们用一生的执着写就这些诗章，诗人的生命之花绽放其中，可谓至诚。

　　李商隐是晚唐杰出的诗人。他以深情绵邈、绰约多姿的诗文开辟出一片独特的艺术天地，创造了一种新的诗境。作为一个积极入世的传统儒家知识分子，李商隐以诗的笔调写了大量关心国家命运和民生民瘼的政治抒情诗。

　　他著名的长诗《行次西郊作一百韵》，以磅礴的气势，既纵向追溯唐王朝衰弱的过程，又横向剖析了社会危机、政治黑暗、宦官独裁、藩镇割据、党争剧烈、官吏腐败，构成长达百余年的社会画卷。李商隐表面是一个柔弱的文人，不叱咤、不纵横、不飞扬、不跋扈，不像李白那样敢上九天揽月，敢下五洋捉鳖；更不像盛唐的边塞诗人，一腔燃烧的烈火，满身沸腾的热血，雄风浩荡，浩气磅礴，没有那种强烈进取和开疆拓土的精神。但李商隐外弱内刚，有胆有识，锋芒毕露，敢于暴露政治之丑陋、社会之黑暗、官场之肮脏。

　　李商隐的咏史诗历来被人推崇，他站在晚唐余晖残照的山峰之上，回眸大唐帝国苍茫的历史和华山夏水斑斑遗迹，纵观千年文明废墟，发思古之幽情，吐胸中之块垒，讽喻当代之弊端，唤起人类良知和正义感、责任感的复苏。但是大唐帝国已江河日下，尽管诗人才华不凡，抱负宏大，要"欲目天地"已是不可能，只能面对苍天大地发出"远去不逢青海马""古来才命两相妨"的悲叹。生不逢时，有才无命的人生际遇，始终像一个挥之不去的阴影笼罩着他的心灵。李商隐是牛党培养的青年干部，却一不小心做了李党的女婿，脚踩两只船，牛党恨，李党也不爱，生存环境造成了他孤僻、懦弱、忧郁的性格，在仕途上迍邅颠踬，屡遭坎坷，还不如人家杜牧，一边倒，立场坚定，听牛党的话，跟牛党走，随着牛党而起伏跌宕。人家牛党也不亏待杜牧，连上青楼都派人保护，你李商隐行吗？谁掌权也不会重用你，你站错了队，跟错了人，你成了风箱里的老鼠——两头受气，两头受排挤！人到中年（四十六岁），正是才华如朝阳、生命如鲜花着锦的年华，却魂飞魄散。

黑暗的政治吞噬了一位杰出诗人的生命。

奠定李商隐在文学史上地位的，绝非政治抒情诗和咏史诗。他最有影响力的是爱情诗、悼亡诗，甚至是艳诗，特别是一些"无题"诗。他那空前的丽词艳句创造了晚唐诗特有的"绮靡瑰妍"之美。李商隐善于用"蒙太奇"的创作手法，"构筑和熔铸了诗人的诗象和诗境，建造了一个与外部物质世界的联系又不太相同的深幽的内心情感世界"，像幻象、幻境、幻梦，使他的诗扑朔迷离，内涵深邃。

性和情是文学永恒的主题，《诗经》的开篇之作《关雎》就是一首表达爱情的诗篇。自从楚辞、汉赋、乐府诗文出现，诗言志，文载道，成了文学创作的主题意识，被文人墨客尊奉的至高无上的理论圭臬。文学的个性、人性、性情的觉醒始于南北朝，泛滥于晚唐五代、宋、元、明、清。温庭筠开辟了专写男女情爱的"花间词"，而李商隐则是写爱情的高手，把汉语诗歌推到那个时代的极致，在表现爱情体验的心灵世界做了重大的开拓。今天的诗论家称之为：建造了一个与外部物质世界有关联又不大相同的深幽的内心情感世界。诗与诗之间的空白、空隙、间隔构成十分美丽幽深、曲折有致的艺术空间。李商隐无题诗中每个意象都是人生的风景，又是内心世界的锦山秀水。

二

李商隐生于唐宪宗元和八年（813），比温庭筠整整小一轮，比杜牧小十岁，都是晚唐诗坛最璀璨的明星，死于唐宣宗大中十二年（858），生命定格在四十六岁的高度，再也无法攀登。李商隐五岁读书，七岁写诗，九岁丧父，十六岁著《才论》《圣论》，以古文著名。

天平军节度使令狐楚（治郓州，今山东东平县）非常欣赏李商隐的才华，便把他调进幕府，不安排什么工作，整天陪着他的儿子令狐绹学习骈体文，即讲究对偶又讲究辞藻的四六文。

　　无独有偶。他和温庭筠一样！一生与令狐家纠葛在一起，得之于令狐大人，又毁于令狐大人。命运跌宕，仕途塞涩，都由令狐楚、令狐绹父子操纵着。

　　开成二年（837），他二十五岁，进京应试。这时令狐楚已为吏部尚书，当然他的儿子令狐绹和考官高锴关系密切，走高锴的门子，推荐李商隐，果然奏效，李商隐考中了进士。这是他第三次应试。照此形势往下发展，李商隐应是吉星高照，前景一片灿烂。谁知命运之神不成全人意。不久，他的靠山令狐楚病故。李商隐为了谋生不得不另寻府主。

　　泾原（今甘肃泾州县）节度使王茂元，爱他才华，邀请他来府中当文秘，又把女儿嫁给他。按说，李商隐这个穷小子真是运交华盖，傍上王节度使这位高官显宦，又是乘龙快婿，未来的仕途岂不"锦绣前程"，一帆风顺吗？

　　恰恰相反。

　　李商隐虽然考取了进士，但也只是拿到了学历、学位证书，犹如今天的大学文凭，要当官还必须经过吏部的考试，然后择优录取，任命官职。那时唐朝组织用人路线、政策，很像今天的公务员考试。他进京去考博学宏词科，考官已经录取了他，但被中书省的一位官员抹去了名字。原因很简单，朝廷掌实权的是牛党——也就是牛僧孺派，另一派是李德裕——李党，在野。令狐楚及其子令狐绹本属牛党，王茂元属于李党，你李商隐小子太没良心，我令狐绹帮你拿到进士学历，你倒投靠李党，忘恩负义的小人。令狐绹恶狠狠地说："此人不堪。"

实际上李商隐并不知道朝廷上有牛李党争，更没有任何实际行动参与党派之争，但是派系掌权，不是左派就是右派，第三条道路是走不通的。令狐绹对李商隐更是恨之入骨，青少年时期同窗共读、抵掌把臂的友谊，被僵冷的党争给冰封。李商隐无意中卷进党争矛盾的旋涡里，一生就在这种泥潭中挣扎。

李商隐武宗会昌五年（845）守丧期满，再次入京做秘书省正字，即在中央办公厅做一个小小的文秘。这时是李党党魁李德裕执政，任宰相，李商隐并没有投靠他，李德裕也没有注意他，说明了他与李党无关。第二年（846）三月，武宗死，宣宗即位。宣宗起用牛党，李德裕罢相，屡屡被谪，一直被贬到雀州（广东琼崖）当了一个参军。几年后，牛党的核心人物令狐绹当了宰相。李商隐和李德裕没有勾连，凭着同令狐楚父子的交情，他也想入朝做官，自然向他的"同窗学友"令狐绹屡次陈情。曾向令狐绹陈情补他"太学进士"。言词极其哀忠，但这位老同学却漠然相对，无动于衷。李商隐生性孤介，一直沉沦下僚，在仕途奔波三十年，有二十余年远离家室，漂泊异地。在他生命的最后两年，他回到童年生活过的江东任盐铁推官。大中十二年（858），年仅四十六岁的李商隐，在寂寞凄凉的闲居生活中死去。晚唐诗坛最后一颗耀眼的明星就此陨落。

三

李商隐在党祸剧烈的斗争中，始终扮演了一个被蹂躏、被迫害的角色。忧郁和绝望，孤寂和落寞，凄清而哀婉，只能使他躲进一隅，写些爱情诗。李商隐实际上是晚唐的拜伦。在风雨弥漫的人生征途，只有爱情给他一角温馨，在宦海惊涛骇浪中，只有爱情给他一方平静的港湾。

李商隐是非常爱他的妻子王氏的。他那首著名的情诗《夜雨寄北》就是写给妻子王氏的。缠绵的情感，焦渴的期待，远在北方的妻子多么盼望郎君回到自己身边。诗人羁旅江湖，归期难料，在别愁深重万般无奈之中，写下这首寄情的诗来安慰妻子：

> 君问归期未有期，巴山夜雨涨秋池。
> 何当共剪西窗烛，却话巴山夜雨时。

诗人宦途失意，羁旅穷愁，身不由己，归期难定，这不确切的回答，更使对方愁上加愁，真是"一种相思，两处闲愁"。此时巴蜀萧瑟的秋天，又遭连夜的秋雨。秋雨带来的寒漠和凄清更加重了这悲凉孤独的氛围，绵绵密密，淅淅沥沥，敲打着芭蕉，弥漫在巴山的夜空。点点滴滴都是离人泪啊！

李商隐是写雨的诗人，他很多诗都湿淋淋的，含着浓浓的雨意，给人一种愁绪缠绵、孤凄抑郁的情调。"楚天长短黄昏雨，宋玉无愁亦自愁"，既渲染环境的暗淡、凄凉，形容暮雨长长短短，似断似续，"给楚宫蒙上一层如梦似幻的气氛"，与襄王梦会神女幽合之事；又交代了楚国由盛而衰，创造了一幅江边苍茫、凄风苦雨、楚国飘摇的画面。"高楼风雨感斯文，短翼差池不及群"，这是写给杜司勋杜牧的诗。晚唐诗坛，李、杜齐名，世称"小李杜"，以比盛唐时期的李白、杜甫，高楼风雨是伤春，短翼差池是伤别。

在李商隐诗中尽是凄风、苦雨、寒雁、暮蝉、夕晖、残照等荒凉、萧瑟的物象和意象，无论物象还是意象，在他诗里都化为扑朔迷离的幻境、幻梦，内涵丰富，美丽幽深。

李商隐的无题诗，无论有无寄托，多男女相思凄艳之作。他有一首写女道士道观的诗，也是借雨浇愁，以雨抒情："一春梦雨常飘瓦，尽日灵风不满旗。"一帘春梦很难说清他写的是实景还是虚境，给人一种如梦如幻、飘忽轻灵、朦胧迷离的联想与暗示。从诗中可以感到一种深深的缺憾与迷惘，绵绵细雨最勾人情思。

李商隐诗集中就有两首赠鱼玄机的诗。诗没有题目，"无题"，是李商隐懒得起题目，还是故意藏匿自己的隐私？留给世人一个难解之谜。龙画好了，就是不去点睛。让人读了好几遍，不知诗中的意蕴，莫不是李商隐把自己的忧"伤""隐"到诗里了？但是聪明的读者依然从诗中捕捉到作者对小鱼缥缈的情思，"不须浪作缑山意，湘瑟秦箫自有情"，意思是他想念鱼玄机彻夜不眠，愿结伉俪，不须浪作仙情绝想。

"古来才命两相妨"。苦命的青年诗人李商隐孑然一身流落到河南济源县境内的玉阳山。这里林木蓊郁，满山流翠，玉泉、碧溪淙淙，是处风景佳绝之地，一座座道观散布在深山幽林深处。相传唐睿宗的女儿玉真公主在此修道观，许多宫女都陪伴公主修道于此。华阳观即华阳公主的故宅。

在唐代，女冠极盛，公主宫女、高官大吏的女儿、贵族之家的千金，为了不受婚配的约束，追求个性的自由，往往进入道观，做女道士。唐明皇为了得到杨玉环，不是在宫中建了一座道观，以此掩人耳目，然后纳为贵妃吗？李商隐经人介绍认识华阳观两位宋氏姊妹——这并非他初识女道士，此前他已和女冠诗人鱼玄机有过肌肤之亲、鱼水之欢。而宋氏姊妹更姣美,虽着一身青灰色的道袍,却未掩遮她们的婀娜之姿;面颜未施粉黛,更显天然的秀雅清丽,一双大眼,清澈如碧潭,两只酒窝更添妩媚之态。李商隐一见华阳姊妹,便钟情如痴如醉,凭着他的诗才,没几天便博得两姐妹的爱恋,饮酒赋诗,同席共枕,云雨之情,鱼水之欢。别看李商隐文质彬彬,表面上体质孱弱,但纵横花丛毫不示弱。这些年来,他虽有很多"一夜激情",但多是翌日便银汉永隔,当然也有心心相印,灵犀相通,"双方已融为一体"的情人。他写过的那些"无题"诗,连自己也说不清到底写给谁的,都乱套了。另外李商隐还明明白白标出"妓席""饮席带官妓""赠歌妓""官妓"等等,这些模棱两可的诗作,都是应酬,可以不在统计之列。可见老实、柔弱的李商隐"作风"问题并不比花花公子杜牧轻。

后来李商隐对华阳姐妹始终热恋,即使离开玉阳山后也苦苦思念,甚至当他和王氏结婚后仍然念念不忘。"贵家之姬,美如月姊……若其既去之后,暮雨自归,巫山悄悄,秋河不动,静夜厌厌,怅美人兮寂寞",可见对华阳姊妹思念之殷切。他写过好几首赠华阳姊妹的诗,如《月夜重寄华阳姊妹》《赠华阳宋真人兼寄清都刘先生》。就在玉阳山栖居时,李商隐还结识了一位程氏女冠，也是富家女儿，李商隐也和她热恋了一阵。年轻的诗人与女冠、妓女情思绵绵，追歌征色，喜欢她们的气度、风韵、才情、艳妍是可以理解的。

怀才不遇、命薄运厄的李商隐从来不歌咏大江巨川、形伟巨力的具有雄壮之美的事物，他的笔下只有弱小、渺小、衰亡、病态、卑微的具象。

李商隐的"无题诗"大都是写艳情的，最有代表性的是"昨夜星辰"一首：

> 昨夜星辰昨夜风，画楼西畔桂堂东。
> 身无彩凤双飞翼，心有灵犀一点通。
> 隔座送钩春酒暖，对曹射覆蜡灯红。
> 嗟余听鼓应官去，走马兰台类转蓬。

这首艳情诗，诗人怀念的可能是一位贵家女子。从走马兰台上看（兰台指秘书省），当是李商隐在会昌五年母丧期满后做秘书省正字时作。那时王茂元已经去世，王茂元在京城有府第，李商隐以茂元女婿身份住在那里。昨夜的星辰和昨夜的风雨是值得怀念的，他想对面有一位杰出的女子，和自己心心相通，却不能在一起。这里风雨和星辰绝非写景，而是风情风怀，暗含着男女幽会的一种温馨的诗情画意，透露出缠绵悱恻之意绪。"身无彩凤双飞翼，心有灵犀一点通"。这种相爱之人彼此相隔，不能相见的痛苦心灵。从追忆昨夜灯红酒暖的刺激，引出落寞惆怅的情怀，从爱情灼烧的痛苦，升华为热烈执着的思想和渴望，从心幻之优美的情思，跌落到与现实相隔的忧伤与感喟之深渊，种种复杂之情，纷至沓来，抑郁于心。

李商隐仕途上的坎坷跌宕，使他钻进男情女爱的情相融、意相通的温馨世界，以此逃避政治上的风刀霜剑。然而，一个拥有忧国忧民、心怀大志的诗人，即使沉浸在爱的温馨里，心境也如秋雨般凄凉萧瑟。由于长年漂泊他乡，他常常感受到一种精神的空虚、寂寞，心灵的寒冷、凄苦。

四

一部卷帙浩繁的中国文学史、中国文化发展史，大都是不得志的文人写成的。这期间，特别是唐宋以来，有相当一部分是文人士子和多才多艺的妓女，在灯红酒绿、翠幄红帐里捣鼓出来一些华章。旷世风流，绝代才华，在这里得到淋漓的挥洒，极致的表现。他们一方面忧国忧民，咏史咏物，发泄喻古讽今的感慨，一方面沉溺在诸如珠泪、玉烟、蓬山、青鸟、彩凤、灵犀、碧城、瑶台、灵风、梦雨等超乎现实生活之外的幻象和幻境中。也许只有才子配佳人，才会酿造美的氛围，产生千古绝唱的出现。我们现在读到的唐诗宋词元曲那风流千古的华章，想当初是写在妓女的衣襟上，与妓女的颠鸾倒凤、云情雨浓之后写就。想想吧，伟大的唐诗，高超绝伦的宋词，在繁华的都市里，常常涂抹在勾栏瓦肆的粗糙的黄土墙壁上，秦楼楚馆，荒野驿站，孤村旅肆，往往是千古名篇的最初发表园地。

风流不羁的文人虽然身子骨不像村夫樵夫那样强壮，但精神是好的，在青楼烟花之地，恣情放纵，到处留下他们说不尽的风流韵事。特别像李商隐这样一生不得志的文人，四海漂零，不得已随遇而安，青楼妓馆既是刺激才情之地，又是精神麻醉之所。高度的精神亢奋，必定产生旷世才华的诗篇！

唐代文人观妓、蓄妓、携妓，日日管弦，夜夜笙歌，以为常事，不认为是道德败坏，作风靡烂。除了白居易、元稹之流，凭着刺史和名诗人身份，在苏杭、越州，四处采春，夜夜汗浸罗帐，销魂铄骨、荒淫成性外，许多诗人名流，还能自控，即使浪漫也是阳光下的浪漫。是才子尽风流！

李商隐没有杜牧的旷达放浪、剑气、箫心，也不像百年后的柳永那样洒脱坦然，更多的是阴柔、缠绵、婉约，就像小夜莺，只有在风清月明之夜，躲在树林幽暗的一隅浅吟低唱，声音凄厉，哪怕飘来一片月光，也惊恐不已。他一生写了许多咏柳的诗，一说他是写给一位姓柳的妓女，一说泛泛咏物，江柳、霸柳、岸柳，他一生天涯羁旅，漂泊不定，寄情于柳是自然的事。柳树是别离的象征。将无尽的忧愁和无可奈何的悲情隐于其中。

但更多的学者认为，他是对一名叫柳枝的妓女产生了深深的眷恋。柳枝是一位聪明美丽而又富有艺术气质的少女，可以说是李义山的红粉知己。李商隐在《柳枝五首》序中说："柳枝，洛中里娘也。父饶好贾，风波死于湖上。其母不念他儿子，独念柳枝。生十七年，涂妆绾髻，未尝竟，已复起去，吹叶嚼蕊，调丝撅管，作天风海涛之曲，幽忆怨断之音……"李商隐对其终生难以忘怀。柳丝如思，依依深情，"曾逐东风拂舞筵，乐游春苑断肠天。如何肯到清秋日，又带斜阳又带蝉"。柳丝冉冉，风吹袅袅，婆婆娑娑，一派娇媚之姿，一片欢欣之态。犹如美女红袖舞于华筵之上，又如仕女游于乐游原间，令人心悦神怡。

往事如梦。当梦醒之后，诗人将自己审美的视角，从遥远的长安之柳拉到现实的巴江之柳。秋柳枯残，夕阳落晖，秋蝉哀鸣，真是满目悲凉，满耳凄厉。

以柳喻人，这首咏物诗，非常注重人与物精神层面的相契相合，从而达到物我合一，空灵超脱。

李商隐长于咏叹弱小纤细之物，如流莺、鸳鸯、寒蝉、弱蝶、衰柳、落花、霜月、微雨、北禽、越燕，这些弱小的生命和物象，与恶劣残酷的环境，构成尖锐的冲突，其悲剧效果更加强烈，因其弱小，更能引人悲怜，打动人的心灵。一生挣扎在官僚底层的李商隐，在精神层面上，永远和这些弱小引人爱怜的事物心有灵犀的。他在诗里营造了一个空灵、清新、阴柔、温馨的世界，这里充满人性之美、情愫之美、心灵之美，写出了人生的美丽和忧伤，苍凉和哀怨。

唐朝前有李白、杜甫，后有李商隐、杜牧，前呼后应，构成唐诗的伟大，卓越不凡，奇峰突兀。李白的狂傲不羁、天纵诗才，杜甫的苍健浑厚、质朴庄重，杜牧的豪放、潇洒，李商隐的阴柔纤细、清明澄澈，使大唐不愧泱泱诗化大国，即使日落西山之时，仍然出现一抹亮丽的晚霞。

五

晚唐诗坛上有小李杜风光，是诗国大唐的幸运。其实，李商隐一生只面见过一次杜牧。杜牧长李商隐十岁，且性格洒脱、豪放，无论身处江湖或高居庙堂，都有一种浪子风度，贵族气质，风流才俊，放荡不羁。李商隐的生存环境，地位的卑贱，注定他生命基因缺乏豪气、阳刚。

李商隐在外转了一大圈，又回到朝廷，这时杜牧浪荡大半生也回到长安。晚唐两位最伟大的诗人，终于走在一起，同居一个城市。李商隐诗集中有两首写杜牧的诗歌，推赞杜牧在诗坛的崇高地位，文才超群，正像杜甫推崇李白那样。李商隐对杜牧是心悦诚服的赞扬，是真情实意的敬慕。

高楼风雨感斯文，雅翼差池不及群。

刻意伤春复伤别，人间惟有杜司勋。

杜牧回赠李商隐的诗，却没有流传下来，据说杜牧临死之前焚烧了一部分诗稿，只保留二百余篇——幸亏他外甥非常喜爱他的诗，才替他保留了这二百余篇。也许他回赠李商隐的诗，莫非满意之作，一焚了之？这是文学史上的一大损失。

李商隐幼时"四海无可归之地，九族无可倚之亲"。他是个特困生，只有靠自己的奋斗，拼命挣扎，才混进公务员行列。虽然官职卑贱低微，总算是白领阶层，尽管受压、受抑、受排挤，可是多少按时领到一份皇粮，比起杜牧来，有一种自卑心理。他怀才不遇：不问苍生问鬼神。他自嘲：永忆江湖归白发，欲回天地入扁舟。他入世不得，出世也不得，因此他的性格优柔寡断，悒郁懦弱，即使狎妓，也是那么小心翼翼，战战兢兢，暗恋，相思，甚至低声啜泣、呜咽。诗意朦胧，李商隐是朦胧诗的开山鼻祖。即使他对亡妻王氏反复吟咏的悼亡诗，也不是苏东坡那样风流慷慨"十年生死两茫茫"，而是嘤嘤泣泣感叹自己的寂寥、悲苦和孤独。

雨，又下起来了，敲打着竹林，敲打着屋顶，点点滴滴点点，潇潇冷冷潇潇。这雨不像江南的雨，淅淅沥沥霏霏，温软柔细，如岚如烟，如梦如幻。江南的雨是情人的雨。巴蜀的雨哀怨、苍凉，是诗人的雨。雨中寥落云中愁。李商隐一生都在凄风苦雨中度过，这只漂泊的流莺浑身上下都是湿漉漉的，连他的诗也是湿的，晾晒了千年总也不干。

李白皖南诗解读

白酒新熟山中归，黄鸡啄黍秋正肥。

呼童烹鸡酌白酒，儿女嬉笑牵人衣。

高歌取酒欲自慰，起舞落日争光辉。

游说万乘苦不早，著鞭跨马涉远道。

会稽愚妇轻买臣，余亦辞家西入秦。

仰天大笑出门去，我辈岂是蓬蒿人。

——《南陵别儿童入京》

唐开元二十九年（741），历史上究竟发生多少大事，我懒得翻检资料，但这年却是中国文学史上值得大书特书的一年。秋天，金风送爽，木叶飘零，李白由东鲁泰山去皖南，据说是投奔他在皖南做县令的一位族叔。漂泊大半生的李白晚年将在皖南度过。文学史家不得不抬起眼睛，追寻着李白的脚步，把视线放牧在这湿漉漉、绿葱葱的山水间。

李白的眼光不错，他把家安顿在南陵县一个偏僻深远的小山村。这里群山逶迤，山浪奔腾，云雾缭绕，山岚袅袅，既隔绝了滚滚红尘，又阻挡了滔滔浊世的喧嚣，当然也闭塞了视听。这里的山之骨，水之韵，风之情，土之亲，构成了南陵山村的温馨、安谧、静幽。一个伤痕累累的灵魂可以在这里得到休息，新的欲望可以在这里发酵、萌生。

我们乘车向南陵深山中的寨脚村驶去。宛溪水带着南国山野的风韵，带着原汁原味的历史向我们扑来。我眼前总幻出一千二百年前的那个秋天，李白拉着女儿平阳和儿子伯禽的手，门人挑着行李跟在其后，一双幼子见满山遍野的秋叶红花，兴奋得蹦蹦跳跳，问长问短。一千二百年前的秋天的天空应当是晴朗的，空气里应该散溢着一种酒香，成熟的芬芳，阳光温暖而慈祥，风也热情大方，爱抚着这苦难的一家，这里温山暖水敞开怀抱接纳漂泊的诗魂。

寨脚，真是一片梵天净土。山坡上林木蓊郁，梯田茶树团团簇簇、葳蕤茂盛，田埂上灌木丛生，山花盈盈，溪流泉水叮咚有韵，林涛漫卷，如海浪奔涌，一声声鸟鸣兽语更衬托出山之幽、林之深。

小小山村，点缀着几户人家，竹篱茅舍，小桥流水，炊烟袅袅，山歌隐隐。摇曳的山花，荡漾村人的浓浓情愫；蒸腾的山岚，散溢村夫樵夫的豪气。还有犬吠、鸡鸣、鸟语，那浣纱的棒槌声、女人咯咯的笑声，一种田园诗的气氛扑面而来，怪不得陶渊明发出"归去来兮，田园将芜胡不归"的感叹，一片诗天画地，怎能不使李白心悦神怡！

这里的风温柔而又平和，可以熨平心灵的皱褶；这里的流水清澈洁净，可以洗去一身的风尘；这里漫卷的松涛是人间天籁，可以愉悦诗人的情绪……

李白呀，你无官无位，无权无势，出无车，食无鱼，外无仆，内无婢，尽管才华绝代，诗情横溢；尽管你狂傲不羁，横眉冷对，面对着官本位特权和专制，又经得起几番风吹雨打？你二十五岁出游，书剑飘零，居无定所，身无俸禄，四处求仕，到处碰壁，一颗心灵早已伤痕累累，是该寻一方静谧小憩，寻一缕温馨暖暖冰冻的情感、满身的苦霜了。李白呀，凭着你的名气，倚马可待的诗才，今天为张县丞写首诗，明日为王刺史题幅字，足可换得酒足饭饱，甚至赠你一把碎银做盘缠——但终不是长久之计。尽管大唐帝国是一个诗化的国度，但像你这样的专业诗人还是寥寥无几。

你结发妻子过早病逝，撇下一双幼小的儿女，如何苦度岁月？过去靠变卖妻子的妆奁维持生活，现在贤妻留下的妆奁已经不多了，你为生活所迫，不得不来皖南投亲靠友。

李白在亲友的撮合之下，曾和一个刘氏寡妇草草结婚。这刘氏寡妇听说李白有点名气，走到哪里都是好酒好肉招待，想必家庭富贵，家财万贯，谁知嫁过去方知李白家徒四壁，除了一屁股酒债，别无他有。她脸色顿然黯下来，常常指鸡骂狗，摔盆子砸碗，弄得李白心烦意乱。李白决定启程南下，这半路夫妻也就到此为止，妻子半路上跟一位商人而去。

李白安顿好家小，在寨脚也住了些时日。李白整日陶醉在碧山绿水中，朝晖中杖藜山径，听晨鸟吟咏；月下闲坐泉边，听泉韵蛩鸣；夕阳里临水寄意，迎风抒怀。李白本可以过着躬耕陇亩、寄迹渔樵的生活，可是那一颗骚动的灵魂，并不安心这幽静闲雅的岁月。几个月过后，他又告别一双可爱的儿女，跑到浙江寻找吴道子炼丹，谈诗论剑，以销"万古愁"了。

可是功业未成，丹砂未就，只是每日里痛饮狂歌，视富贵如浮云，把王侯当粪土，只有嘴皮子快活，有何用呢？你依然穷困潦倒，你依然五花马、千金裘拿来换酒喝，你依然当食客，今天阿谀这个刺史，明天吹捧那个县丞，博得一些嗟来之食。这点，你与陶渊明、谢灵运、嵇康相差何其远矣！你笑孔丘也罢，你轻尧舜也罢，你明明知道官场黑暗，却如蛾逐火，到处求仕，四处跑官，这说明李白精神世界时时卷起矛盾的风暴，出现人格的分裂。

唐朝的诗人像李白这样命运蹇涩的不多，开元、天宝毕竟是盛世，对士子的政策也宽容得多。其他诗人往往在高蹈与进取之间徘徊，既有希冀的痛苦，又有欢欣荡漾的情绪。连一脸沧桑、瘦若秋风的杜甫还混了一个左拾遗、工部员外郎，虽然不是高官权臣，但是也过了一把官瘾。唯独你"大道如青天，我独不得出"，这只能是性格的悲剧了。你李白毫不掩盖对功名事业的向往，同时又有超然拔俗、遗世独立、游方之外、闲云野鹤的个性；明明知道指导大唐帝国思想理论的基础是孔孟之道，你却一本正经地参加道教，遁入方外，为三十六帝之外法，不受人间帝王权贵的管辖，这不是缘木求鱼、南辕北辙了吗？

转眼间李白南迁一年了。第二年秋天，忽然喜从天降，大唐天子下诏，要李白进京。李白欣喜若狂，他终有出头之日了！他狂歌："大鹏一日同风起，扶摇直上九万里。"那种"奋起智能，愿为辅弼，使寰宇大定，海县清一"的宏图大志可得施展了！

李白告别吴道子，从浙江会稽匆匆赶回南陵接诏，并和儿女告别，准备起程奔赴长安，激动得笔走龙蛇、墨花飞舞，写下千古绝唱《南陵别儿童入京》："白酒新熟山中归，黄鸡啄黍秋正肥。呼童烹鸡酌白酒，儿女嬉笑牵人衣。……仰天大笑出门去，我辈岂是蓬蒿人。"

可以想象，小小山村沸腾了，全村老少聚集在李白家，道喜祝贺，欢声笑语，荡漾着小小山村。这是一个黄金般的日子，这是中国文学史上一块新的里程碑：儿子牵着父亲，女儿杀鸡买酒，众乡亲你带来一碗菜，他带来一盘肴，举杯痛饮，酣畅淋漓。李白举剑起舞，仰天大笑，积郁几十年的霉气、晦气、怨气、窝囊气，一吐殆尽！一条金光大道闪闪发亮地铺在眼前，李白呀，李白，你祖坟上终于冒青烟了！天生我材必有用，鲲鹏展翅，宏图可施，伟业可创的时机终于到来了！

李白乘舟将欲行，忽闻岸上踏歌声。

桃花潭水深千尺，不及汪伦送我情。

——《赠汪伦》

这简直是几句大白话，如果不是出自李白笔下，是否能流传至今呢？但这几句顺口溜却道出李白真挚淳朴的感情。

我去泾县寻觅李白的踪迹，桃花潭依然在，踏歌岸依然在，但不闻汪伦的歌声，更不见李白那道骨仙风的身影。

桃花潭就在泾县南阳镇水东村，这个古村庄，粉墙黛瓦，马头墙，简直是个错落有致的明清古民居博物馆，纵横交错的街巷，用鹅卵石铺成的古街道记录着岁月的沧桑；阁楼上的木雕花窗，门楣上的砖雕和石雕，一派徽州风格，犹如凝聚浓缩成岁月的黑白底片和木刻画。

桃花潭已在二十世纪"发高烧"的年代改建成水库了，而今雨季尚未到来，潭水下降，一大半裸露着，野草萋萋，岸石斑驳。一千二百年前，一代诗仙"乘舟将欲行"，那时潭水一定是碧波潋潋，细漪粼粼，阳光朗照，满潭耀金。与其说是李白的诗成就了千古名潭，成为历代文人墨客心驰神往之地，不如说是豪绅汪伦用他的智慧和幽默缔造了一处人文风景。汪伦万万没想到，他的名字也随之流传千古。

那时候李白住在碧山，泾县桃花潭汪伦仰慕李白的诗才，仰慕李白的道风仙骨，仰慕李白狂勃不羁的性格，他写信邀请李白到泾县做客，李白一次次婉拒。汪伦不甘心，便又写了信给李白：先生为何独对碧山情钟痴迷？李白回赠了汪伦："问余何意栖碧山，笑而不答心自闲。桃花流水窅然去，别有天地非人间。"

聪慧的汪伦捏住了李白的软肋，又写信道："先生好游乎？此地有十里桃花；先生好饮乎？此地有万家酒店。"桃花流水，有酒万家，此非仙境乎？这位酒中仙怎经得起如此巨大的诱惑？

李白身披长剑高高兴兴上了路。

桃花潭并没有汪伦承诺的桃花夹岸十里，万家酒店，他歆慕诗仙大名，邀他来桃花潭游玩些时日。莫非这位财主乡绅附庸风雅，有追星族之嫌？还是实属对文化的热爱，对诗人的尊崇？

李白在这里游腻了桃花溪水，喝足了姓万的一家酒店的老酒，将要离开泾县，汪伦岸边踏歌送行，于是出口成章，吟出这首诗。说实在的这首诗纯粹是大实话，比其送孟浩然那首诗，意境浅显多了，但李白绣口一开，一座人文风景便成为千古读书人实现自我价值、抹去心头伤痕的绝唱。

到了泾县，汪伦整日陪同李白游山玩水，饮酒赋诗。李白问道："你所说的十里桃花在哪里？"汪伦瞎编说："村前那汪潭水就叫桃花潭。"李白又问："那万家酒店呢？"汪伦一本正经地回答："有一家酒店，店主姓万，不是万家酒店吗？"李白听罢仰天哈哈大笑，汪伦也大笑不止。

于是一泓平庸的桃花潭，一位不见经传的乡绅汪伦，一家万姓酒店，就这样装模作样地走进了唐诗，走进了中国文学史，汪伦的谎言也成了情谊的象征和千古佳话。这首千古绝唱也就飞出这个小山村。

李白和汪伦厮混了些时日，同榻而眠，诗俦酒侣；他们潭边观鱼，溪里泛舟；夕阳西下，迎风长啸；晨光朝晖，高歌舞剑；模山范水，咏物言志，尽情挥洒生命的激情。据说汪伦也是个文学爱好者。虽然文学史没留下诗名，但学问博雅，为人正直，对升官发财并不热心，而且交往极少，除请教有学问的人，就没有别的宾客。

真挚纯洁的友谊，淳朴的古道热肠，怎不使漂泊大半生、饱尝世态炎凉、人生酸甜苦辣的李白感动得热泪潸然，进而由衷地唱出"桃花潭水深千尺，不及汪伦送我情"。

李白毕竟是李白。他敢轻尧舜、笑孔丘，蔑视皇权。试问，从古到今，哪位诗人有此胆量？他一生入道求仙，还怕你皇帝"赐金放还"吗？什么鸟翰林，还不是替你皇帝老儿写几首应制诗吗？

李白又回到南陵，住在碧山。这里和寨脚村一样：烂漫的山花摇曳送芳，蜿蜒的溪水流韵潺潺，袅袅的山岚雾霭更添群山的妩媚、林薮的朦胧，还有鸡鸣犬吠，薄薄的炊烟，高一声低一声的山歌小调，慈山祥水，如诗如画，怎不能抚慰心灵的创伤？

> 江城如画里，山晓望晴空。
> 两水夹明镜，双桥落彩虹。
> 人烟寒橘柚，秋色老梧桐。
> 谁念北楼上，临风怀谢公。
>
> ——《秋登宣城谢朓北楼》

李白南迁之后有七次到宣城，多少次登临谢朓楼没有记载。他写宣城诗很多，连宣城善酿酒的纪老汉都成了他的朋友，纪老汉死后李白还为其写了一首悼亡诗。

李白频频前往宣城，其原因是南朝齐诗人谢朓曾在这里做过太守。

李白对谢朓极其崇拜。这位南齐诗人是谢灵运的侄儿，且和谢灵运齐名，时称"小谢"，"蓬莱文章建安骨，中间小谢又清发"。宣城有谢公楼，李白怀念谢朓，每次来到宣城，总要登楼远望，发思古之幽情，感悟人生之苍凉。

看到这里风光依旧，山青水碧，花木葱茏，流水潺湲，物是人非，今古依依，知音难遇，触景生情，感悟良深："今古一相接，长歌怀旧游。"

李白最崇拜的诗人是南北朝诗人谢朓。南北朝是中国历史上著名的"乱世"，也是思想解放、个性张扬、文学走向自觉的时代，以至从建安七子到竹林七贤，到陶渊明、谢灵运田园山水派诗人的崛起，虽然社会处在战火频仍、腥风血雨、天崩地坼的大动荡大混乱中，但文学却得到空前发展。诗人们隐居山林，吟山咏水，回归自然，放浪江湖，老庄玄理风气深入到文学的骨髓。谢灵运孤清闲适的情绪弥漫在他的山水诗中，而南北朝时期，"小谢又清发"，以谢朓为首的一批诗人，进一步发展了山水诗，诗风较谢灵运更清丽明快，他的《晚登三山还望京邑》"余霞散成绮，澄江静如练。喧鸟覆春洲，杂英满芳甸"，写得境界开阔，气象高华，一杯愁绪，满纸苍凉，李白最为推崇。倘若李白能和谢朓一块饮酒，谈诗，谈世，谈人生，谈国家社稷，谈官场是非……会时而争得面红耳赤，时而开怀大笑！一边喝着老春酒，一边滔滔不绝，谈到夜阑更深，谈到东方既白。

谢朓，字玄晖，做过宣城太守，人称谢宣城。正是才华横溢、诗情泉涌的年华，因事牵连被害，死时年方三十六岁。天才的诗人往往寿命短暂，拜伦、雪莱、普希金，中国的诗人王勃、贾谊、李贺，以至现代诗人徐志摩，都是英年早逝，这是上帝的安排。上帝说，你太有才华了，你不能长寿，你长寿了，人家还能做什么？于是，总想个点子让你早早离开人间！

惺惺相惜，心有灵犀。谢公不满现实的黑暗、世俗的龌龊，放浪山林，李白仕途蹭蹬，壮志难酬，无可奈何，只是散发弄舟，寄情烟霞。时隔二百年，两位最富才华的诗人伟大的灵魂穿越时空发生相撞，能不激起巨大的悲剧感悟？"抽刀断水水更流，举杯销愁愁更愁！"

天宝末年，李白再次来到宣城，登上谢朓楼，设宴饯别秘书省校书郎李云——这位"中央办公厅"的公务人员。李白这些时日，心情十分痛苦，既充满了理想破灭的悲哀，又充满了剪不断理还乱的离愁，还充满了对苍生社稷的殷忧，哪堪加上大半生辛酸的回忆。年轻时期，遍求诸侯，到处碰壁，历抵卿相，一事无成。他一向尊崇能推荐贤良的韩荆州，本可通过韩荆州混个一官半职。偏偏他老兄不达世故，任性狂放，无视儒家典法，言辞峻烈，写了一封《与韩荆州书》，文章写得气势磅礴，词采纵横，锋芒毕露，咄咄逼人。这哪里是在求仕，简直是狂傲不羁、目无千古的骄子自白，连宅心宽厚的韩荆州看罢都倒抽一口凉气：乖乖，我的天哪！

前年奉诏入朝，本以为大鹏展翅、壮志可酬的时机到了，结果仰天大笑而去，低首挥泪而归。而今又登谢朓楼，感到日月不居，时光难驻，心烦意乱，忧愤郁悒。而今朝廷奸佞当道，燕雀处堂，国事蜩螗，一场揭天裂地的大动乱就在眼前，可是唐明皇再也不是开元盛世、励精图治的唐明皇了，而是沉醉在一片莺歌燕舞、灯红酒绿之中。安禄山已磨刀霍霍，狼一样发绿的眼睛早已紧紧盯住李家江山了。李白对朝廷感到绝望，对自己的仕途更是心灰意冷，心情郁结之深，忧愤之烈，心绪之乱，达到了一触即发、不可抑制的状态。于是奋笔写下"举杯销愁愁更愁"的千古怨章。这首诗是李白来到皖南创作的一首巅峰之作。"人生在世不称意，明朝散发弄扁舟。"李白的思想和抱负与黑暗现实的矛盾已是水火不相容，只好"散发弄舟"，放浪山水。

自南北朝谢灵运构建山水诗这座精神家园，山水诗经过二百年的发展，到李白时代已蔚为大观，山水泉林，烟霞雾岚，光风霁月，大自然的一切，经过诗人的点化，展现出一派诗情画意，风致翩翩。久经折磨的灵魂，与宇宙大化的融合而忘却现实生活的肮脏和丑陋，使灵魂得到恬憩和净化。

李白多次登临谢朓楼，写诗数首：《宣州谢朓楼饯别校书叔云》《谢公亭》《秋登宣城谢朓北楼》等。李白留下的一千多首诗中，无论前人或今人，没有一个人像谢宣城那样受到他如此推崇。李白向往谢朓所处的时代，建安文学对魏晋文学的影响，人文视野高远、高迈、豪放、慷慨、壮丽、悲怆，野途的空旷，鸟兽的鸣啸，月影的冷凄，夜风的悲响，晨露的清幽……这一切蕴含的悲伤，深深的孤独和浓浓的寂寞，便凝成了一种特有的气氛和意味。

李白对谢朓清新秀逸的诗风十分崇拜，对他鄙视权奸、傲岸的性格和惨遭杀害的不幸，深为同情，惺惺相惜。李白每每来到宣城，每每登上谢公楼就想到谢朓，就像广阔的天宇中，孤独运行的两颗耀眼的巨星，可望而不可即，只能用闪烁的光芒聊相抚慰。两颗诗才超绝的灵魂，时而发生碰撞，时而擦肩而过，孤独而悲愤，穿越时空，相融相和。李白追踪谢朓，低首徘徊，沉吟踌躇，长啸悲歌。他羡慕小谢的放浪形骸，诗酒风流，实际上是对西汉"罢黜百家，独尊儒术"几百年形成的儒家思想体系的挑战，蔑视一切律令、礼法、世俗、成规，超越一切虚伪的伦理、道德、纲常、名教，让生命回归自然，让思想冲破牢笼。

他站在谢朓楼上，脚下是一泓弯弯的宛溪流水，远处是寥廓的秋天，无边无际的秋天。虽有豪情逸兴，但怎也不能掩饰内心的痛苦。秋风萧瑟，黄叶飘零，雁阵横空，更使人惆怅丛生。

弃我去者，昨日之日不可留；

乱我心者，今日之日多烦忧。

长风万里送秋雁，对此可以酣高楼。

蓬莱文章建安骨，中间小谢又清发。

俱怀逸兴壮思飞，欲上青天揽明月。

抽刀断水水更流，举杯销愁愁更愁。

人生在世不称意，明朝散发弄扁舟。

——《宣州谢脁楼饯别校书叔云》

关于这首诗，有必要再饶舌几句。这是李白天宝十二载时的作品。从天宝三载李白被玄宗赐金放还，到如今已整整十年。十年间李白既未归山，也未入仕。他一直诗剑飘零，他离开长安，一路东行。先是到汴州，他此时心情很复杂，也很痛苦，并创作《行路难》，发出"大道如青天，我独不得出"的悲啸！自古贤才多受人妒忌，自己如同屈原和贾谊一样，因小人谗谤而被朝廷驱逐，自己空有倚马之才，满腔壮志豪情，为国建功业，效忠朝廷，却无人赏识。他写道："剑非万人敌，文窃四海声……临当欲去时，慷慨泪沾缨。"显然李白含泪离开帝京，这失意的巨大痛苦折磨着一颗伤痕累累的心！

他奔波在汴州、宋州之间，却无意间为文学史抒写了一段佳话——他结识了唐朝另一个伟大诗人杜甫。杜甫比李白小十一岁，在文坛上刚刚崭露头角，且诗名、资历相差甚远，二人却一见如故，携手游赏。白天手拉手地攀山越水，晚上同榻而眠，真是情同手足。更令人惊喜的是，在梁、宋间又结识了另一位诗人高适。高适那时只不过是个落魄士子，科场失意，从长安被排挤出来，只能浪迹江湖以排遣心中的烦恼。三个天涯沦落人，相呴以湿，相濡以沫，诗酒唱和，倒也忘却仕途侘傺、科考失意的痛苦。

李白和杜甫、高适分别后，又独自游历齐州、临淄郡，在济南加入道教，经过"严格的考试"，成了一名正式的道士，并颁发给"道箓"，也就是说李白成了有学历凭证的正式道士。实际上李白的思想很复杂，道家、儒家、任侠、纵横家的思想，在他心中已呈多元化，而儒家积极入仕的思想强烈地左右着他。他告别齐鲁又南下吴越，游遍浙东名山。大自然山水并未治愈李白精神上的创伤，面对江南锦绣山水，依然孤愤填膺。"安能摧眉折腰事权贵，使我不得开心颜。"其实，这并非李白的由衷之言，他口头上不事权贵，实际上一生不忘拜谒权贵，四处求官，四处碰壁。为国效命之心不死，又不得其门而入，功名仕途之志不老，又不得施展。他陷入难以自拔的矛盾中。

唐玄宗后期荒淫骄奢，李林甫大权独揽，妒贤嫉能，造成朝政腐败，政治黑暗，最终酿成"安史之乱"之大祸。李林甫被唐明皇重用，权压朝野长达十六年。有一件事，典型地说明李林甫妒贤嫉能奸佞品行：皇上下诏要招贤纳士，制科考试，朝野有一技之长者均可报名参加考试，作为宰相的李林甫本应该积极为朝廷广纳人才，却极力阻碍，一次考试竟录用名额为零，并祝贺皇上，"野无遗贤"。有李林甫只手遮天，李白这天纵之才也没有出头之日。

李白是浪漫主义诗人，又是理想主义者，他一生追求功名，一生追求高官大吏的权势和地位。他人生的目标定在宰相一职，能与皇帝对话，能左右皇帝按照自己的理想治理国家。李白总觉得自己是管仲、乐毅、诸葛亮，具有经天纬地之才，时常表露出傲岸不羁、卓尔不群的姿态，这恰恰不适合现实生活的规范，是为人处世的大忌。李白的性格和理想主义的思维，既要大济苍生，又慕神仙之举，希望二者兼得，而且这种意志表现得热烈执着。

李白虽然入道求仙，他也放肆地轻尧舜、笑孔丘，但他骨子里仍然是积极入世，以"济苍生""安社稷"为远大目标。他四处漫游，就是寻找能实现自己理想的门径，结果是到处碰壁。在这极度苦恼、极度失望之中，登上谢朓楼，发出了"抽刀断水水更流，举杯销愁愁更愁"的千古浩叹。

在"安史之乱"前夕，李白在放浪山水诗酒泉林中，并没有忘记社稷安危，更关心国家治乱，特别是安禄山在幽燕一带的活动，人言沸沸扬扬，使李白忧心忡忡。天宝十一载，他竟然携子将妇，风尘仆仆而不顾自身安危，北去幽燕，以探虚实。探视的结果是"君王弃北海，扫地借长鲸"。看到河东三地节度使安禄山正秣马厉兵，图谋造反，其狼子野心路人皆知。长鲸是指安禄山，祸端已酿成，不久，渔阳鼙鼓动地而来，大唐帝国随即陷入风狂雨骤的灾难之中，如日中天的唐王朝转眼间已是鸦啼影乱日将暮，一页辉煌化为云烟。

"愁"和"月""酒"，是李白诗歌中出现频率最高的意象和具象。李白一生多愁，他有许多著名的"愁"："五花马，千金裘，呼儿将出换美酒，与尔同销万古愁"，这哪里是写愁，分明是写他一腔豪情，是得意时的狂歌；"我向淮南攀桂枝，君留洛北愁梦思"，不过是裘马轻狂的李白，年轻时纵酒携妓，与道士交游时的羁愁别旅，浅浅的忧愁，淡淡的哀伤；"总为浮云能蔽日，长安不见使人愁"，这倒有点"真愁"了，李白虽被唐玄宗"赐金放还"，身处江湖之远，还时时牵念皇上，牵念着国家社稷，不过这首诗写作背景是李白在武汉看了崔颢的《黄鹤楼》诗，很是欣赏，但又不服气，欲以胜负，便写了《登金陵凤凰台》，有点"为赋新诗强说愁"之嫌。至于"人生达命岂暇愁，且饮美酒登高楼"，这不是写愁，而是宣扬及时行乐的思想，只要人生得意，就应该纵情欢乐！李白还写了许多闲愁、离愁、情愁，而宫女的"楼殿长愁不记春，黄金四屋起秋尘"，"此时阿娇正娇妒，独坐长门愁日暮"，只不过借他人酒杯抒发自己的人生感悟罢了。而今日"抽刀断水"，"举杯销愁"，又显示了李白理智与情感的巨大冲突。这种惊星撼月的诗句，只有李白这样的大诗人，才有这样成吨成吨的忧愁！

李白的血液里毕竟还奔腾着道家的基因。这里蓬莱是指道家的蓬莱山，李白称赞他族叔李云的文章有道骨仙韵，清新刚健。也有人解释"蓬莱文章"是指汉代散文，也就是汉大赋，气势磅礴，华严壮美。即使在愁大如天的困境下，李白依然向往远去的建安时代，追求建安风骨。建安文学就是曹操父子及建安七子组成庞大的文学集团，是文学走向自觉的时代，是文人墨客思想解放、精神自由的时代，是道风炽盛、玄言恣肆的时代。文人的放浪形骸，诗酒风流，不拘礼法，张扬自己，淋漓尽致展示个性和"自由主义"的时代。虽然那个时代战马萧萧，狼烟遍地，烽火四起，更加重了诗人们醉生梦死，"年命如朝露""人生忽如寄"正道出他们心灵深处的悲哀和绝望。

诗和酒，构成几千年中国文学史的佳话，好像中国文学史在酒中浸泡过。李白是无酒不诗，无诗不酒。他的诗字里行间蒸腾着一股酒气，弥漫着一种酒香。酒能使人沉醉麻痹，暂且忘记忧愁烦恼；酒能使人燃烧生命的激情，升华人生的信念；酒可使人产生狂、产生痴、产生力。李白所谓酣高楼，就是借酒一吐胸中块垒，借酒浇愁，化消沉为高昂，化烦忧为自信。"俱怀逸兴壮思飞，欲上青天揽明月"，这位诗仙念念不忘脱离凡尘，御风升仙将明月揽入怀中，与其说这是李白式的浪漫主义，不如说李白的天真幼稚。

李白呀，你是天才，鬼才的诗人。你目空一切，孤芳自赏，你疏狂、放诞、任性，恰恰缺乏政治家的涵养和性格，更缺少经天纬地、安邦定国的才能。李白意气蓬勃，抱负远大，具有非凡的幻想——但只能说明李白缺乏自知之明。

众鸟高飞尽，孤云独去闲。

相看两不厌，只有敬亭山。

——《独坐敬亭山》

其实敬亭山比起皖南其他山并无殊异，雄峻不及华岳，秀逸不及峨眉，巍峨不及黄山，既无奇峰，也无巉岩。山坡缓缓的，弥漫着一些杂花野树，新开辟的茶园，一层层波浪般起伏跌宕着。但它对李白却产生了巨大的诱惑力，每次来到宣城都要登临敬亭山，坐在山坡石头上，独独看山，看树，看云，看雾，如痴如醉，如梦如幻。我不知李白眼里的敬亭山，心中的敬亭山究竟若何？是那苍莽的林涛抚慰了他一颗痛苦的心灵？是那山峦一片流云擦拭了他的精神的创伤？是一缕清清的风，一溪潺潺的流泉拂去了他灵台上的尘埃？

李白自天宝三载离开长安，已整整十年了。十年的漂泊，十年的颠沛，十年的酸甜苦辣，十年的风霜雨雪，李白的生命已进入了秋天，不是成熟的美，不是丰硕的欣喜，他饱尝了人间炎凉，世事不平，更加深了对现实的不满，增添了孤寂感。怀才不遇，壮志难酬，而今已垂垂老矣，怎能不忧虑伤悲？

文人精神的避难所除了宗教便是山水。人的灵魂不可能总处在无家可归的动荡中，追求山水自然的审美价值，到世外寻找安顿灵魂的家园。李白魂系敬亭山，孤坐山中，心灵只有和敬亭山对话，情感只有向敬亭山倾诉。

这是种大孤独，茫茫人世，滔滔红尘，知音难觅。钟子期死后，伯牙摔琴，这是渗入骨髓的孤独感；辛弃疾拔剑四顾心茫然的孤独感——这是一种灵魂的炼狱。你看敬亭山上鸟都飞尽了，无影无踪，寥廓的天空只有一片孤云，越飘越远，也不愿陪一陪孤独的诗人。人生苍凉达到这种境界，可谓至极了。

我想象得出一千二百年前秋天的某个下午，李白独坐山路旁一块石头上，呆呆望着远处蜿蜒的山浪，周围很静，只有溪水在低声絮语，只有风吹林叶簌簌作响，那是天籁。秋风乱吹李白花白的须发，撩拨着他单薄的衣襟，群山陷入禅境般的静寂。

李白在想什么呢？是想起挥笔写就"云想衣裳花想容，春风拂槛露华浓"的自豪，受到杨贵妃称赞的心灵的满足？是想起曾经龙巾拭吐，御手调羹，力士脱靴，贵妃捧砚的那种狂放和高傲？也许想起《将进酒》那恣肆纵横的场景，狂飙飓风般的豪气，天风海雨般的激情？那时正值人生壮年，壮志凌云，热血沸腾，五花马、千金裘算什么！人生得意须尽欢，天生我材必有用！那时感到前程一片灿烂，为国效忠的时候就在眼前，人生达命岂暇愁，且饮美酒登高楼……

此时此刻，也许想起他的诗朋酒友。穷困潦倒的杜甫在哪里？天各一方，青鸟音绝，不知沦落在何处？还有孟浩然，烟花三月下扬州后，孤帆远影，不知渺然？还有高适、王昌龄，你们又在哪里，在哪里呀？李白想你们呀，眼在流泪，心在流血！

也许李白此时什么也没想，大脑里一片空白，一片静虚，这是大孤独者的心态。"我对世间的一切都厌弃了，世间对我也厌弃了，只有眼前的敬亭山在陪伴我！"

李白面对敬亭山，忘情山水，说穿了是借助山水忘却世俗的一切，特别是折磨人的灵魂的矛盾与苦恼，与宇宙大化，合二为一，这是一种精神的超越，是生命对苦难的逃避。漂泊的灵魂找到温馨的家园，这个家园是玄言和山水共同铸造的审美人生。遗憾的是李白尽管放浪山水，却并不同于陶渊明、阮籍、嵇康，更不同于"一生低首谢玄晖"。他性格的双重性，决定了他的"隐士"生活是假隐，即使相对敬亭山时，他的眼珠还不时转一转，盯着官场，盯着朝廷的一举一动。他身在山林，心在仕途。

如果仅从这方面解释，实际上并未探到李白钟情敬亭山的真谛。"相看两不厌"还有更重要的原因。

入翰林前，李白曾拜访过唐玄宗的胞妹玉真公主。玉真公主是女道士，当初对李白的求见不予理睬。李白空候数月，写诗发了些牢骚，便离开长安。后来玉真公主知悉李白乃天纵之才，气质非凡，贺知章称之为"谪仙人"，苏颋赞他"天才英丽"，玉真公主又读了李白的诗赋，果然名不虚传，便同贺知章一起向他哥哥唐玄宗推荐李白。唐玄宗新得贵妃，正需要新的辞章来咏赞，为之锦上添花，便下诏李白进京，封他为"翰林学士"，并"御手调羹，龙巾拭吐"。一介布衣，有如此恩遇，在那个君君臣臣的时代，已是荣幸之至了。但李白仍不改吊儿郎当的性格，狂放不羁，又好喝酒，整天喝得昏天暗地，"天子呼来不上船"。他与同僚关系又搞得很糟，说他坏话的人很多，没办法，只当了一年多的供奉翰林便"赐金放还"。李白又回到皖南。

玉真公主得悉皇兄放还李白，进宫大闹一番，并说："将我公主的名号去掉吧，包括封邑中的财富。"玄宗自然不答应，但玉真公主脾气倔强，坚决散去自己的财产，辞掉公主名号，离开京城，远赴安徽宣城，在敬亭山修道。

李白终其一生，都对玉真公主怀有爱慕之情，如果不了解这个背景，李白面对敬亭山，怎么会产生"相看两不厌"的情感来？李白还写诗道："常夸云月好，邀我敬亭山。五落洞庭叶，三江游未还。相思不可见，叹息损朱颜。"但李白与玉真公主有缘无分，最终未成眷属，空有一怀情思。

历代正直的文人都和他所处的时代格格不入，从屈原、贾谊到司马迁，从李白、杜甫到李贺，到后来的苏东坡、辛弃疾，他们都是时代的弃儿，他们的思想是属于后世的。李白是大唐的弃儿，历代人格超迈的文化士子，桀骜不驯的贤臣良将都得不到当朝政府的重用。

值得思考的是谢玄晖（谢朓）在魏晋时期并非最杰出、最伟大的诗人，为什么李白偏偏钟情于他？以至李白流放夜郎，中途遇赦，在返回皖南路经庐山时，还作诗念念不忘谢公："闲窥石镜清我心，谢公行处苍苔没。"其实谢公楼仅是一个象征，李白羡慕的是二百多年前的魏晋风骨、建安文章，崇尚自然、蔑视礼教、鄙弃传统的叛逆精神。

敬亭山是李白孤傲、放纵不羁灵魂的家园。他对敬亭山看不厌，置身美丽的大自然，通过驰目游怀，体会大化运转的庄严与华妙，世俗的羁勒、生命的忧伤也被化解了。

> 清溪清我心，水色异诸水。
>
> 借问新安江，见底何如此？
>
> 人行明镜中，鸟度屏风里。
>
> 向晚猩猩啼，空悲远游子。
>
> ——《清溪行》

这首诗是天宝十二载（753）秋后李白游池州时所作。池州即今贵池，风景秀丽，清溪和秋浦两条溪流绕城而过，犹如飘带，蜿蜒曲折。李白游清溪，写下很多清溪的诗篇，寄托自己喜清厌浊的情怀。

清溪碧绿清澈，穿山越岭，流过城市与乡村，不激越滔滔，不浮躁嚣张。水中荇藻和游鱼，历历在目，悠然自得。它不像北方河流雄浑和野旷，更没有长江巨流的磅礴和恢宏。但我总觉得清溪水是雌性的，像女儿一样清丽、温柔。多情却不卖俏，低眉颔首，连个斜睨都没有，流畅的线条，浅浅的微笑，清澈的眸子，透出十分的性感。

在这混浊的世界，竟有如此清澈的一条溪流，怎不让李白惊喜？"清溪清我心"，李白一生游过多少名山大川，为何独独钟情于清溪，唯有清溪水色给他以清心的感受？

同样，发源于徽州的新安江也是十分清澈的一条江流，碧波湜湜，一尘不染，南朝的沈约就曾赞美过新安江："洞彻随深浅，皎镜无冬春。千仞写乔树，百丈见游鳞。""借问新安江，见底何如此？"如此清澈见底的新安江尚不如清溪水更清呢！

李白被唐明皇"赐金放还"，怀揣一腔怨愤，离开混浊的帝京，重返皖南青山绿水中，见到如此清澈的溪水，感到何等亲切，何等欢喜！

李白喜欢清洁、雅静，尽管他一生都想当官，但他又厌恶官场的混浊和肮脏；他具有"申管晏之术"，却无廊庙之材；四处求仕，却处处碰壁。他想挣扎脱离肮脏的社会现实，但这种丑陋和肮脏却像毒蛇一样折磨着他纠缠着他。他心里十分痛苦，只好求道问仙。他抱负不得施展，理想难以实现。他绝望了，遂在济南道教紫极宫正式加入道教。

这入会并非简单地填一张表，入会仪式是极其严格的：

道院土坛上挂着神幡，上面画着黑白鱼河洛图。土坛四周牵着一条绳子，绳子上挂着纸钱和符咒。当中有一个大案，供着众神牌位。一位高天师披发仗剑，踏罡布斗。几十名信徒衣冠整洁，神气肃穆。每个人都反剪着手，一个跟着一个，环绕神坛，口中念念有词，走个不停，七天七夜，不得有片刻休息，只有黎明时分，才允许进点素食和清水。有不少人晕倒了，能坚持下来也衰弱不堪。不过能坚持下来，就被接受为正式的道教会员。李白居然坚持了下来，成了一名"光荣的道教会员"。高天师训示真言："凡道士者，大道为父，神明为母，虚无为师，自然为发……"从此之后，李白名隶紫府，品登仙箓，了却尘缘，忌情世事，超然于独立成败得失之上，也就永远从痛苦中解脱出来。

李白回到家，垒灶采矿炼丹，做着白日飞升之梦。

李白在诗中蔑视权贵，轻视皇威，在实际行动中恰恰相反，一生不忘事权贵。他三十岁时入长安想寻求背景，进入仕途，先投奔女道士玉真公主，李白讨个没趣，转身又巴结唐玄宗的女婿张垍，一再投诗，极尽吹捧拍马之能事，并信誓旦旦，一旦鱼跃龙门，就终生相报。其实张垍此人既无才又无德，根本不会理睬李白，更不会推荐他。李白走投无路，才喊出"安能摧眉折腰事权贵"的话来。吃不到葡萄才说葡萄酸，李白并非心口如一的君子。他加入道教，骨子里又迷恋仕途；他蔑视权势，又巴结权贵；他谋求不到官位，才诅咒现实的黑暗、官场的污浊。

李白再回皖南，已经历了人世沧桑，饱尝了世态炎凉，见到清澈碧透的清溪，固然感到"清心"，可是自己时值暮年，百念俱灰，回忆大半生，四处奔波，遍访官宦，结果一无所获，只留下一些诗句，别无一有，感到人生的苍凉，心灵上更添一层孤寂。黄昏时一声猩猩的啼叫，在诗人听来，对自己远游他乡，内心更加落寞悒郁。

纪叟黄泉里，还应酿老春。

夜台无李白，沽酒与何人？

——《哭宣城善酿纪叟》

安史之乱，烽火连天，鼙鼓动地，大唐帝国一片腥风血雨。李白一心报国，误投李璘。李璘是唐明皇十六子，封为永东王，他招兵买马，名为平乱，实为裂土而王，其狼子野心被唐肃宗看破，一举剿灭后，李白也身陷囹圄。当李白流放夜郎路上，被赦获释。李白没有回巴蜀故里，又返回皖南。于是再到宣城，却见"老春酒坊"房倒屋塌，一片瓦砾，不见了曾经沽酒给他的纪老汉，心生悲情，不觉热泪潸然。

物非人亦非，若有隔世之感。忆往昔，白日里，黄昏中，坐在纪老汉酒店里，一盘小菜，一壶"老春"，酒醇甘美，一边痛饮，一边和老汉闲话桑麻，酒不醉人人自醉。没有钱了，李白照样到老汉这里饮酒，只不过到州县府衙写几首诗，换些碎银。李白左手接过来，右手又交给纪老汉偿还酒债。心情虽然悲苦，但有酒相伴，醉眼蒙眬，哪管天上人间，今夕何夕呢！

李白不是蓬蒿之人，他是诗仙，是天上谪人。他不是杜甫，杜甫是俯首看地，目光盯着地上苍生百姓的苦难，李白是仰首望天，目光是寻觅成仙之路，羽化升天之道。他浪漫得有些可笑，有些幼稚。他很少为下层劳动者写诗。查遍《李太白全集》只有三首诗是歌颂劳动者的，一首歌颂炼铜工人的："炉火照于地，红星乱紫烟。赧郎明月夜，歌曲动寒川。"这首也是他居栖皖南南陵写的。南陵产铜，是古代的冶铜基地，李白看到炼铜的壮观景象和炼铜工人挥汗如雨的劳作场面，颇有感慨，写下这首短诗。李白的诗为后人留下一道古代炼铜工人群体的风景，让后人景仰的集体的造型。

第二首也是写给南陵老媪的。南陵的暖山温水给李白伤痕累累的灵魂几多抚慰，几多温馨。"我宿五松下，寂寥无所欢。田家秋作苦，邻女夜春寒。跪进雕胡饭，月光明素盘。令人惭漂母，三谢不能餐。""雕胡饭"是南陵百姓招待贵宾的一种"上等饭"，当地人称为"菰米饭"。每当夏末秋初，"茭白"抽穗开花，扬花后结出果实，即称为"菰"，农人采摘后，剥去硬壳，露出晶莹剔亮的菰米，粒粒如珍珠，煮成饭也颗颗圆润如玉。李白饥饿之时，当地老百姓给他做菰米饭，李白怎能不热泪盈眶，动心动情，想起古时韩信流浪漂泊，是洗衣的老大妈给他一日三餐，这救命之恩成了千古佳话。一代放浪狂傲的诗仙在饥饿困苦时，是南陵的"漂母"们救了他，这怎能不使风烛残年的李白深深感动啊！李白一生参加的大官小吏的豪宴多少次，什么山珍海味没吃过？但是农家的菰米饭却让李白发自肺腑地感激："三谢不能餐"，穷苦的百姓自己不舍得吃，李白能咽下去吗？

第三首就是写给纪老汉的。

　　这是李白放逐夜郎，中途被赦，大难不死，重返皖南。此时李白已进入了人生的暮年。经过安史之乱，即使平静安详的皖南也是哀鸿遍野，饿殍载道，满目废墟，物非人也非了。他寻找当年沽酒给他的纪老汉，再次去到"老春酒坊"，这里已房倒屋塌，荒草没膝，纪老汉早死于战乱之中。此情此景，李白心如刀绞，悲痛交加，想自己是风烛残年，贫病相煎，不日也将随纪老汉走进另一个世界，能不失声痛哭，哑了喉音，断了肝肠？一个"夜台无李白，沽酒与何人"，这犹如屈夫子的天问，直问得山哭水咽，天地变色，神鬼震惊！这颗心一直萦系着一个酿酒的普通劳动者，震撼了诗仙李白的灵魂，也震撼了千百年文化人的心。

　　想当年李白成天价赋诗饮酒，走马扬鞭，蔑视皇权，粪土当年万户侯，而今却深深怀念一位生活在最底层的酿酒老汉，这是文化人的良知。

> 大鹏飞兮振八裔，中天摧兮力不济。
> 余风激兮万世，游扶桑兮挂左袂。
> 后人得之传此，仲尼亡兮谁为出涕？
> ——《临终歌》

这是李白的《临终歌》，李白的绝笔。这位风骚之后，驰驱屈、宋，鞭打扬、马，千载独步的天上谪仙告别人世的最后歌吟。

临终仍不失大气磅礴，气魄恢宏。他自喻为横空出世，翅剪八裔的大鹏，李白青年时期就渴望自己成为一只大鹏，曾作《大鹏赋》："斗转而天动，山摇而海倾""一鼓一舞烟朦沙昏。五岳为之震荡，百川为之崩奔。"后又热情赞美大鹏一飞冲天，"扶摇直上九万里"的矫健英姿。大鹏乘长风，浮大气，翱翔苍穹，搏击云海，沉浮自由，舒缓任性，孤傲而高远，伟岸而自信，洒脱飘逸的精神风采，成为李白心灵中的偶像。李白这只大鹏起飞于开元盛世的黎明，栖落在天宝末载的黄昏。他衰弱极了，疲累极了，现在感到体力不济，深感生命的大限来临，他将要乘风归去，返回仙境。李白一生狂悖于世，口吐天文，迹行人间，轻尧舜，笑孔丘，其实他这首诗就脱胎于孔夫子，看来他临终还是折服于孔老先生的。孔子感到人生大限即至，悲歌道："太山坏乎！梁柱摧乎！哲人萎乎！"简单的字句，厚重的内涵，道出宇宙间最本质的哲理。李白也把自己的生死与宇宙的毁灭相联系，也只有李白这样的狂人至死不泯狂气！

李白的悲剧在于他明明看到社会现实的黑暗，偏偏求仕之心不死，他明明知道国家即是皇上的"国"与"家"，却极力报效"国"与"家";在皇权社会里,"溥天之下,莫非王土;率土之滨,莫非王臣",但他仍狂热地忠心耿耿。他身已入道家,却心在儒家;他本应当属于"清静无为",去休闲属于他自己的个体生命,一颗衰老的心却时时萦绕社稷苍生。李白是天才鬼才的诗人,却又是不识时务的愚夫。

李白晚年听说兵马副元帅李光弼在徐州招兵买马,出镇临淮,准备一举收复失地宋州时,他忘了自己刚从死亡线上挣扎出来,忘了一身疾病,满怀一腔热忱,仗剑出行,为统治集团效劳。可统治集团何曾理解你的一片忠心?他仍然抱病前往徐州投奔李光弼,愿跃马扬戈,战死沙场!

这是何等可笑、何等愚钝之举!李白呀李白,浪漫主义走到极致就是愚昧和幼稚的代名词!中国读书人大概都有那位疯诗人屈老夫子的遗传基因:他们拳拳爱国之心,深深忧民之情,比身居庙堂之高的帝王将相还殷切,还炙热,还赤诚,还忠烈!帝王将相想的是荣华富贵,忧的是能否永远花天酒地,和你心目中的国家、人民是风马牛不相及的!李白呀李白,你无论怎样挣扎,怎么呼啸,但统治者并不领你的情,这不是人生的悲剧吗?

中国文人一向分为两类:狂和狷。《论语》里说:"狂者进取,狷者有所不为也。"李白是狂者。

李白抱病出发了，离开南陵，离开虽残破但仍温暖的热土，要走进风雨弥漫的报国之途。

李白去了！没有当年"仰天大笑出门去，我辈岂是蓬蒿人"的豪情，没有"愿将腰下剑，直为斩楼兰"的壮志。他踉踉跄跄、步履蹒跚离开了南陵。我不知道李白出走那天是风雨潇潇还是朗日高照，但我想南陵的百姓会走出家门，十里相送，千叮咛，万嘱咐，要他保重！

李白去了！送行的人群里不见情深千尺的汪伦，不见善酿的纪老汉，不见了许许多多亲切熟悉的面孔！人生如梦，世事云烟；李白回首乡亲，回首那一片败瓦颓垣，望着渐去渐远的村外的山。这一去，李白再也没有回来！

李白根本没走出皖地，他走到当涂便病倒了，他高烧不止，旧病复发，日日加重。他去不了徐州了，大鹏的翅膀已折断了！他没有魂归故里，也没有魂归南陵，而是客死当涂，大青山的怀抱收藏了大唐帝国的一把忠骨！

我是春天去拜谒李太白之墓的。那天正是春雨潇潇，墓园很静，陵园入口处是两排石刻，以连环画的形式刻画了李白一生的踪迹和事业：那初出巴蜀的喜悦，那为贵妃写诗的狂放，那送孟浩然烟花三月下扬州的深情，还有身披枷锁贬逐夜郎的悲怆……使人看了感慨万端，沉思良久。

　　李白死后，其子伯禽请李华为父亲撰写墓志铭。长于碑版文字的李华，费了半个月时间，写了一百多个字；关于李白之死，也使他沉吟良久，煞费苦心，最后也只得措辞如下：

　　年六十有二，不偶。赋《临终歌》而卒。

中秋明月在密州

一

今夜月明人尽望，不知秋思在谁家？

秋天在那个时代表现得特别深沉，特别凝重。况乎是这中秋佳节呢？

古往今来，文人墨客吟风咏月，寄情于月，望月抒怀，思念远在他乡的亲朋故友，似乎，月真的可以载梦载思载情？中秋节是月的节日，是亲人团圆的日子，更是中国历代诗人墨客一大情结。月亮因澄澈而不炫目，宁静而不岑寂，那静谧怡人的风致，飘逸脱尘的高洁，晶莹剔透的品质，慰藉了多少悲苦幽怨的心灵、孤寂飘零的生涯。月是具象，又是意象。多如繁星的诗词歌赋里，秦风汉韵，唐魂宋魄，都融进那如绢如练的月光里了。

密州的超然台是苏轼调任知府后重修的，在城东南一隅。这是熙宁九年，他来密州的第二年。他登台赏月，又想起天各一方的弟弟子由来。子由在济南任知府，距离并不遥远，却是京城一别，六七年未见面了。苏轼是多情的，他与弟弟子由感情甚笃。我翻检了一下，他存世的二千四百首诗词，就有二百多首是写给子由的，几乎占去十分之一。这些诗词不是次韵子由，就是"和子由""寄子由"，内容更是繁复芜杂，从子由的身体瘦弱到工作调动；从子由的官职沉浮到子由出使公务活动；从居住到生日、生子，甚至到吃肉、读书、洗澡、梳头，无不写诗填词，或致辞关爱，或言以抚慰。爱屋及乌，连子由宅院的花草树木，苏轼都一口气写了十一首诗，极尽赞美之辞。他写给子由的诗词内容几乎囊括了生命和生活的各个层面。兄弟情谊如此亲密，古今文人间实属罕见。是大诗人过多的情感无处宣泄，把弟弟当作诗词的具象意象，至少是感情的载体，暴风雨般泼洒而来？

苏子由，个头五大三粗，却性情温和，没有苏东坡的张扬和狂放。这些年勤勉不殆地忙于政务，也不耽误生孩子，一口气生了三男七女，满屋是孩子，家里成了幼儿园。

苏东坡在密州为官，政绩斐然。他写诗也甚多，两年间写诗二百余首，或伤感，或诙谐，或愤懑，都以天真的心情，几乎是赤子般的狂放不羁，将心中块垒，一吐而快。这是他人生最沮丧的一段时光。说也奇怪，在最困难的日子里，却写出最好的诗，正中了那句"文章憎命达"。这和他几年后惨遭"乌台诗案"，被贬黄州时期一样，是他诗词文赋创作两个重要的时期，以致使他成为他那个时代最伟大的文学家，这是迫害者章惇之流最不愿意看到的现象。在密州两年，他的诗词创作达到成熟阶段，此时愤怒与奇酷的火气已消散，只剩下安详与顺时知命的心境，

对大自然的声色显示出静谧和喜悦。

苏东坡和弟弟子由气质不同，秉性各异，形貌也相迥。苏东坡个头中等偏上，敦实、浓眉大眼，满脸赤红，搭眼一看，就知道是言语滔滔，激情澎湃，精力过人，才华非凡之人。而子由眉眼清秀，文质彬彬，不苟言笑，性格内向。东坡最显著的特点是那张嘴巴，强有力的线条，透露出能言善辩的灵敏和强健。他热情奔放，眉宇间也露出抑郁、沉思，而富有幻想状。

有一次，他兄弟二人闲聊。

苏轼："我这个人就是管不住嘴巴，一发现不对的事情，就像苍蝇飞到碗里，非要唾弃不可。"

子由："说话要看什么人，有的可以推心置腹，有的不可以。"

苏轼："我是个宁鸣而死的人，有话不说不行，得罪朝廷，不合时宜，甚至得罪于皇上。"接着又说，"我这个人无害人之心，也无防人之心哪！"

苏轼是敢说真话的人。在党争激烈的年代，他反对王安石的变法，特别指出"青苗法"的推行，给百姓带来的弊端。王安石大怒。侍御史知杂事谢景温诬告苏轼居丧期间往复贾贩，经核查，子虚乌有。苏东坡没有争辩，提出外放请求。

苏轼第一次离开京都汴京是熙宁四年（1071），时年三十六岁，任杭州通判，也就是就任杭州副市长之职。上有天堂，下有苏杭。杭州是江南富庶之地，东南形胜，三吴都会，"烟柳画桥，风帘翠幕，参差十万人家"。苏东坡七月离开汴京，一路游山玩水，访朋拜友，还和弟弟子由一块到颍州看望欧阳修，直到十一月二十八日方到杭州。上任三天，就开始散怀山水，放浪泉林，孤山、灵隐、天竺，携名妓访名僧，论经说禅，品茗对弈，玩得不亦乐乎。用他的话说："我上能陪玉皇大帝，下可陪卑田院（卑田院，佛家语，也作悲田院，指栖流所，说得明白点儿，就是乞丐收容所）乞儿。"苏轼多才多艺，才华横溢，深厚广博，诙谐幽默，感悟敏锐，思想透彻，亲切热情，慷慨厚道，不管高官大吏、皇亲国戚，还是村老樵夫、娼优歌伎，他都能逢场作戏，洒脱周旋。也就是说他有天生的亲和力，人气很旺。

苏轼是个儒、释、道三者的统一体。他儒、释、道都沾一点儿，既想"治国平天下"，又想远离尘俗，还想修成正果，实际上"是个不可救药的浪漫主义者"。

苏轼从杭州调任密州，依然我行我素，那种潇洒，那种放达，那种乐观和自由，似乎更老练、更成熟了。他依然不急不躁，五月接到调令，九月才离开杭州，十一月才赶到密州，一路上依然狎山戏水，诗俦酒侣，却没有见到他日夜思念的弟弟子由。在赴密州路上写了一首著名的词《沁园春》：

孤馆灯青，野店鸡号，旅枕梦残。渐月华收练，晨霜耿耿；云山摛锦，朝霞溥溥。世路无穷，劳生有限，似此区区长鲜欢。微吟罢，凭征鞍无语，往事千端。

当时共客长安，似二陆初来俱少年。有笔头千字，胸中万卷；致君尧舜，此事何难？用舍由时，行

藏在我，袖手何妨闲处看。身长健，但优游卒岁，且
斗尊前。

这首词的副题是"赴密州早行马上寄子由"。

这首词创作的背景是秋天。秋风萧瑟，晨霜耿耿，苏轼
骑一匹白马，家丁随后，穿过南国的山水，前往北方的途中，
这是他外放后的第二任所。尽管政治上不得志，但在杭州这
几年心情还是愉快的，"江海寄余生"。三十几岁的苏东坡就
把生死看得很轻很淡，他阔大的胸襟视荆棘如坦途，依然放
歌咏物，何况南国风光旖旎，山清水秀，怎能让他不诗情大
兴？任凭它孤馆青灯、野店鸡号、旅枕残梦？我苏轼不是"寻
常到处，题诗千首"的风流太守，而是一位"笔头千字，胸中
万卷，致君尧舜"的政治家。词中大有无顾忌之处，在朝廷
受到"改革派"——苏轼并不完全反对王安石变法，只是对变
法中的极端成分有意见。王安石是有名的"拗相公"，当时的
宋神宗是有作为的皇帝，他一心富国强兵，支持王安石变法。
王安石对推行"青苗法"也做出妥协。但由于王安石仍然掌控
朝政，对朝廷大动手术，调整官员，罢免、贬逐、下降、右
迁，连富弼、韩琦、张方平等老臣也挂冠放外；欧阳修、曾公
亮也先后退位，至于苏轼苏辙、程颢程颐兄弟也早已离开朝

廷。王安石一手操作，一批新人（新党）进入帝国政府的中枢要地。王安石一意孤行、不折不挠的天性，必然引来政治冲突的爆发。

在党争激烈的年代，苏轼一家走马灯似的，团团迁徙州府之间，官职起伏，仕途跌宕，生活上极不安定。在以后十几年间，他又辗转于颍州、扬州、汝州、筠州、定州、徐州、湖州，都是屁股没坐暖，又奉命转移，真是颠沛流离，如断梗残蓬，漂泊不定。在这首诗中他也亮明了自己的政治态度，宣称"用舍由时，行藏在我"。就是说，用不用我，你朝廷说了算，出世入世，或藏或行，我都要像杜甫那样"致君尧舜"。实际上，这是向胞弟子由倾泻一肚子牢骚。

还好，苏轼在密州竟然两年有余。苏轼在密州职衔全称为"朝奉郎、尚书祠部员外郎、直使馆、知密州军州事、骑都尉"，这长长的职衔包容了他"职""阶""衔""爵""勋"等各种名目，实际上是"知密州军州事"——即军政一把手，六品官阶。

二

大凡浪漫主义作家都喜欢咏月颂月，中国历代文人中最典型的是李白，他不仅是酒中仙，也是月中仙。苏东坡紧步李白后尘，虽然酒量不及李白，但诗词中酒精含量并不比李白淡薄。苏东坡更是酷爱咏月，李白存诗二千首，咏月的诗就多达四百余首。苏东坡有多少，我来不及统计，但随意记起他后来贬谪到黄州所作"一词二赋"中就有寄情明月的诗句。其壮美俊逸已达至真至美的境界。"举酒属客，诵'明月'之诗，歌'窈窕'之章""月出于东山之上，徘徊于斗牛之间。白露横江，水光接天。纵一苇之所如，凌万顷之茫然""挟飞仙以遨游，抱明月而长终"。在《念奴娇·赤壁怀古》，竟然悲歌长啸"人生如梦，一樽还酹江月"。

苏东坡像李白一样，天真得可爱。他得意于"江上之清风，山间之明月"，要"抱明月而长终"。他有许多诗词吟月咏月，不胜枚举："和风春弄袖，明月夜闻箫""与谁同坐，明月清风我""可惜一溪明月，莫教涉碎琼瑶""对酒卷帘邀明月，风露透窗纱""夜阑风静欲归时，惟有一江明月，碧琉璃""半年眉绿未曾开，明月好风闲处，是人猜"，等等。在诗人眼里，月是仙境、梦幻，是玉宇、琼瑶，是最圣洁之地。月，为诗人提供了寥阔的想象空间。

我们前面提到苏辙对苏轼的规劝，苏轼是听得进去的，但总也不改，这决定于他的性格和气质。他是个感情型的人，对人对事常常从感情出发，而缺乏理性的约束和规范。这种性格和气质，导致苏东坡一生仕途侘傺，坎坷丛生，但顺境和逆境，他都当作一种福气，倜傥风流，潇洒放达，有酒就醉，倒头就睡。"一蓑风雨任平生"。这是一种气，用林语堂的话，"气"是一种哲学概念，人格的"元气"。伟人和庸人显然不同的，往往是精力元气上的差异。以苏东坡的情况而言，其意义同于伟大的精神，一个高升到无限的精神，激烈的冲动，其本身充沛的元气必须发之于外，而不可抵制。

苏东坡曾经和弟弟子由"会宿"船上，那是在颍州与欧阳修相处半个月，分别时在船上共度一夜，也是清风明月良宵佳辰，二人一觞一咏，谈诗论政。子由话不多，东坡却话语滔滔，二人彻夜未眠，只谈到残月西沉，东方既白。东坡称赞弟弟"表里渐融明，岂独为吾弟，要是贤友生"。

密州比起杭州来简直有天壤之别。这里是荒僻贫穷的山区，经济萧条，文化落后，百姓生活困苦，政府官员薪俸很低。这里桑麻遍野，荒山连绵，苏轼身为军政一把手，却常常挨饿，粮食不够吃，经常吃些枸杞、菊花充饥。公余常到郊外挖野菜。在野地挖野菜不时发现弃婴，更为严重的是民间有溺死女婴的事件。苏轼发现这个问题，立即发布文告，禁止弃婴、溺死女婴，并成立慈善机构"育儿会"。他动员有钱人家捐粮，也号召州县官吏捐一部分口粮救济孤儿，"育儿会"当年就收养四十三名弃婴。但是密州又遭旱灾、蝗灾，百姓食不果腹，衣不蔽体，流离失所，饿殍遍野，百姓是"剥啮草木啖泥土""饥馑疾疫靡有遗"。他开仓放粮，赈灾救民。他上书朝廷，要求派人观察灾情，豁免赋税。

苏轼一上任就考察密州山川地貌，发现一山泉"清凉滑甜，冬夏若一，余流溢去，送于山下"。他在山上凿石为井，引泉下山，既可饮用，又可以灌溉农田，成为周边百姓生产、生活的不尽水源。后来他作《雩泉记》："今民吁嗟其所不获，而呻吟其所疾痛，亦多矣。吏有能闻而哀之，答其所求，如常山雩泉之可信而恃者乎？轼以是愧于神。"他把修雩泉作为自勉，激励自己关心民间疾苦。地方官员薪禄菲薄，勉强能养家糊口。这次来密州，除了他的继室王闰之，还有他的爱妾王朝云，当然还有其他奴婢，一大家人全靠他一个人的俸禄支撑，苏东坡又不是那种贪官，其艰难可想而知。但他还力所能及地收养了几个孤儿。这并不能从根本上解决密州百姓生活窘境。他一方面发放贷款，救济贫民，一方面号召大家努力生产，发展经济，密州百姓生活逐渐好转。

熙宁八年（1075），苏东坡写下被誉为怀念妻子的千古名篇《江城子·记梦》。其时他第一任妻子王弗已死去十年，而今有娇妻美妾，虽生活艰涩，但比起百姓来还能过得去。然而，他对已故妻子王弗的感情刻骨铭心，常常梦中相会。

王弗是个聪慧美丽的女子，有文化，夫妻间有共同语言，感情融洽。王弗父亲王方和苏轼父亲苏洵都是乡间名人，王弗嫁给苏轼也是门当户对。他们结婚后，夫妻恩爱，后来王弗随着考中进士的丈夫出仕，先到京都汴京，后辗转到凤翔等地。除了悉心照料丈夫衣食住行，还夜夜陪丈夫读书。夜阑更深，青灯一豆，王弗侍在丈夫身旁，夏夜上茶，冬夜添炉。苏轼读书，偶有遗忘，她就从旁提醒。苏轼竟然不知道她读过那么多的书。她是书院长的女儿，苏轼知道她识字，却没有想到她居然“熟读”到能提醒丈夫的程度。

王弗不仅会读书，而且能察人。苏轼“有交无类”，对谁都不设防，王弗经常耳提面命，告诫他谨防小人，特别是那口蜜腹剑、奸邪谗佞之辈。有一次苏轼和章惇同游终南山诸寺。章惇是福建人，比苏轼大两岁。此人胆大心狠，曾是苏轼挚友，也是残酷迫害苏轼欲置之于死地的恶人。他们抵仙游潭，下临绝壁万仞，岸甚狭，横木架桥。苏轼不敢过，章惇则平步而过，蹑之上下，神色不动，以墨濡笔大书石壁上曰:“章惇苏轼来游。”后来，王弗就提醒丈夫和这种人少交往，章惇“日后必杀人”，因为他不怕死，还有什么可惧怕的？敢于玩弄自己生命的人，也敢于玩弄他人的生命。果然，密州被贬黄州，这位身居高位的"挚友"成为苏轼的死对头，亲自下令逮捕苏轼入狱。

结发妻子的死，给苏轼带来终生的悲痛，王弗未过三十岁亡故，对苏轼的人生造成沉重打击。十年之后，这伤痛仍未愈合，每每想起，黯然神伤。来到密州，春日踏青，秋日登高，身边少了爱妻王弗，性情再豁达的人，也会怅然若失。那天夜里，苏轼刚刚入眠，一女子衣袂翩翩，姗姗而来，向苏轼问长嘘短，后又坐在床边给苏轼盖好被子，还把苏轼裸露在外边的胳膊放进被窝里，啊，王弗！苏轼惊醒，猛地坐起来，满屋漆黑，窗外却是一轮白皓月。他夜不能寐，起身，挥笔写下千古绝唱：《江城子·记梦》。

"十年生死两茫茫"，这是多么悲痛的感慨啊！生死殊途，两相隔绝，真是茫茫邈远啊！据说王弗死后，葬在苏轼父母身旁，苏轼为妻子栽了"三万棵松树"，这固然是诗人的夸张之语，但栽了很多松树倒是真实的，可见苏轼对亡妻的真挚爱情。

后来，苏轼的续弦就是王弗的堂妹王闰之。王闰之虽不如王弗通诗文，聪慧机敏，但在苏轼耳濡目染下，十年间也粗通文笔，还能成为苏轼"合格"的内助。

三

苏轼在密州期间，在城南还修了一道南北走向的大堤，东部与高耸的山岭相连，既解决了夏季水患问题，也解决了春冬旱灾问题，实际上是一座山涧水库，涝能蓄水，旱能引水灌溉。苏轼几乎是一个水利专家，他一生所到之处都留有兴修水利的政绩，钱塘疏浚六井，茅山、盐桥疏浚运河，即使后来被贬惠州还引水入城，解决城内百姓因缺水只能饮苦涩的咸水的问题。到了熙宁九年（1076），密州的民生和经济状况大有好转，他决定对城墙西北台进行修葺，建一亭阁。八月，台阁竣工，苏轼心情甚悦，写信请子由命名，子由忽然想起老子的话"虽有荣观，燕处超然"，随命"超然台"。苏轼喜欢这个名字，欣然命笔，写了一篇《超然台记》，"吟成超然诗，洗我蓬之心"。超然物外，实际上就是他的长辈范仲淹"不以物喜，不以己悲"的超乎现实的思想。这时苏轼已至不惑之年，思想成熟了，沉实了，那种躁厉、锋芒也收敛了很多。他随遇而安，不为物动。逢大事，遇挫折，仕途侘傺，他淡然处之，心情依然达观、乐观。他在《超然台记》中记述了他清贫的生活："而斋厨索然，日食杞菊。"身为州府长官，与民同甘共苦，心却陶然自足。

在密州苏轼第一次响亮地喊出"野性"的口号，呼唤天然个性自由——倡导桀骜不驯的个性，向往自由奔驰的生活；热爱自然，反对污浊尘世的束缚，追求豪纵放逸，浑朴天真，雍容旷达精神。这是他人生观的升华。他有一首词《江城子·狩猎》最能淋漓尽致地表现这种野性："老夫聊发少年狂，左牵黄，右擎苍，锦帽貂裘，千骑卷平冈。"他在另一首诗里也表现了这种野性："放怀语不择，抚掌笑脱颐。"狂吟跌宕无风雅。那种行歌笑傲，愤世嫉俗，潇洒夷旷，出尘脱俗的野性神态，跃然纸上，如见其人。

这时期，朝廷高官重臣也频频更迭。首先是王安石罢相，1074年四月到1075年二月，整整十个月离开相位，后复相，到熙宁九年（1076）十月再次罢相，从此闲居金陵，十年后去世。朝政的变幻，预示着苏轼仕途的跌宕，命运的起伏。

但苏轼依然我行我素，公余时间，吟山咏水，放浪泉林，笔头千字，胸中万卷，创作更勤奋，更成熟了。

世界上有两种天才，一种天才不可学，一种天才是可学的。李白不可学，杜甫可学；苏东坡不可学，欧阳修可学。

苏轼虽是大儒，但对佛、道濡染也深，有所识却也不佛不道。他对佛、道只是从文化角度欣赏，欣赏佛、道的超然，逸致洒脱的生命形式，任性不羁的精神自由，仍然以儒家思想入世，担当社会人生的责任，以道家的精神养气，"千里快哉风，一点浩然气"。无论顺境逆境，他都能够在入世出世的交替中，在激情与虚幻的转换中，在儒、释、道的碰撞激荡中，得到融会、整合与统一，从而达到趣味盎然，生机浩荡，超然无累，自足完满的人生境界。

1076 年的中秋月是属于苏轼的月。

中秋节到了。

这是他在密州最后一个中秋节。

经过两年的艰苦劳作，密州百姓生活安定下来，日子渐渐有起色，苏轼心情自然愉悦多了。

苏轼携带家室和同僚在修葺一新的超然台上饮酒赏月，共度良宵。

密州东临大海，西接泰山山脉，平野万顷，亦有丘陵山冈，位于山东半岛东南部，潍水绕城而过，本应该是山清水秀、富庶发达之地，但历代知府知州不关心百姓困苦，不能为官一任造福一方，其时仍为欠发达地区。

苏轼登上超然台，和同僚一边饮酒一边谈天说地，其乐融融。但想起远在他地的弟弟子由来，不由黯然神伤。父母早已过世，世上只有他唯一的亲人弟弟，中秋之夜，是家家团圆、亲人相聚之时，苏轼望着这澄明清凉的月夜，能不顿生惆怅之感?

中秋之夜，是多么迷人的月夜啊！望城内，烟火万家，不时传来笙歌笑语；看城外，远处隐隐的山峦，近处坦荡的田畴，茂腾腾的庄稼，成熟的芳香随风飘来。银色的月光大幅大幅铺展开来，月照处，光斑烁烁；幽暗处，如窟如渊。一轮满月以生命本源的洁白和素静盈盈地浮在广阔的天宇，那清丽晶澈的光辉带着凄楚的微笑，亲吻着大地、山野、庄稼、青草、野花，空蒙浮漾。月光和淡淡的雾霭融在一起，烟縠般浮荡在田野，扑朔迷离，轻灵曼妙。

中国人钟情月亮，有很浓的月亮情结，在不多的盛大节日中，专设一个月亮节，而且为月亮编撰了许多美丽动人的神话故事：嫦娥奔月、吴刚伐桂、蟾宫折桂等等，已融入民族文化的源头，化为民族精神的元素。历代文人吟咏月亮的诗词歌赋，车载斗量。不知是这些诗词化为月亮的素辉，还是月亮的魂魄注入了这些诗词。中国文人的诗词歌赋，一是酒气很浓；二是月光很明，处处闪烁，既照亮了他人，也照亮了自己。

我想象得出，九百三十多年前那个密州的中秋之月夜，苏轼和家人友人举杯痛饮的状况。酒盅中泛着月辉，月光映照楼影、人影、树影，墙角处，虫吟细细，远处传来兽语夜枭的鸣叫，更衬托出这秋夜的岑寂、安谧。苏轼不及李白的酒量，三杯两盏，便醺醺然，几杯下肚已酩酊大醉，回到家里，倒头便睡，鼾声如雷。酒醒后，激情勃发，挥笔写下《水调歌头》。

其词取境高远，意境空灵，气度豪迈，气质浪漫，怀逸壮思，高接混茫。李白"唯愿当歌对酒时，月光长照金樽里"，受道家影响很深，抱着超然物外的态度，又喜欢道家的养生之术，所以常有出世登仙的想法。苏轼并不像李白那样被颁发"道箓"，成为有学历证书的正式道徒，但他思想很杂，道家思想时时主宰心灵，这官场这现实人生太芜杂，太肮脏了，真想"乘风而去"，与仙人共语，与明月相伴。三年后，当他受贬黄州时所作《前赤壁赋》中表露得更加鲜明："浩浩乎如冯虚御风，而不知其所止；飘飘乎如遗世独立，羽化而登仙。"

这时，苏轼最想念的仍然是弟弟子由，词的副题"兼怀子由"。中秋佳节，万家团圆，而今兄弟天各一方，不能晤对共饮，手足之情，血脉之亲，能不思念殷殷？

中国古代文人，往往得志时入世，忧国伤时，为国操劳，把诸葛亮当作楷模，"鞠躬尽瘁，死而后已"；不得志，仕途逆遭之际，则散怀山水，寄情泉林，望月抒怀，欲羽化而成仙，脱离凡尘。实际上是一种精神上的逃避，是失败者的自我抚慰。他们想乘风归去，只是一种天真幼稚的想法，月亮的冰清玉洁，高远缥缈，正是最理想的去处，这是一种幻想。人是无法超越现实的，人是环境的产物，又是群体的产物。李白一生放浪不羁，虽然信奉道教，却一心想当官，四处求仕，到处碰壁，他的人生际遇使他不得不想"羽化成仙"。苏轼虽时处庙堂之高，但残酷的党争、剧烈的是非之争，他又不善于说假话，看风使舵，随风俯仰，怎能在官场上春风得意，玩得水流山转？再加上才华盖世，这本身就是命运的悲剧因素。他的诗文一出，只要传到宫里，宋神宗常常被吸引得忘了吃饭，看到兴奋处，拍案称赞，这样的超人之才，怎能不引起章惇、吕惠卿等卑劣小人的嫉恨？

这首词一开笔便突然发问："明月几时有？把酒问青天，不知天上宫阙，今夕是何年？"这屈原式的"天问"，涵盖了天地寥廓空间，大有气吞宇宙之势。接着便以浪漫主义想象，展现词人心中波澜的大起大落，既向往朝廷，一展宏图大志，又感到官场的黑暗龌龊，难以容身，不如回到人间，也表达了作者宦海漂泊、壮志难酬的苦闷心境和超尘拔俗、达观的睿智哲见。

全词狂放超逸，意象奇瑰，给人以疏宕洒脱、深远澄净的美的享受。最后是人生感悟："人有悲欢离合，月有阴晴圆缺。"

这是千古难以成全的憾事，这种意境高远、警励奋发的超然格调，达到"中秋词，自东坡《水调歌头》一出，余词尽废"的光辉局面。

智者的冷暖人生

她的孤独和愁苦是智慧的产物，确切地说，是才智的，不完全取决于性格。没有这种精神境界，就不会产生这种痛苦。

——题记

一

赵明诚、李清照初回到青州，生活是安逸的、幸福的、舒心的，这里是一片精神的净土。早晨散步于阳溪湖畔，柳舒眉，花绽腮，绿草绕堤岸，薄雾弥漫，连空气都鲜冽得醉人。夫妇俩缓缓信步，恬淡闲适；黄昏，忙了一天的金石书画的整理，赵明诚携李清照又去云门山下，看山花烂漫，听鸟鸣虫吟，落霞缤纷，山影乱叠，那是一番怎样的诗情画意！

李清照给自己的居室起名"易安居"，就是取名陶渊明《归去来兮辞》里"倚南窗以寄傲，审容膝之易安"的意思，自号"易安居士"。

她协助丈夫搜集金石，并把多年购藏与搜集的金石、碑版、图画、古籍、周鼎、夏彝等古董文物，加以系统的整理。赵明诚拟定一部超越欧阳修的《集古录》的学术专著《金石录》。一是把历代金石文物加以有序编排，二是对历代金石文物的真伪进行辨识。赵明诚在太学读书时就有收藏金石的嗜好，不断地学习、搜索、探究、辨识，具备了丰富的金石学修养。为官后，他更是多方搜集古物，甚至不惜花巨资到民间，到古董摊购买。他常常把欧阳修的《集古录》摆在案头，学习其优长，记载学习心得，不断提高他对金石的考证和辨识能力。

夫唱妇随，聪慧、才华超逸的妻子李清照成为他最称心、最有力的助手。李清照博闻强记，思考缜密，性情又耐得寂寞，两个人常常工作到深夜。青灯一盏，双影映壁，他们认真地校勘、辨析、整理、编目、归类。夜晚的静寂，烛光的温馨，对爱好的执着，使他们忘记世间的烦恼，沉浸在对事业的追求中。这时期，李清照和赵明诚的感情如新婚蜜月，颇有"夫妇擅朋友之胜"。

这两位学者归隐回到故里，更加刻苦自励地读书、写作，不仅积累了金石专业知识，也丰富了文史底蕴。知识给他们带来人生的乐趣，知识给他们带来精神的支撑，知识撑起他们人生理想的风帆。人生是一部书，这是他们最富魅力的章节，最辉煌的一页。

他们搜罗的金石书画、古物很多，又专门盖了十间库房，陈列其间，煌煌然、泱泱然，俨然是一个民间博物馆。

赵明诚致力于搜罗古人字画、铭帖碑版、文物器具。夫妇二人"每获一书，即共同勘校，整集签题。得书、画、彝、鼎，亦摩玩舒卷，指摘疵病"。收藏史书百家，尽量备有副本，至于家传的《周易》和《戴氏传》更有多种版本，收罗齐全。对藏品，他们共同把玩、品赏、赞叹。也有争论，特别是得到白居易真迹手抄本《楞严经》，更是喜不自禁，对其书写之精致，保存之完好，不能不叹为观止。人近中年，李清照风韵不减，兴奋快活时，双颊飞红，话语滔滔；开心时，才情飞溅，妙语连珠。夫妻二人常常沉浸在诗天画地，游弋在翰墨书香的海洋里，金石、诗词、书画、琴棋组成李清照和赵明诚生活的四重奏。

他们的生活是诗的岁月，花样的年华，温馨安逸，夫妻恩爱，朝夕相伴，情笃义浓。春夏秋冬，日子像流水逝然而去，那静静的溪流也卷起一叠叠浪花，那是生活的情趣，人生的雅趣。

在青州生活虽然没有汴京时的豪奢，甚至有点清贫，但他们生活得充实、快乐、安谧、静逸。这时期也是李清照诗词创作的丰收期。李清照和赵明诚都喜欢梅花，他们从南方带来的梅树，已开花绽蕾了，花枝摇曳，暗香浮动，满园春色乍露，动人心旌。夫妻二人赏梅，李清照挥笔写一阕咏梅词《渔家傲》：

雪里已知春信至，寒梅点缀琼枝腻。香脸半开娇旖旎，当庭际，玉人浴出新妆洗。

造化可能偏有意，故教明月玲珑地。共赏金尊沉绿蚁，莫辞醉，此花不与群花比。

说实话，这首词并没有展示出李清照的才华，没有跳出咏梅的词路，但赵明诚却连声称赞："自本朝以来，咏梅大兴。

林逋一联'疏影横斜水清浅，暗香浮动月黄昏'，已把梅花写绝了。夫人'玉人浴出新妆洗'比譬新鲜、出奇，可谓独出心裁！"其实赵明诚的夸奖也暗带鼓励。李清照和赵明诚非常尊崇林逋先生，他不结婚，不做官，隐居杭州西湖孤山，以植梅、养鹤为人生乐事，梅妻、鹤子，他以咏梅见长，李清照更是羡慕林逋先生的达观人生。

李清照一生只留下四十八首词，其中有九首是咏梅的。梅的高洁，梅的丽雅，梅的冷艳，披霜浴雪，傲骨凛然的形象，是抒情主人的形象。自己亲手种植的梅树，一树鲜嫩的花儿，红灼灼地开放了，多么动人美丽啊！这首《渔家傲》是李清照咏梅词中写得最愉悦、最明朗的一首，也是她和赵明诚生活最惬意时之作，其余几首多是愁闷、憔悴，感时伤怀，孤寂落寞的抒情。苦涩中散溢着芬芳，惆怅里蕴含着甜蜜，是生命对爱的涌动和宣泄。

隐居青州，他们的生活并不单调、枯燥。他们自己创造欢乐和诗意，一度他们每天傍晚搞一种"猜书斗茶"——李清照在《金石录》后序中记录了他们的生活雅趣："余性偶强记，每饭罢，坐归来堂烹茶，指堆积书史，言某事在某书、某卷、第几页、第几行，以中否角胜负，为饮茶先后。中即举杯大笑。"这有点小儿科，却其乐融融，点缀了枯涩的校勘书画金石生活。

二

赵明诚将购藏的金石、字画，经过几年的整理，已编目有序。为扩展藏品，他开始四处搜罗，除了去淄博、莱州，还跑到泰安，最远的去湖北嘉鱼，常常一出去就是一两个月，甚至数月。归来堂室只剩下清照一人，空落落的堂室，空落落的宅院，还有空落落的心。每当丈夫出远门，清照帮助收拾行装，总止不住暗自流泪。丈夫出去后，她更是六神无主，一颗心像是被掏空了，夜里辗转难以入眠，清晨又懒得起床梳妆。白日无心填词、写诗，晚上又无意挑灯夜读。她和明诚已结婚十多年，仍无子嗣，这本身就是一种压力，虽然明诚不说，但明诚的家人以何等眼光看她？一个女人不能为夫家赓续香火，这是最大的失职。赵明诚体会妻子被迫离开汴京的委屈和苦闷，清照才华绝伦，能在"容膝易安"之中，把爱和全部心血投入丈夫喜爱的金石事业，专心致志地协助他，尽早完成牵挂于怀的心爱之作，明诚从心眼里感激清照，他曾把自己和清照的爱情比作萧史与弄玉，情感如同司马相如与卓文君，那是珠璧成双，天作之合。1114 年，也就是他归隐六年时，赵明诚请人为清照画了一张像，明诚亲笔题签：

清丽其词，端庄其品，归去来兮，真堪偕隐。

清照的丽句，才华超逸以及冰清玉洁的品格，深深打动了明诚的心。清照那嫣然百媚、端庄高雅的风采，又使赵明诚心生敬慕。明诚把清照视为他归隐中最佳伴侣，他钟情清照，更欣赏清照的双重气质：学者的蕴藉深厚，诗人的才情横溢。天下有如此才女，能不感谢上天的厚赐？

清照是个感情极为细腻的人，多愁善感，丈夫远去，留给她的是一种孤独、孤凄，许多情绪与情感的纠结和无奈。才华不尽是孤独。于是她写了脍炙人口的新词《一剪梅》：

红藕香残玉簟秋，轻解罗裳，独上兰舟。云中谁寄锦书来？雁字回时，月满西楼。

花自飘落水自流。一种相思，两处闲愁。此情无计可消除，才下眉头，却上心头。

李清照青春生活是幸福的、美满的，充满曼艳旖旎的风趣。她词意婉丽，摛藻丽句，奇气横溢。她的书斋也是她的卧室，窗明几净，空寂如籁；窗含云门山，宅傍阳溪湖，空气里都弥漫着草木的清香和鱼腥水鲜气味，这是一片诗天画地。此情此景，写这些离情别恨、春怨秋愁的曲子词，必然流露出一腔灵性，一片灵境，一派空灵神韵。

这首词是丈夫赵明诚去泰安不久她写的。题材并不新鲜，是闺中怨妇思夫，古代文学作品常见的题材。但李清照写得出神入化，达到极致之境。李清照以女性作家独特的人生体验，感知了这刻骨铭心的离愁。

归来堂的生活出现不和谐的音符。明诚的频频外出，使清照陷入复杂的忧愁中，本来没给赵家增添子嗣，父亲、弟弟打入元祐党人，贬谪远方，音讯杳无，身边又失去了唯一的爱人，能不痛苦、孤独，又添一段离恨？

清照是喜爱清洁雅静的人，但自从丈夫走后，她懒得起床，懒得梳头，不燃兽炉香，不叠红锦被。她也深知丈夫为了事业，不恋儿女情，作为妻子应该支持，但这重"离怀别苦"怎也抹不去。本来许多心事，想说给爱人，但又怕引起丈夫的思念之苦，只好吞吞吐吐，嗫嗫嚅嚅，欲说还休。近来新瘦，并非因酒而瘦，逢秋而悲，究其终极，是丈夫的远离，心情不好，才瘦了下来。终日相伴的郎君远去了，自己却在这座愁烟恨雾的妆楼里，有谁知道我朝夕凭栏，泪眼望穿呢？只有眼前的流水吗？李清照性格孤峭，丈夫一离开，自己不是"人比黄花瘦"，就是"从今又添，一段新愁"。这位多愁善感的才女，心细如丝，愁绪如缕，这与她童年时代失去母爱，所形成的林黛玉式的孤凄心理有关。更重要的一点，李清照没有生育，这是女人致命的伤痛，在这个封建贵族家庭里，她绝不会得到公婆的喜欢、妯娌姑嫂的尊重。没有子嗣，不能赓续赵家香火，怎能有家庭地位呢？这更加重了她孤凄、孤独的心理和精神压力。我曾想，李清照若是儿女绕膝，有童哇哇，这个哭，那个叫，这个要吃奶，那个要撒尿，还会有如此孤单，此等"闲愁"？在这个家庭里，她与他们没有共同语言，赵明诚是她唯一的知音，一旦离开，她精神的依靠便倾圮了，终日青灯相伴，形影相随，屋空空，心也空空，又至秋暮，又至梧桐夜雨，怎能不愁绪次第而生。

也许李清照过于敏感，神经过于脆弱，鸟啼、蛩鸣、花落、流水、衰草、夕阳、落晖，甚至一阵黄昏细雨，都激起她无端的愁绪。庭院深深深如许，愁怨深深深如海啊！

李清照把写词当作极富挑战性的生命活动，满腔炽热而又沉静的爱和情感，任其在纸上流淌。那爱的急流，便形成一行行艳词丽句，忧伤的、哀怨的、幸福的、痛苦的声音定格在纸上，传之久远……

李清照深知她的创作不是自慰，而是自救，是对精神唯一的救赎。人越孤独，创作越自由。

李清照的词充满沧桑感，凄艳、多情、清冷，犹如一影水月。敏锐孤独的心魄，奇谲凄楚的冷艳，是她人生际遇里一片孤独的风景，独立的风姿，一份庄严的生命的共感。

李清照柔弱而多情，敏感而多疑，恋爱就是一切，她是爱和美的化身。她的一生就是一阕优美哀婉的词。李清照把两首词抄写得工工整整，收藏好，待丈夫归来，好评赏一番。

她盼呀盼，中秋节来临了，她神经质地感到风吹树杪的沙沙声，仿佛是丈夫衣袂的窸窣声。北雁南归的鸣唳，更添一重思念之苦，风吹门铃，仿佛是丈夫的敲门声……夜里睡不着，干脆拥被而坐，隔着窗棂，遥望一轮孤月，心如秋水一样冰凉。摸摸身边枕头和被子，是空空的，能不感到孤凄吗？凝目外，更添一段新愁。

三

李清照有陶渊明的旷达，也有李白的清高，时人就评李清照：易安偬傥，有大丈夫气，乃闺阁之苏、辛，非秦观、柳永也。她如翔华表之鹤，唳出谷之莺。

她在青州写了一篇《词论》，这篇论文涉及词史、词律、词家评价等诸多问题，也是在赵明诚外出泰安时所作，她盼明诚早日归，共同商榷。李清照严于词的创作规律，维护词的特性，坚持词"别是一家"的主张。这为中国词学理论划分了严格的艺术畛域，至今仍有它的理论价值。真可谓名篇大章，光映先后。在文章中，李清照驾秦轶黄，陵苏轹柳，颇具文胆剑心，俯仰起合，风云舒卷。

文曰：

> 五代干戈，四海瓜分豆剖，斯文道熄。独江南李氏君臣尚文雅，故有"小楼吹彻玉笙寒""吹皱一池春水"之词。语虽奇甚，所谓"亡国之音哀以思"者也。逮及本朝，礼乐文武大备。又涵养百余年，始有柳屯田永者，变旧声作新声，出《乐章集》，大得声称于世。虽协音律而词语尘下。又张子野、宋子京兄弟、沈唐、元绛、晁次膺辈继出，虽时时有妙语，而破碎何足名家。至晏元献、欧阳永叔、苏子瞻，学际天人，作为小歌词，直如酌蠡水于大海，然皆句读不葺之诗尔。又往往不协音律者，何耶？

振聋发聩，阅遍历代"人间词话"，没有如此点名道姓，毫无顾忌的批判，而且句句直射靶心！下面又点名王安石、曾巩、贺铸、秦观、黄庭坚之辈的词创作的病诟，言辞尖锐，说他们"别是一家，知之者少"。我想象得出，李清照坐在书斋、案头堆满这些人的词集，对这些男性世界的名流大家，从内容到形式统统进行了批判。她强调词必须"典重""做实""铺叙"和"协律"，尤其是"合乐"的特点。

这小女子居高临下，大有一览众山小之气概！

她出言不逊，确实展示出她超人的才气，博雅、高古，纵横词坛，乃帝后气象。

赵明诚从泰安归来，看到妻子写的《词论》，倒吸一口凉气，乖乖，我的祖奶奶，你真是吃了豹子胆！敢这样横扫竖射，肆意诋毁这些名流大家！对他们的作品，多少人吹捧阿谀，你倒是横挑鼻子竖挑眼，太狂妄，太偏执了！文章传出去，把大宋朝的词坛完全颠覆了，人们对你恨之入骨，有的名人已去世，他们的后人呢，当初吹捧过他们的人呢？

赵明诚曰："苏子瞻是你父亲的老师，你不觉得一棍子打死，太无心肝了吗？"

李清照曰："老师怎样？我说的是词创作的艺术，你不觉得老师混淆了诗词的界限吗？"

赵明诚曰："东坡先生以诗入词是对词创作的发展，更展示词的开阔境界，有何不好？"

李清照曰："你不理解我的本意，词有词律，诗有诗韵，我的观点虽有偏激，不过是矫枉过正。"

赵、李在这篇《词论》上争论不休，谁也说服不了谁，不了了之。

今天看来，李清照的《词论》仍然不失为一篇词论史上的杰作，语殊凿空，才锋大露，它的理论价值不可否定。

四

丈夫赵明诚赋闲青州十年，这十年间，他完成了《金石录》这部传世之作。他长长地舒了一口气，油然而生一种事业有成的自豪感。但是恺悌善良的赵明诚饱经儒家思想的熏陶，学而优则仕，他不可能像陶渊明一样长期隐居乡野。他虽钟爱金石，更向往官场肥马红尘，歌舞声喧，那是士子的"人间正道"。他收拾笔墨纸砚，打点行装，要去一趟汴京。其实，李清照也理解丈夫，男子汉大丈夫出将入相，叱咤官场，也不枉一世人生。李清照像林黛玉一样，性情高洁，虽为女流，却骨奇清雅、桀骜超俗，但也没超出人生的规则：如果说男人的目标是名山事业，女人的追求却是爱情和家庭的温馨、圆满。李清照一生都在恋爱。爱情像一枚银币，正面是温馨、姣好，反面却是苦涩和忧愁。李清照大半生就是在感情的炼狱里挣扎、歌哭、哀叹。美好的时光总是那么短暂，苦涩惆怅的岁月却是那么漫长。她的词大部分是这种愁闷心态的分泌，是一种病态的分泌，而赵明诚是唯一的知音，是她的第一个读者，而今明诚又要远走高飞，能不引起她一番凄凄惨惨戚戚的愁怨吗？这是人间难见的神仙眷侣。赵明诚又特别喜爱钦服清照的聪慧才华，清照的清词丽句、非凡的才气已深深征服了他，清照那既嫣然百媚又端庄高雅的气质，以及落落大方、潇洒倜傥的丰采，更是让他感佩不已，这是上天赐给他的天仙般的女子。一个成功男人身后必有一个伟大的女人，古今一理。这些年来，多少个不眠之夜，清照协助丈夫整理、校勘那堆积如山的金石史书；多少个酷寒炎暑，清照以她的丰厚的学识涵养帮助丈夫辨识金石文物的真伪，何朝何代之物，还以出色的文字为这部皇皇巨著编辑目录、注释、解读。她以女人特有的细腻、耐心，不惧烦琐，不惮细枝末节，都加以严苛考证。她的案头、枕前常常是"几案罗列，枕席枕藉"，在书山上攀爬，在学海里远游，风鬟雾鬓，筚路蓝缕，付出几多心血？现在他们的事业已成功，达到了一代大儒欧阳修的《集古录》"诠序益条理、考证益精博"的境地。

耳濡目染，明诚也受到清照超人才气的影响。这几年他的诗词创作也大有长进，不仅具有学者的风度，还添了诗人的风采。丈夫要远行，清照含泪帮助打点行李，嘴里千叮咛万嘱咐，心里总是酸楚楚的。且不说仕途风雨，谁能预料心爱的郎君，劳燕分飞，天各一方，谁来慰藉寂寞空落的心灵？

萧条庭院，又斜风细雨，重门须闭。宠柳娇花寒食近，种种恼人天气。险韵诗成，扶头酒醒，别是闲滋味。征鸿过尽，万千心事难寄。

楼上几日春寒，帘垂四面，玉阑干慵倚。被冷香消新梦觉，不许愁人不起。清露晨流，新桐初引，多少游春意！日高烟敛，更看今日晴未。

这是清照在赵明诚离开青州不久所作。

这几年朝廷人事变动很大。赵明诚少年秀出，文词古雅，千载波澜，万卷诗书，早在回故里青州之前已名噪京城。赵明诚的两位妹夫傅察、李擢此时在朝廷分别任礼部员外郎、工部侍郎，虽非权臣，却也是有头有脸的人物，在朝廷为妻兄谋一差事，并非难事。再说，还有明诚的两位姑表兄弟谢克家和綦崇礼，也是官场的名人。朝里有人好做官。凭着纵横盘节的亲戚网络，赵明诚弄顶乌纱帽岂不如探囊取物。傅察认识吏部高官，通过他向宋徽宗做了推荐。皇上下诏，任命赵明诚为莱州知州，赵明诚乌纱紫袍骏马红缨一路赶回青州。清照本应该兴高采烈，欣喜若狂，谁知丈夫短短时日，竟带回一位"二奶"——小妾。这主要原因是李清照三十几岁，竟然没有子嗣，这不仅对赵家是巨大的压力，对清照本人压力更大，每想到此，总感到深深的内疚。心胸再开朗的女人，在爱情上也有排他性，何况这位情感细腻、才情出众的女诗人？

更令人伤感的是赵明诚在青州小住几天，便携带小妾匆匆赴莱州上任去了，把本来孤凄的李清照扔在孤凄的旧宅院。

萧条庭院，空空归来堂，寂寂易安居。昔日的欢声笑语，夫唱妇随，品茶猜书的情景已成追忆，那熟悉的身影不见了，那熟稔的脚步声不见了，那诗来词往的雅趣不见了，夜阑更深，身边空空，怎能不使这位多情女子愁肠百结？她感到无从相伴，茕茕孑立的孤独，被遗弃的痛苦！

这正是宋徽宗改元后的宣和元年（1119）春天。唉，这个阴晴变幻的春天，真是恼人的天气！她还写了一首《蝶恋花·暖雨晴风初破冻》，在词中倾吐自己忧愁、苦闷、寂寞的心情。这是心灵的哭泣，这是一位女词人灵魂的呼喊，这是词人的"天问"！酒意诗情谁与共啊，举目无亲，宅室空空，夜阑寂寂，辗转难眠，"独抱浓愁无好梦"，道出李清照排山倒海的寂寞和离愁！

五

忧愁是人类普遍存在的感情，对一个柔弱女子、闺阁词人，这种感情更重、更浓。在她的词中，"愁"字频率出现得最高。丈夫携新宠去莱州，清照请求赵明诚带她一同赴任，赵明诚却拒绝了她。在望穿秋水的期盼中，却等来如此结果，能不让她有刻骨铭心的痛苦，有撕肝裂肺般的疼痛？男人们一戴上乌纱，有了新宠，就如此绝情吗？为了仕途的风帆高扬，要甩开过去的儿女情长？

青州是他们夫妻爱的伊甸园，这十年是他们人生最难忘却，且成就最辉煌璀璨的十年。多少个美丽的早晨，夫妻俩或晨读，或莳花弄草；多少个黄昏，夫妻相携散步于阳溪湖畔、落霞夕照中，看湖中鱼儿嗳喋，听暮鸟投林，一天的劳累顿然逝去；多少个夜晚，夫妻双双埋头几案，一豆灯光，映着两个身影，重重叠叠，我中有你，你中有我，或整理金石文物，或者查阅典籍，常至夜阑更深，甚至东方既白。只要有爱有情，心头氤氲着甜蜜和温馨，一切辛苦和劳累都化解了，风吹云散了。

而今归来堂只有她空寂一人，易安居再也没有昔日的欢声笑语，明诚的心变了，那十年相濡以沫的情感呢？她想不通，那么多太守夫人都可以随宦，明诚为何排拒自己呢？你纳小我并没有反对，谁让自己不争气，没给赵家增添子嗣呢？

悲伤、离愁、孤独、痛苦，万箭穿心般折磨着她。清照夜不能寐，晨起又懒得梳妆，一切变得空虚，魂断魄散，"多少事，欲说还休"，只好诉诸笔墨。她创作《凤凰台上忆吹箫》一词：

> 香冷金猊，被翻红浪，起来慵自梳头。任宝奁尘满，日上帘钩。生怕离怀别苦，多少事、欲说还休。新来瘦，非干病酒，不是悲秋。
>
> 休休，这回去也，千万遍《阳关》，也即难留。念武陵人远，烟锁秦楼。惟有楼前流水，应念我、终日凝眸。凝眸处，从今又添，一段新愁。

宣和三年（1121）八月十日，在明诚出任莱州一年后，清照再也忍受不了孤独和寂寞，赶在中秋节前五天来到莱州，看望身为知州大人的赵明诚。青州、莱州相距并不遥远，那个时代交通不发达，不会朝发夕至。我想李清照去莱州路上是乘着车子，丫鬟相陪，仆人相随。途中下榻驿馆，她思念心切，伤感袭来，难以成眠，爬起来操笔写下《蝶恋花》："人道山长山又断，潇潇微雨闻孤馆。"那种寂寞的情绪，跃然纸上。

对于清照的突然到来，赵明诚没有来得及做任何准备，将就把她安排在自己的书房居住。

空空落落的书房，拥拥挤挤的书房，只是满架的书，这些书大多没有什么价值。寒窗破几，冷落萧条。已是清秋时节，夜间寒意料峭。白天，赵明诚忙于公务，无暇关照，夜晚又忙于应酬，也很少来书房和她叙谈。晚宴常常是歌舞升平，歌伎舞伎，莺啼燕语，清照有时也被邀来参加晚宴，但深感受到冷遇。且不说赵明诚的同僚很少关照这位陌生的知州夫人，赵明诚的小妾更是视她为路人。她的尴尬，她的孤凄，她的难堪，是常人难以忍受的，坐不是，立不是，去不是，留也不是，只是黯然神伤，泪往心里流了。

天才都是孤独的。

天才都患有失眠症。

往事不堪回首，朝花难以夕拾。她回到书房暗暗抽泣，辗转难以成眠。在青州想念明诚难以成眠，没想到来到莱州见到丈夫，更让她伤悲。清照再也不愿意参加太守的宴会，歌舞晚会，她关门谢客，在莱州依然享受她"独有的孤独"。她厌恶那种官场歌伎佐欢，佳人伴兴，酒杯乱举，僚友的假话谎言，世俗的尘务，官场的虚伪。明诚变了，再不是青州专心致力于

《金石录》整理撰写的金石学家的赵明诚了。她伤心，她怨恨、她愤懑，但也无奈。

赵明诚对清照的疏远，赵明诚缠绵于官场俗务，这两种心情是不可扭转的，他已经成为金钱酒肉之中的粗鄙俗吏。她嘲笑明诚：所谓男儿事业，就是这样吗？才华妍妙、情感细腻的李清照对世俗社会有天生的叛逆，官场上的虚伪和狡诈，政治斗争的冷酷和残忍，她深恶痛绝。李清照冰雪情操，天姿丽质，不染尘俗，与本来志同道合的丈夫，精神上的分道扬镳，是自然而然的了。

李清照貌似柔弱，但骨气清奇。虽满纸是春怨秋恨，离愁别绪，但她独立的人格支撑着这朵凌雪傲霜的生命之花，一旦景转情移，又展示出自己的风骨情操。

在莱州时，赵明诚曾带李清照去观海。

海是怎样广袤雄阔啊！腥咸的海风推着山丘一样的涛峰移动，波浪砸在礁岩上，飞溅着雪白的浪花，一波被撞碎，一波又涌来，前赴后继，生生不息，展示着不屈不挠的意志和摧枯拉朽的生命力。广阔的海面上，空旷、寂寥，只有阳光照射下闪烁着斑斑的亮点，只有海鸥在碧蓝的海空飞翔，洁白的羽翅划出一道道虚幻的白线。远方，海天迷茫，海天相连，使人想起曹操的诗句："秋风萧瑟，洪波涌起。日月之行，若出其中。

星汉灿烂，若出其里。"

李清照平生第一次见到大海，大海的辽阔和苍茫，海浪的永不停息，永进不止的激情、激愤、激烈，使她激动不已，一扫心头阴霾，心胸变得阔大、旷朗，像洒满阳光的大海。

这之后，清照的情绪昂扬起来，连做梦也与往常不同，她写了一首词《渔家傲》，实际上是海之歌、海之梦：

> 天接云涛连晓雾，星河欲转千帆舞。仿佛梦魂归帝所，闻天语，殷勤问我归何处。
> 我报路长嗟日暮，学诗谩有惊人句。九万里风鹏正举，风休住，蓬舟吹取三山去！

晓雾迷茫，云涛滚滚的风景，触发了词人转入仙境的欲望，"久郁不发的心中，蕴藏着极为强大的势能"。她梦中来到天帝的居所，天帝的殷切相问，词人倾诉隐衷，寄托"无一毫粉钗气"的豪放风格，想象丰富，意境阔大，出于婉约派词下笔下，是罕见的现象。同时也暗示了她同明诚出任以来，人生价值的分歧，情感的空落，一种"日暮途穷"的悲叹。这种不肯"摧眉折腰事权贵"的耿介，旷远开阔的境界，是那个时代有高才奇抱的女子，对理想境界的追求，对自由的向往，对光明的渴望。

如果将钟嵘评曹植的诗，移到李清照的词上，再恰当不过：“骨气奇高，词采华茂；情兼雅怨，体被文质，粲溢今古，卓尔不群。”

赵明诚在莱州任期三年，便调往淄州任知州，任期未满，北宋王朝已到末日，朝野上下一片仓皇、混乱。李清照和赵明诚的感情也阴阳晴晦，温凉寒燠。她没有随丈夫迁移到淄州居住，仍然独自留在青州。

‖ 太阳的深处 ‖

　　我如梦如幻地走进一个陌生的世界，只见广阔的天宇有十颗太阳，太阳喷火，大地被炙烤着、蒸煮着。一片森林间的空地上，平坦的草坪上有几个人在活动，他们烧火做饭，或用石刀切割鹿肉，有老人、女人和儿童，也有健壮的男人，一身赭红色的肌肤，蓬头垢面，野草般的长发，披散在肩头，男女只在腰间围一件草衣，裸胸、袒腹、赤足，他们大汗淋漓。老人和孩子坐在树荫下，不停地用芭蕉叶子扇着风。

　　这时从树林里走出一个高大健壮的男子，古铜色的皮肤，赤褐色的脸膛，勇武、健壮、肌腱突凸，一种雄性的力量汹涌澎湃地展示出来。他从后背上取下弓箭，箭搭在弦上，瞄准天空的太阳。那是颗最大最亮的火团，光芒四射，围绕它的是一圈淡蓝色的光晕，环绕它的还有九颗行星，像孩子围着母亲打转，那九颗小太阳也光亮耀目。

大汉用力张弓，弦上的神箭嗖嗖地向天宇飞去，呼啸声震耳欲聋，转瞬间，一颗太阳落进密林不见了踪影，接着大汉射出第二支神箭，第三支、第四支……连续射出，天空只剩下那颗最大最亮的太阳——那是太阳之母。大汉运足力气还要射出最后一支神箭，一位老人走过来抓住他的手腕子："壮士留情，她的九个儿子都被你杀了，这颗太阳之母，人间还是需要的，你要天地一团黑暗吗？"

大汉放下弓箭，和老人去了。这天宇不知绵延了几千几万光年，顿时出现清丽明媚的韵律，又像雷雨大作时闪电照亮世界，大地出现无比壮观的景色，田野的葱绿，高山的雄浑，森林的苍郁，河流的奔腾，鸟雀的歌声，群兽的奔跃，鱼虾自由自在游弋，天空和大地呈现出一种天平般的匀称、平等、和谐。

这是我在三星堆博物馆影视厅里看到的画面，那是人类生活的扉页。后羿射日的故事演绎得鲜活动人。接着又看到另一个大汉，同样的高大、伟岸、健壮，油黑的皮肤，丰茂的长发，一双大得出奇的脚掌，飞过高山，跨过河流，穿越海洋，直冲天宇，追赶那颗太阳之母。

我问那位长发老汉，他是谁？干什么的？老人回答说，他是夸父，在追日。我在想，五大三粗身强力壮的夸父干什么不好，种庄稼准是一把好手，当一个青铜匠，也准是一个能工巧匠，偏偏要追赶日头，宇宙浩瀚，太阳日夜旋转不停，凭着个人力量怎能追上日头的脚步，你这样奔跑有什么意义？我真想一把拉住他，别干这种蠢事了，可是夸父已跑出亿万里之外……最终是一场悲剧，夸父渴死在一片沼泽旁，手中的神杖化为一片桃林……

我突然领悟到：这是对理想的追求，对美的追求，不可思议的高洁的情操和人格！

不知是历史还是神话，我从影视厅出来。远古人类的生活是美的，和谐匀称的美，质朴的美！这是上帝最初赋予人间的生活之美。

古希腊神话把人类的历史划分为五个时代：黄金时代，白银时代，青铜时代，英雄时代，黑铁时代。人类在黄金时代时，天国的统治者是天神克罗诺斯。黄金时代的人类如同神祇一样过着无忧无虑的生活，他们没有任何苦恼和贫困，没有饥寒交迫，他们不需要任何劳动，因为他们需要的一切都会自动而来，大地会给他们提供各种果实、食物，人与人之间和平相处，他们几乎不会衰老。——我想这神话时代，即使亚当、夏娃、伏羲、女娲也是不存在的。其次是白银时代，这是人类的第二时代，宙斯已将父亲克罗诺斯赶进地狱最底层，由他自己统治着整个宇宙。白银时代的人类从小娇生惯养，衣来伸手，饭来张口，白银时代的人类寿命比黄金时代的寿命短多了，他们处在漫长的幼儿期，在思维上和精神上都不够成熟，当他们成长起来，一生也就所剩无几了。青铜时代是人类的第三个时代，这是很糟糕的时代，人类出现了战争，出现了杀戮，出现了青铜器，使用青铜器制作的工具，战士们穿的是青铜器制作的铠甲，甚至居住的是青铜器制造的房子。他们懂得了自私，对动物的血肉格外嗜好。青铜时代的人们具有高大伟岸的身躯，却不能避免死亡，他们居住在幽暗的森林里。

我想三星堆古蜀人正处于"青铜时代"。展厅里除了石器、金器、骨器、陶器，就是充满各个展柜的大量的青铜器，大青铜立人，小青铜立人，大大小小造型奇特，想象力飞腾，那大小立人多为大眼、直鼻、方颐大耳、戴冠，穿左衽长袍，佩脚镯，这形象是古代蜀人的风貌，还是西方洋人的神采？抑或外星人的造型？至今考古专家争论不休，莫衷一是。展品丰富，还有大量造型别致的青铜器罍、尊、盘、戈、剑、铜马、铜鹿、青铜眼形器，龙、虎、太阳形器、青铜面具、青铜树、青铜树枝树叶、青铜鸟雀，这是青铜器的世界，是青铜的方程式的解构，复杂的图形，精致的制作，是智慧的创造，灵感的结晶，既闪烁着青铜的光芒，又彰显着古蜀人的聪明才智。这静穆而高贵的青铜制品，朴拙中却显出威严。古城古国古蜀人文明的博大精深，气派的宏大豪迈，一个雄浑苍茫的青铜时代展现在今人面前。

展厅中最引人注目的是青铜神树。青铜大立人像除了有大有小，还有跪坐人物、奉璋人物、顶尊人物、人头人面像等，他们都有共同的特征，方方的脸，似人非人，似兽非兽，眼球凸出，狰狞、雄悍、怪诞。"蜀侯蚕丛，其目纵，始称王。"古书上的记载，这就是青铜立人，眼球呈凸出状，也许这是蚕丛后人心目中的古代蜀王蚕丛的形象。

那青铜神树高达 3.96 米，三层，分九枝，每条树枝上都栖息着一只神鸟，树杈下垂，树旁有一龙援树而上，生动而神秘。一缕古风吹来，我依稀看见神树在摇曳，神鸟在歌唱，那是蜀人灵魂的飞扬。那神树神鸟笼罩着一种文化的氛围、哲思的氤氲。那横逸的枝条是一种精神，挺拔的身躯是一种信念，神鸟的歌声是一种情愫。我走近，仿佛听到风吹树叶的窸窸窣窍声，铮铮有韵，如涛初起，如雨初降，如银瓶乍裂，如鼓瑟齐鸣，令人浮想联翩，仿佛看一个古老的氏族血脉之滥觞。那神树绿冠庞大，顶天立地，仪态万方，那是一个古老氏族的精神图腾。我徘徊在神树前，久久留恋。虽然铜枝铜干有点形销骨立之感，但那一枝一鸟，一树一世界，一鸟一乾坤，这是古代艺术和哲学的结晶。

我想象得出古蜀人生活在森林中，狩猎捕鱼，采集野果，也开始农耕生产，农耕文明之光已渗进这枝繁叶茂的森林里，但神树依然是他们敬畏的象征，这是早期的宗教观念。这神树挑战时空的风貌，伟岸挺拔的雄姿，剪裁春秋，傲视风霜，都在昭示着至刚、至烈、至美的精神。它活了六七千岁，它是一尊有生命的神。

那青铜立人是镇馆之宝，高大铜人像 2.62 米，是巨人，是尼采所说的"超人"，若是今人，怕是要创吉尼斯世界纪录。这是旷世神品。广阔的精神空间，极尽夸张的浪漫主义想象，那是古蜀人心中的偶像，似人似神，似仙又似妖，既让众人敬畏，又让世人迷惘。

我眼前仿佛出现了一个场景，一位须发皓白的老者，用手撕下一块块烤熟的香喷喷的鹿肉分给众人，一边用简单的话语咿咿呀呀说着，含混不清，还需借助眼神和手势。

这是一种神秘的语言，

星光，还未来得及镀亮它的词根。

我静穆地伫立青铜人像面前，只听见——

岁月一层一层被剥落，

但一尊尊雕塑依然坚硬如初，

这就是历史，它的根深深地扎在这片土地上。

虽显苍老，灵魂却依旧鲜艳。

这使我想起欧洲雕塑大师奥古斯特·罗丹的代表作品《青铜时代》。这一尊高大伟岸的青年士兵的雕像，赤身裸体，强健的体魄，发达的肌肉，坚强的骨骼，轮廓鲜明，形象生动，但是士兵神色忧郁，一手抚头，好像心事重重的样子。这是作者十八个月的匠心之作，罗丹以年轻男子裸体形象象征了远古时代人类的觉醒。

由此，我想到希腊神话传说中的人类"黄金时代""白银时代"纯粹处在蒙昧状态，像婴儿在梦呓中，在熟睡。青铜时代的大幕拉开了，人类从深山密林里走出来，奔赴阳光明媚的历史舞台。

以后人类进入英雄时代。生活在这个时代的人类都是神祇的后裔，他们比以前人类更高尚、更富有创造力。他们英勇、正直，是半人半神，但他们不能避免战争和痛苦。他们多数人都在战争中为荣誉、为信仰、为集团或者为国家而献身。他们的英魂始终为活着的人们所敬仰。

我走进青铜神人，想和他说几句话，他缄默不语，嘴角紧闭，纵目辐射出一道冷冷的光。我想与他握握手，他却不理睬，身板挺直，神色肃穆。我们初次相识，却纵贯几千年的光阴，这是缘。你认识我，知道我在北方晾晒的衣物，知道我夜间伏案写作的身影，知道我晨梦醒来第一缕相思；我认识你真是惊喜、惊愕，还有想伸出手画一个大大的问号……你，沉默不语，纵目竖眉，是睥睨时间的荒诞，还是嘲弄沧桑的变幻？你是神，是远古蜀人物化的灵魂。

展厅里文物很多，除了大量的生活用品，还有纷繁多样的生产用具，难以细述。我从一个展室走进另一个展室，除了陶器、石器、骨器、玉器，还有大量的青铜制品。这里展示着一个古老氏族沸腾的生活，歌舞、哭笑、男情女爱，天伦之乐的幸福，狩猎丰获的兴奋，五谷丰登的喜悦。十月，正是闪亮的季节，丰硕的果实，凝重的稻穗，空气里弥漫着成熟的芬芳。我看那陶罐，眼前幻化出一个画面：陶罐下火苗燃烧了，跳跃着，嚣张着，像长长的鲜红的舌头，饥渴地舔舐着陶罐，使人想起这就是劳作、爱情、家庭。

这是一个太阳部落的热气腾腾的生活。这个曾经燃烧着生命和激情、充满着美好向往的氏族部落，为何突然走出了历史，迷失在茫茫的时空里，失联了，失踪了？再不见高大伟岸的身影，再也听不到鸟的歌唱，大人孩子的笑声……他们走得无影无踪，任谁都唤不回来。

一缕金风带着浓郁的秋意，从门口吹进来。我觉得那青铜神树，也摇曳晃动起来，飒飒的声韵是青铜树的呢喃，是神鸟的鸣唱，还有泥土升华为陶罐木材燃烧时的哗剥声。这是远古蜀人的灵魂之声——一个古民族用结满厚茧的双手推开沉重的历史帷幕，走到前台。他们的崛起和表演，伴着时间蜿蜒而来。这是蚕丛的祖先，是渔父的前辈，居住在岷江岸畔，岷江的流水孕育了他们。他们和古老的黄河文化同庚。

山水的童话

　　这里是大自然神工鬼斧的创构，这里是山、水、林撰写的一部童话。这是宇宙之神为地球古老的书卷绘制的一幅最精美的插图。

　　我进入这片峡谷最初的感觉是无边无际的惊喜和战栗。这里是海拔三千多米的大峡谷口，远离尘寰，远离滔滔浊世。清、幽、雅、静、奇，我站在峡谷里，只觉得大脑一片空幻，眼睛晕眩。人接受美的极致审阅，同接受崇高一样：会使大脑产生短暂的混沌。眼前的奇峰或突兀峻拔或断裂孤峭，满山遍野，铺天盖地、惊心动魄的绿，绿得浓浓稠稠苍苍郁郁。毕竟已是九月，大树下面的灌木叶已出现了黄、红、赭、黛，油画般地更衬托出层次感，而山顶却是白雪皑皑，玉冠银髻。

水是这里的主旋律。水在这里变化成各种姿态，或飞瀑直下，或静若处子的明眸，或潺潺淙淙，如歌如吟，或浪拍参差错裂的岩石，訇訇然而去，或在那些老树虬髯蟠蜒之间宛然如蛇，飘然如纱，给苍老一抹青春的轻佻。

我走进九寨沟，仿佛走进一个童话的世界，走进一种新奇、撼人心魄的巨大生命场。我带着尘世的俗气、人间的污浊，我不知道这生命的巨大磁场是排斥我，还是欢迎我。我只觉得身上的污垢，在一层层剥落。

秋风漾漾，秋波澹澹，细漪轻舒，一片清丽明媚的水，如乐章的余韵袅袅，如艺术家缥缈的构思，水的艺术达到极致，如仙子飘逸的裙裾。山是水之骨，水是山之血，血气充盈，骨骼坚实，构成大自然滂滂沛沛的生机，蓬蓬勃勃的生机。

我感到这里的水简直是从菩萨净瓶里倾泻而出，大者数千平方米，小者只有几平方米，倒映着蓝天、白云、绿树、黛色的山峰。

缤纷多姿的水，清冽妩媚的水，婉转流动的水，跳跃奔腾的水，恬静淡泊的水，浪漫多情的水，凄迷哀怨的水，在秋阳下漫忆心事的水，或急急赶路喧喧闹闹的水。水的灵性，水的智慧，水的多愁善感，水的妖娆，水的千姿百态，令人回肠荡气，眼花缭乱。更令人惊奇的，这里水有不同的颜色，同一海子的水彩色纷呈，水中生长着水锦、水藻、水蕨，还长着芦苇、节节草、水灯芯，构成一个水生群落。这些水生群落叶绿素深浅不同，在含有硫酸钙的湖里，使得同一湖泊呈现蔚蓝、浅绿、绛黄、赭红、灰黑、粉紫，简直把大自然的色彩融汇在一起。秋阳朗照，山风轻拂，泛起彩色的涟漪，像无数个小精灵在舞蹈。一种动态的美，一种魔幻般的美，这是七彩的水，水的神奇的变脸。满目色彩摇曳，满目斑斓荡漾，深橙的黄栌，浅黄的椴叶，绛红的山槐，朱紫的山杏，酡红的野果，背衬苍郁的莽林，可谓七彩迷目。

穿过水与石间的小径缓缓漫步，水声淙淙，浪花喋喋，鸟韵林涛声声传来。风与水的奏鸣，水与石的相搏，发出撕锦裂帛的声韵，悦耳动人。

远山近岭，高耸的悬崖，陡峭的山峰，如点点浮标，组成宏大的星座。这是宇宙之神的大手笔，星座下便是极其美丽、变幻无穷的风景。更令人感到惊异的是阳光，你无法用语言描绘阳光的作用，阳光用尽上帝赋予它的七彩光谱，倾泻给所有的空间，山石都燃着魔鬼般的色彩，连柔和湿润的空气都如此浓郁和绚丽迷人。这里是山、木、光、影、树同心协力打造的人间仙境。

九寨山水是一部大自然的书卷。也许它的古老更显出自然的本色；也许它的原始，更展示生生不息的生命的强旺；也许它还没有遭到人类过多的染指，才使这片山水更纯净、更古朴。

长海是水的琉璃世界，枫叶如火，倒映水中，犹如水中仙子，衣袂袅袅缈缈而来。这里的湖静如禅境，静如幽梦，四周的野花、芳草、山峰、树木，仿佛有点失真，近乎虚幻，白云、蓝天、山影、树影像漂泊的幽魂似的。几株偃伏在湖畔的古柳杈上缠绕着古藤，古藤垂下来又轻拂水面，划出一圈圈如梦的涟漪，更典型化艺术化了神话和童话的背景，使你感到不知是人间仙境，还是天上的御花园！

这里是水晶的世界，内涵丰富，清丽雅致，高古幽玄。我凝视着水，水也凝视着我。我和水对峙，水与山对峙，这短暂的对峙中，一切仿佛遥远，一切都在幻化。我感到自己是一粒来自俗世的微尘，飘落在纯净的世界，深感痛苦和自卑。

人，本是自然的产物。人类却仇恨自然，举起罪恶的斧头砍伐森林，挥动邪恶的钐镰，戕灭草原，把人类制造的千万亿吨垃圾投掷河流，排泄湖中。人类对自己的母亲恩将仇报，达到令上帝发指、怒不可遏的地步：土地沙化，江河污染，山体滑坡、地震频发、洪水泛滥、病毒蔓延、河流干涸，出现了生态迁徙，这实际上是被大自然惩罚得四处逃遁？……这是人类的悲剧，是大自然的悲剧。

听着潺潺的流水声，听着萧萧的松涛竹韵，听着叽叽喳喳的鸟语，听着远一声近一声高一声低一声的兽鸣，一切都那么和谐，那么安谧。我面对着大自然感到羞赧，人类的负罪感吞噬我的心，我的灵魂战栗着，我的精神有着裂变的痛苦。上帝被尼采杀死并非好事，既失去了明察秋毫的监督者，也失去了铁面无私的审判者，于是潘多拉盒子里面的欲望放飞了，无节制的罪恶和邪欲肆无忌惮，张牙舞爪。这是一种宿命，人类必定遭到大自然残酷的报复。湖水如镜，照出我的丑恶，也照出我的同类们的丑恶！

我坐在海子边，敞开衣襟，任大自然温柔的手抚摸我精神与肉体的累累伤痕、叠叠皱褶。我掬起一捧流水，想用上帝的净水洗涮我来自尘世灵魂的斑斑污迹。大大小小方方圆圆的海子，盛满琼浆玉液，这是山林之魂魄，是日月之精华，是大自然智慧与灵感的杰作，是宇宙之神的经典，如《神曲》，如《诗经》。我聆听着水的旋律，心已陶醉，这是天国乐章，是山水的语言，是爱的翅膀扑扇的声音，喧哗在诗歌的心房！

再往前走，便是诺日朗瀑布。它是从镜湖的堤埂上水柳丛里漫溢出来的。李白赞美的匡庐瀑布有惊心动魄的美，而这里的瀑布给我留下刻骨铭心的记忆。像绢纱，像梦呓，像雾幔，像抒情诗，像月光曲？飘逸、缥缈、朦胧、迷离、轻盈、曼妙，流光溢彩的美，轻灵飞动的美！也许秋日，瀑布失去夏日的狂躁莽撞，节奏纤缓，舒展、平和，像巴赫的《b小调弥撒曲》，肃穆、圣洁、高雅、纯净！

瀑布迤迤逦逦，袅袅娜娜！

瀑布幽幽邈邈，清清丽丽！

瀑布亮亮白白，素素净净！

那水不管来自岩石缝隙，还是森林根系，都那么隐忍、躲闪、坎坷、曲折，但都那么乐观，欢欢腾腾，青春的激情，生命的力量，奔腾在悬崖峭壁，哪管深壑巨渊，纵身跃下，生命绽放出最灿烂的花朵，那么绚丽，那么激烈！"羽为衣兮风为马，云之君兮纷纷而来下。"一幅壮伟的大自然景观！

从气韵到气势，气韵的生动、气势的磅礴，给人一种启示：只有哲学家才能揭示这种真正的美，它体现一种宇宙的和谐。叔本华说：纯粹的审美，人会摆脱世俗的欲求。

写到这里，我不能不讲述一下九寨沟的神话传说。没有神话传说的山水，也就没有打下文化胎记，是荒凉而粗野的。

传说九寨沟是个滴水不存的干旱的山沟，百姓痛苦地挣扎在旱魃的折磨下，苦不堪言。有一天玉皇大帝的使者下凡巡视人间，看到这里禾稼枯焦，牛羊因饥渴而死亡，人们蓬头垢面，因缺水而面黄肌瘦，不觉生起怜悯之情，回到天庭，汇报给玉帝。玉帝大发慈悲，赐给九寨沟百姓一口金钟，只要敲击一下，就雷鸣电闪，大雨如注，驱逐旱魃，降下甘霖。可是这口金钟被一个恶魔盗去。百姓讨还时，恶魔竟提出条件，要将村寨最美的姑娘沃诺色姆送给他做奴仆，沃诺色姆不从。青年达戈得知此事，便毅然同恶魔决斗，经过九天九夜的激战，终于战胜恶魔，夺回金钟。沃诺色姆，见到金钟，兴奋不已，喜泪盈盈，连忙举锤敲击，只听"当"的一声，雷鸣电闪，大雨倾盆，九寨沟顿时冒出一百个翠湖。沃诺色姆爱上达戈，当即在湖边成婚。各路山神得知，都带上绿树、野花、翠竹、芳草，前来翠海边道贺；各种野兽也前来献歌献舞，以示欢庆。从此九寨沟才有碧水、青山、绿树、芳草、鲜花，成了人间仙苑！

这是山水撰写的童话！

人类为了取得大自然的恩赐，为了自身的幸福，总是编织许多瑰丽动人的神话故事。这是与大自然做爱，是人类的情欲和梦幻的展示。

太阳走遍高原

一

　　每个民族都有自己的创世神话。在古埃及的神话中，太阳神在诸神中拥有崇高的地位，埃及人称之为"拉神"，是拉神创造了一切。传说，世界初始时，天地间是一片茫茫大海，由唤作"努"的神来统治着，海水就是他的住处。他是海水，他生出太阳神来，于是世界就有了光明。

　　在希腊神话中，太阳神阿波罗主宰着光明、青春、医药、音乐、诗歌，实际是主宰人类的灵魂。人类离开太阳是不能生存的。太阳是远古时代地球上各民族共同崇拜的象征。汉民族也有夸父追日的故事，那是生命对光明的追逐。

藏民族的神话传说繁如星海，最璀璨最富有魅力的莫过于日神的传说。走遍西藏，在这荒凉而贫瘠的高原上，到处生长着葳蕤而丰隆的阳光，你到处可以看到对太阳崇拜的图腾。在大昭寺的壁画上，在山石的岩画上，在路旁的玛尼台上，都刻着象征太阳神的符号"卐"。在藏民族心灵的圣坛上，太阳神正襟危坐，一脸肃穆，堂堂皇皇接受人们的膜拜。

在大昭寺，在哲蚌寺，在扎什伦布寺，在布达拉宫等大大小小的昭寺里，我看见衣冠楚楚者或衣衫褴褛的藏民、西方的游客、印度的朝圣者，他们总是匍匐在地，用手触摸一下嵌在地板上的"卐"，再摸摸自己的头顶。这举动，我先是感到莫名其妙，后来一位藏学家告诉我，这是朝圣者祈祷太阳神来保佑自己。在佛风荡漾、神灵遍布的高原上，我的灵魂也被吸摄，每看到这个符号，也下意识地摸一下，然后又摸摸头顶，愿太阳神的光辉能照亮我心灵的苍穹。由于太阳是圆的，继而我想到，我两次走进西藏，看到到处是圆的图案、圆的造型，以及他们圆形的生活方式。藏民族的生活与圆结下了不解之缘。他们筑起的棚厩是圆的，跳的舞蹈是圆圈舞。他们绕着山转，绕着湖转，他们手持圆形的摩尼轮，沿着八廓街转经，年年月月、风风雨雨，从起点到终点，走着一个永恒的圆，一个圆形的人生。

　　惠特曼称太阳是"辉煌而沉默的太阳"。其实，太阳并不沉默，太阳是宇宙的核，是时间之牙齿永远咀嚼不烂的核。太阳像伟大的佛，向万物生灵布道传经，山川、草地、河流、湖泊，都在静静地倾听着太阳的声音。

　　每当我游历大昭寺小昭寺，或者乘车在荒原上行驶，我总是想，这个古老的民族，他们的先民创造的神话，最初的思维是简单的，想象力有限。他们崇拜的图腾不过是动物、植物、日月、星辰、山川、湖泊、风雨、雷电等自然现象。然而，这个民族拥有广阔的天空和地域，天空的深邃高远，地域的辽阔雄旷，也激起了他们的想象力，许多丰富多彩的神话故事、美丽的传说，便一代一代编织出来。他们丰富的想象力驰骋于宇宙万物之间，创造出躯体无限大、囊括万物的大神。他们赋予神以宏伟的气魄、广阔的襟怀和视野、无与伦比的战胜万物的力量。有一则神话是关于"母龙"的巨神，它的头部化为天空，右眼是月亮，左眼是太阳，四颗巨星是它的牙齿。它睁开右眼是黑夜，睁开左眼是白昼，它的声音是雷鸣，呼出之气形成云，眼泪化为雨，鼻孔生风，血液化为河流、海洋，肉体变成大地，骨骼化为山脉！

这是多么伟大的想象啊！

没有想象，就没有创造力！

一个缺乏想象力的民族，是灵魂枯萎的民族！

这种开天辟地创造万物的巨神，固然属于虚无，但反映了藏族先民的进取精神，一种对宇宙万物的思索，一种从历史长河里蒸腾出来的渴望与自信。这是人类对自身力量进一步认识和理想化，也是将人的本质力量形象化的重要标志。

二

当我们的越野车在藏北高原上奔驰时，我只觉我们是奔驰在天空和太阳里。

放眼望去，无边无际的荒漠、半荒漠的旷野，牧草稀落而枯涩。山在远处，光秃秃的，一切都无遮无盖、无羞无涩，那每一片荒滩、草滩似乎都在生长着阳光。阳光不是从空中辐射下来，而是从每块砾石、每粒沙子、每片草地、每座山岩土丘上辐射出去，反映到苍穹。一切孤独和寂寞都被热热闹闹的阳光所粉碎；一切忧郁和怅惘都被太阳光所融化。阳光汹涌澎湃，急浪滔滔，遍地涌流、奔腾。这里没有潮湿，没有阴郁，没有晦暗，一切都赤裸裸地暴露在阳光下……高原如梦如幻，万古不变的太阳把满腔的忠诚和炽热的情感都倾泻给高原。

前面出现灰褐色的重峦叠嶂，念青唐古拉山阔大而肃穆地排列在苍穹之下，只有阳光在检阅它、审视它、残酷地折磨它、蹂躏它。那裸体的岩石、皴裂粗糙丑陋的面廐，那凝固的弧线、惨烈的灰褐色、狰狞的悬崖，我一看到这山，就感到一种揪心的痛苦。我不知道，它们究竟忍受了大自然怎样的酷虐，从远古走到今天，太残忍了！这群山和大地的木然、默然，犹如无言的抗争。是的，它以旷古的缄默，孤傲地冷静面对太阳。但生命还是有的。岩隙间长出一棵棵梭梭柴，灰绿的叶子，柔韧的枝茎，倔强地展示着生命的高傲、忍耐和尊严。那是风雨雷电锻造你的英姿吗？是冰雪霜雹铸就你的灵魂吗？是巉岩的嵯峨、悬崖的伟岸磨砺了你凛凛的傲骨吗？在这酷寒亢燥的高原上你高举着生命的旗帜，迸射着希望的火花，抒写着绿色的追求，你面对着孤独的高原奏响生命的凯歌！

我的目光巡睃着。千百年来，这片土地吞咽着层层叠叠的风霜雨雪，吞咽着重重叠叠的苦难。只有这旷达的高原上，你才感到生命的顽强和永恒，谁说这里是死亡的王国？春和秋都在从事开花和结果的事业，死亡只是生命的一种形式、一种哲学。

我们的车停下来，我跳下车，走近一个凸起的土丘。我登上土丘，面对着茫茫浩瀚、漫漫雪山、巍巍冰峰：山峰无言，白云有情，阳光纵横驰骋。一阵风从身边摩擦而过，抚摸着我，抚摸着遍体鳞伤的荒原，抚摸着群山蛮荒和皴裂的面靥。

一群藏羚羊、野牦牛悠悠地从荒原上走过，这里是海拔四千六百米的藏北高原。这里的大气含氧量只是平原的40%。但我看到高原的生灵，顿时体味到生命的永恒和博大。草滩上那红柳棵子和骆驼草，瑟瑟缩缩地向我叙述着什么，是生命的苦难？是追求的艰辛？是希冀的渺茫？当然，也向我展示着傲然大度的气魄。

我阅读着高原上的风景。天地通明，万物鎏金，我被太阳晒得暖烘烘的，像熔化在这光的暖流里，与大自然化为一个整体，似乎进入一种涅槃的境界。

"空谷足音乃是哲学家的命运"，哲人尼采如是说。我是孤独的流浪汉。阳光不是一种苍凉广阔的悲哀，陷入这种大风景、大地貌的苍凉宏阔之中，人心中会涌起一种决绝的气概。

不知现代文明和繁华对这里是鄙夷，还是高原对现代文明和繁华的冷漠，雪山对牧歌都拒绝，荒原对故事都淡泊，只有时间在这里搭巢，繁衍着一叠叠沉重的昨天。其实，昨天和今天都是连体婴儿，很难分离。

沉默的是岩石，苍老悲壮的群山万峰攒聚在这西部高原，垒成一篇篇散文，一章章汉大赋，铸就了不息的岁月和生命的历史。

然而，高原的阳光像风一样弥漫着，你无法躲避。在城市生活久了，对阳光也感到陌生。人们忙于卑俗和琐屑，忙于丑陋和肮脏，忙于金钱和物质的追逐，忙于性和色的刺激。当然，也忙于庄严和肃穆。谁顾及远在一亿五千万公里外的太阳呢？

在这里，太阳能就在头顶，在身边，它用羽毛般的温柔抚摸你、亲吻你、拥抱你，使你有一种淡淡的融化了的感觉。几顶孤独的帐篷，一群散漫的牛羊，还有赭黄色的沙砾，灰绿色的草场……一切都随着太阳运转，像朝圣者追随着伟大的圣地而走着生命的圆。

走进高原的阳光里，不知怎的，我想起十九世纪欧洲的印象派大师莫奈、凡·高、高更……他们都是阳光的崇拜者。浓烈的阳光，黏稠的阳光，朴实而高贵的阳光，使他们如痴如醉、如梦如幻、如痴如狂。他们的画笔饱蘸着太阳浓郁的色彩，一切都在阳光下变得圣洁、高雅、美艳。

莫奈对太阳已达到愚忠的境界，他似乎是为阳光而生、为阳光而死。有一次他的朋友来看望他，莫奈要画那幅《庭院里的女子》，但迟迟不动笔。朋友问他，他却说整张画面的绘制，必须在同一阳光下进行，因为画面画的是在某一特别时刻阳光照射下的情景。他花费了巨大的劳动，在院子里挖了一道壕沟，坐在壕沟里等待阳光，真实地捕捉某一特定时刻的阳光。

阳光照耀着他一生，正是阳光给他的作品以生命、欢乐和色彩缤纷的魅力。

至于那位用剃须刀割掉自己耳朵的疯画家凡·高，对阳光的酷爱，已达到如癫如狂的程度。他远离弥漫着现代文明和都市喧嚣的巴黎，到阿尔小城去体验阳光。他那幅价值连城的《向日葵》，你几乎可以从画面上刮下几公斤阳光来。他的每一幅画都是一团辉煌灿烂和绚丽多彩的火焰，或者说，他的每一幅画，都是太阳的一束七彩光芒。当他最初看到印象派大师莫奈的作品时，他震惊了，就像见到了一个精神的太阳。它穿透他的双眼，就像穿透两扇无遮掩的窗户。从此，阳光带着它的七色光谱，充满他的整个头脑、全部身心，进入他的调色板。这精神的太阳在他的身体内部燃烧起来，把他烧得炽热，以至于疯狂，最后把他烧焦、吞噬……否则，我们不会看到，在他的生命最后的四年中，竟有如此大量光彩夺目的作品，像礼花四溅、火焰喷射那样迅速狂热地诞生出来。

有人说，阿尔的太阳特别明艳强烈，那里的风景在阳光下色彩浓艳。于是，他毫不犹豫地离开巴黎，苦行僧式地走进遥远的小城，去寻找给他调色板以绚丽色彩的太阳去了。

　　凡·高的朋友高更也是一个艺术殉道者。他不但酷爱阳光，更喜爱荒旷。他远涉重洋，在近乎原始的土著部落中探索旷古的、原始野性的艺术风格。人们戏称他为"野人""疯子"，这不仅仅由于他的秘鲁人血统，还因为他那厌恶文明、追求原始古风的执着生活的态度和艺术风格所致。

　　他认为社会的罪恶源于文明。他曾说，如果让他用"纯洁"这个题目作画，他"就画成一幅溪流清澄的风景，而不使它留有文明的痕迹"。他心中总是涨溢着不受"文明"污染的纯朴的自然和笃诚面孔的渴望。

　　他来到塔希提岛，抛弃家庭、职业和正常人的生活，以不可遏止、孤注一掷的狂热奔向他呼唤和诱惑的野性的大自然。他用极大热情表现他曾向往的具有原始魅力的大自然，表现远离文明的骚扰，表现简单纯朴的土著人生活。他得意扬扬地说："文明逐渐地离开我，我开始简单地思维，对周围人极少恶意。相反，我开始爱周围的人。我享受自由生活的一切愉快，享受动物和人间的愉快。我避开一切虚伪，我融化在和煦的阳光中。"他们画布上时常出现那种如诗如梦、具有浓郁神秘意味的境界。他那幅举世闻名的杰作《我们从哪里来？我们是谁？我们到哪里去？》，不过是表达了画家对他所处和表现的"原始人"生活的一种偶然臆想，一种渴望了解和深沉的心情。从画面的构图、形象以及整个创作过程来看，这幅画是他多年来在塔希提岛生活印象的综述，是献给自己的墓志铭。

他们是阳光的殉道者。而我们这个时代，再不会产生凡·高、高更这类画家了。

三

在佛教文献《胜光王敬请经》中，对阳光也极其崇拜。它劝导世人："如果修塑佛像，则能很快具备胜妙功德，犹如太阳的光辉，世上之人获得欢乐；如果修塑佛像，他的身躯将不再有秽垢，瘟病和人间之苦也会远离消失，好像白莲高洁无瑕；如果修塑佛像，不会为奴也不会贫穷，不会为民也不会平庸，五官端正实为人中豪杰。"

这段话的要点，就是修塑佛像，使自己像阳光一样受人敬爱。

这雪域高原是无边无际的精神王国。它繁衍着神话，丰富着宗教，也滋润着灵魂。一切都是那样肃穆、庄严，那色彩、那光影、那构图，阔大的意境，悲怆的意蕴，都展示着造物主恢宏的气度和磅礴凝重的笔力。当你站在荒原上，面对远处巍峨耸立的雪峰，望着阳光下高原万籁无声、寂天寞地时，你会听到雪山深沉的呼吸、荒原勃勃的脉跳，你甚至感到一切无言无语，一切向你叙述什么——神圣的、荒唐的、怪诞的、善良的、美丽的、丑恶的，甚至会看到世纪的昨天和历史的童年。当然，也似乎看到迷蒙的未来，这时，你的血液哗哗的流动声，思绪之火哔哔剥剥的燃烧声……幻觉、幻想、幻象，都在你精神里放大、映出。这惊心动魄的苍凉，这雄浑空旷的荒原——原来是盛开着铺天盖地的莲花，而每一朵莲花上都站着一个佛，一个伟大的佛……

这一泻千里的旷野，除了灰褐色的荒漠、草滩、雪山流淌下来的冰水、天空涌来的白云，再就是太阳。茫茫高原和乱纷纷的石滩上抖动着一缕缕颤颤的蜃气，白花花的气流在棱角鲜明的岩石上摇荡着，浩浩茫茫。这没有污染和杂质的世界，给你的思维提供了广阔的空间，你会有着一种回归生命本初之感，会产生一种佛在我心、我心即佛的宗教哲学。人说，大自然是净化灵魂的良药，确乎这冰川雪峰、荒原湖泊、草滩、河流、蓝天丽日，像一道圣水，汩汩流进你的心里，洗涤你的心灵……

如瀑的阳光哗哗地倾泻下来，我们漫步在这荒旷的高原上，阳光浴、空气浴？我真想掏出被都市文明污染了的五脏六腑在阳光下消一消毒，使阳痿的精神重新复壮。我只觉得我的肉体被阳光穿透，我的心灵被汰洗得像一张漂白的纸，既没有污浊，也没有了华美，空荡荡的，成为一片虚无。我的灵魂也化为一只太阳鸟，在阳光里自由自在地飞翔。但，这充满阳光的世界都给我一种信仰、一种勇气，当黑暗到来时，我会拼搏，我会抗争，我会呐喊、狂啸……

阳光汹涌澎湃，浩浩荡荡。高原的阳光成了一支震天撼地的《英雄交响曲》。

走进高原，最感到寂寞的莫过于黄昏中行驶在荒凉的山谷峡壑之间。那苍茫如海的山涛山浪，无际无涯，在暮色中宣示着沉默、肃穆的喧嚣，裸体的岩石蒸腾着白昼遗留的热气，暮云如血，横涂竖抹，构成明暗浓淡、斑斑驳驳的色块。那色块令人恐怖，悲怆、苍凉之感油然而生。这万古荒凉的落日显得极为壮观，那硕大无朋的圆轮，缓缓地下移。天空是一种悲哀的肃穆，像个巨大的祭坛。我想，太阳沉落一定会很痛苦的，那是走向涅槃和死亡……那晚霞浓郁得发暗，如果削下一片，放在舌尖上尝一尝，准苦得发涩。

夕阳坠落的黄昏和夜晚，把荒原变成凝固的死海，把万物的生机卷入无边的苍凉和孤寂。但朝霞又再会让万物重获生机，自然生生灭灭周而复始的律动是生命永恒的赞词。整个大地都在书写着一部生动的自然和生命的哲学史，它的每一座山、每一块草地、每一汪碧水和每一处喷涌的热泉。它的每一块散碎的石头和风干的动物尸骨，连同这年轻高原的躯体，都向世界诉说着某种人类无法超越的精神——宇宙自然力。

暮色渐浓，赤、橙、红、黄很快融为一潭浓墨，风息霞逝，天地、山水、草滩、湖泊，一切界限都变得朦胧了、模糊了，混沌得像鸿蒙初始，天地无我，我为天地，万物消融，物我一体。

在暮色里行走，就像走进一个梦里。其实，高原上的人们静静地活着，不也是生活在一个梦中吗？天高云淡，苍穹蓝得让你只愿意生活在梦中。这是一个永远不醒的梦，微风细雨，或狂风巨澜都冲不散的梦。一切烦恼和忧愁，都随着高原纯净的风逝去，只有在这天高地旷的世界，才能寻找到被生活抛弃的你。

四

那是在海拔四千六百米的羊八井地热站，我第一次在黎明时分观察高原太阳的升起——伟大而庄严的日出。

黎明，夜幕尚笼罩着群山万物。虽是盛夏，在这藏北高原，仍要穿上厚厚的棉大衣。我阅读过许多地方日出的壮丽宏伟：泰山日出，大海日出，草原日出……我对日出是极其崇拜的，那是一种世界走向新生的庄严，是万物赋予生机的狂欢；那是伏羲手持巨斧开天辟地的伟大壮举，是希腊神话中的阿波罗的圣诞；而对日神崇敬之至的藏民族，日出更是一种肃穆庄严的"圣诞"……

东方的群山雪峰之巅，天空变得明丽起来，那沉重而忧郁的黛色忽然变得轻松而活泼起来，像是风撩起一层遮掩紧密的帘幕，飘忽起来，动起来。

这时，黎明的太阳在雪峰冰川的背后升起来了。

血红、赭红、桃红，鲜润、清丽，巨大的日轮，像神话中伟大的英雄驱动着、旋转着，冰川、雪峰、莽原、湖泊，先是感触到光的降临，像佛光一样给予这天地一种全新的圣洁的感觉。

我目不转睛地凝视着东方。我只觉得这与我读过的日出迥然不同。这轮初升的太阳，它穿越了黄昏和夜色的长长的巨廊，走过漫长的涅槃的静谧，也许吸收了天地宇宙的超自然的力量，显得格外富有生机。它精力充沛，浑身涨溢着一种磅礴之气，就像一位新皇登上宝座时，人类、万物在它的威风凛凛的目光里都俯首低眉，敛声静气。

就这一刹那，我想起了汉民族神话中开天辟地的盘古，想起了逐日九死不悔的夸父，想起了用五彩石补天的女娲，想起了西王母的金车玉辇，想起莎士比亚称之创造万物的上帝，想起了昆仑山上的那只开明兽，那九尾狐与涂山氏……

绚丽光华四射的太阳终于跳出山峰，跃上天空。

天空，顿时由黛蓝变成湛蓝，群山万壑一切阴郁和晦气都被无所不及的阳光驱赶着，只觉得荒原、草滩、湖泊、河流、雪山，一切都在闪闪发光，白得令人震惊。谁阅读过这雪域高原的黎明呢？谁阅读过这壮丽宏伟的西部太阳诞生壮观呢？博大、雄浑、苍莽、恢宏……这富有阳刚气韵的词汇，都搜罗在一起，也难以形容高原日出的伟大。

阳光开始大幅大幅地铺展开来，远山错落有致，平平仄仄，像一首格律严整的古典诗词，横亘在蓝天之下。这宇宙之神抒写的文字，谁读得懂呢？谁能注释它呢？只有风霜雨雪。

在这时，我看见一个牧羊老人。一身破旧的羊皮藏袍，一群瘦弱的羊群。我想和他交谈，但我们语言不通。我凝视着老牧人，蓦然间，我从他那被高原阳光和风涂抹得粗糙黝黑的脸膛感到："真正美的东西必须跟自然一致，跟哲学一致。"他蹲在土冈上，像一尊历经风剥雨蚀的石雕，眉毛粗重像黑色的森林，额骨高耸像巍峙的峭岩，花白的须发像雪山之冠。他厚厚的嘴唇紧闭着，缄默像这荒原。他是按照这荒原雄浑的模式由太阳铸造出来的一尊铜像，具有高原抽象的特征。或者说，他的脸就是高原阳光和风雨撰写的一页神秘的历史……

太阳是一位伟大的哲学家。他的思想光芒穿透万物，他的情感点燃大地一切生灵和生命的圣火，它的血液澎湃在大自然的血管里。岩石、沙砾、荒原、土壤，因为接受了太阳哲学的感染熏陶，也似变得高尚、伟大了。

万古不灭的太阳，

光照千秋的太阳。

一个丢失历史的王朝

一

这个王朝也太大大咧咧了，怎么好端端地把自己的历史弄丢了呢？一个那么雄悍、充满激情、燃烧着生命烈火的民族怎么一下子就消失得无踪无影了呢？李继迁、李德明、李元昊祖孙三代扯旗放炮与大宋朝斗了一百多年，怎么他们的子孙就稀里糊涂地被蒙元大军杀了个精光？太熊包了！

我对党项族还是很钦佩的，剽悍、顽强、坚忍，让北宋名臣范仲淹都大伤脑筋，无可奈何。可是他们的子孙却没有斗过成吉思汗，让人家来了个血洗中兴府，满街满巷滚动着被蒙古人用弯刀砍下的一颗颗鲜血淋漓的头颅。最后，又一把火把皇宫烧成灰烬！连李氏皇陵也破坏得一塌糊涂！

这是一个民族的大劫大难。

这是一场灭绝种族的大劫大难。

我来到贺兰山下，看到几座陵塔孤零零地矗立在戈壁滩上，没有松柏鲜花相伴，没有阙门殿庑相衬，一片苍凉，一片悲壮。初冬的阳光用冷色调涂抹在夯土陵塔上，颇带寒意的朔风扬起沙尘在陵前低吟徘徊，旋律忧郁而悲伤。陵园里很静，没有游人，连管理陵园的工作人员也不见身影。

我独自在陵园里走来走去。陵塔的背后是逶迤跌宕苍莽雄浑的贺兰山。冬天的贺兰山面色铁青，瘦骨嶙峋，赤裸裸的黑皴皴的岩石屹立着、突兀着，展示着一种坚韧和冷漠，和这陵塔倒也和谐，都有共同的性格——那种至刚至烈的不屈和顽强。风雨千年，沧桑千年，礁石般凸现在历史的海平面上，炫耀着一个王朝不死的灵魂，不灭的骨气。

西夏王朝，从建国到灭亡，历经一百八十九年的历史，它曾有自己的辉煌和梦幻，有着独特的生存方式和独特的文化，近二百年的历史最终只筑就了这几座用黄土堆砌的陵塔。

我去拜谒西夏王朝陵塔，是乘"摩的"去的。经过整修的柏油路，油汪汪的，很干净。路两旁是被那位文学大师礼赞过的白杨树，挺拔、高峻。这种大西北的树在干旱亢燥的土地上顽强地生长，真像大西北的汉子。

陵墓前的殿庑、门楼都荡然无存了，只留下柱础和八百多年前的方砖，还有四尊雕塑——浓眉、突眼、丰乳、双足踞地的力士像，驮着石碑或廊柱的石雕。那方砖花纹，别具一格，厚重、古拙，如果用石块敲一敲，那声音准是苍凉的、悲壮的。墓前的石羊、石马、石骆驼也已荡然无存。

西夏王陵共有九座，陪葬墓近二百座。西夏王朝历经了十代帝王。皇家陵园建造于公元11世纪初至13世纪初，每座陵园大体坐北朝南，呈南北长方形，陵园从南到北依次为：阙台、碑亭、月城、内城、外城、角台。内城中有献殿，鱼脊状墓道，陵台。陵台呈塔状，所以被称为"中国金字塔"，高度在十五米以上。

西夏王陵默默地矗立于贺兰山下的戈壁荒野中，默默地穿越时空，坚定地伫立在岁月的高深之处，荒败、残缺、断碑、颓壁、废垣是这里永恒的主题，命运成全了它的存在，也把它交给了命运和时间。只有夏天的烈日、冬天的朔风和漠漠雨雪相伴，孤独、寂寞、凄凉。

我用手触摸那坚实的黄土，像是触摸到历史的一个穴位。

从那冰冷的夯土和被风剥雨蚀的纹沟里，我依然读到一个王朝奔腾的血脉，风操凛凛的气节。这陵塔仍然有一种宁静的力度，沉默的力量，虽然伤痕累累，仍不减傲视风云的雄气、霸气。

历史就是否定，就是淘汰。历史就像一张巨大的筛子，把一些血肉鲜活的细节筛去，留下一些有标题或无标题的硬邦邦的故事梗概，而西夏这个坚硬地与宋王朝抗争了一百多年、与金作过战，被横扫欧亚大陆、不可一世的成吉思汗六次才攻陷皇都的一代王朝，的确不应该"筛去"。偏偏一套卷帙浩繁的二十五史，就没有西夏王朝的专史。

一个丢失历史的王朝是可悲、可叹的，也是很尴尬的。

二

走进宁夏，晋谒西夏王陵，不能不想起另一个"大夏"——匈奴贵族最后一个单于赫连勃勃建立的王朝。在黄河流经的这片土地上，有着斑驳的色彩，既有稻花飘香的江南流韵，又有天苍苍野茫茫的塞北风光。这里最早是羌人的摇篮，浪漫而剽悍的羌人、鲜卑人、匈奴、突厥、党项族、蒙古族……鲜花和牧歌、骏马和烈酒伴随着这些游牧民族生生不息，从一个朝代走向另一个朝代。

匈奴末代单于赫连勃勃是成吉思汗式的军事家、扩张主义者。他凭着数十万铁骑，南征北伐，东拼西杀，马蹄激起滚滚烟尘，杀声震悚山野。在血流如注、地崩天坼的征战中。他的疆域扩展到今陕西秦岭以北，内蒙古河套地区，山西太原、临汾，西南至甘肃南部，形成北方一个强大的帝国。它的首府是"统万城"——意思是统一天下，君临万邦。

游牧民族干什么都是大手笔、大气度、大襟怀，没有一点小家子气，成吉思汗就被称为"天可汗""一代天骄"，名副其实。他们历来以征服天下人为己任。在他们浩茫的大脑里，从来没有囿于一地为家园的概念，凡战马奔驰所至，都将囊括己怀。赫连勃勃活跃的时期，正是华夏大地进入史称"五胡十六国"大分裂、大动荡的年代。这个时期属于赫连勃勃的时代，是烽火、狼烟、杀伐、呐喊、呼啸的时代，是乱世英雄、热血亢奋、激情如火的时代。农耕文明龟缩在江南，在垂杨细柳下瑟缩发抖，而游牧文化却趾高气扬，杀气干云。

赫连勃勃选择了黄土高原一隅，建立自己的都邑——统万城，这是一座显赫繁华了五百年的帝都。

晋书上曾生动地描绘了这位末代单于的形象：身高八尺五寸，腰带十围，性辩慧，美风仪，还说他雄略过人，而天性不仁，贪暴无亲。也就是说他是个体态魁伟、风流倜傥、聪慧而残暴的家伙。据说，赫连勃勃下令营建统万城，筑城的土都是用米汤和羊血搅拌而成。指挥造城的大臣、总工程师叫比干阿利，这小子既有建筑师的头脑，又有刽子手的狠毒。每筑一段城垣，必定命人用铁钉锥之，凡锥不进去者有奖，锥进一寸，即杀工匠，而后拆掉重筑，连人筑进墙里。

公元418年，赫连勃勃发兵南下，一举夺下长安，正式即帝位。冬十月，委太子赫连璝为大将军镇守长安，自己则挥师北归刚刚竣工的京都统万城。风风雨雨，打打杀杀六百多年，历史一页页翻过去，翻过南北朝，翻过隋唐，翻过五代，到宋王朝这一章，这片骚动不安烽火狼烟弥漫的土地上，出现了一个西夏王朝。1038年党项族李继迁的孙子李元昊，在这里建国称帝，国号大夏。而历史却给命名为西夏，党项族李氏据夏州建西夏王朝，统万城又是西夏的发祥地。大夏而西夏也就终于有了宁夏。

三

西夏政权是党项族建的。居住在夏州（今陕西横山）的平夏部酋长拓跋思恭率军参与镇压黄巢起义，被唐僖宗封为夏国公，并赐姓李。据有河套以南夏、银、绥、宥、静五州。唐朝灭亡后，经过纷乱的五代时期，大宋王朝奠基中原，这时党项族的首领李继迁的割据势力对宋朝造成很大威胁。到了 1032 年，李继迁的儿子李德明病故，孙子李元昊继位，这时西夏已控制了"东尽黄河，西界玉门，前接萧关，北控大漠，地方万余里"。1038 年，李元昊正式称帝，建都兴庆府。

党项族是一个强悍的民族，国内处处是战场，人人为士兵，年年沙场秋点兵。他们过着半农半牧的生活，人人善战，平时种田也身带弓箭，一旦战事爆发，男女老少全部族人上战场。连妇女都是他们重要的武装力量，战争爆发后，她们不仅是后勤保障，而且人人能上战场，杀人、放火、抢掠，丝毫不亚于男人的疯狂。按照党项族的习俗，女人践踏焚烧过的地方再也不能旺盛、发达，所以，女兵成了重要的兵力。夏军出征，常常是男女老少，拔帐而起，驱赶着牛羊，声势浩大。他们作战勇猛，拔寨搴旗，所向披靡。

全民皆兵，各自为战，使党项族的男儿个个剽勇，和蒙古族一样，以杀戮为耕作，没有吃，没有穿，就到邻国去抢掠，个个打起仗来都是亡命之徒。李元昊的祖父李继迁二十岁起兵，与宋军作战长达二十二年，最后夺得军事要地宁夏的灵州（今灵武）、河西走廊的凉州（今武威）。他们善射，男子汉骑马挎刀，纵横驰骋。大西北恶劣的生存环境，自幼磨砺了他们顽强的意志、剽悍的秉性，培育了他们艰苦卓绝的精神，形成一支能征惯战的雄师铁骑。而宋军指挥不灵，运动迟缓，战线过长，兵力分散，补给线常被他们切断。李继迁的孙子李元昊建立的西夏王朝，首府就设在中兴府，即今天的银川。党项族并不是憨拙鲁莽的民族。北宋朝廷对李元昊称帝很恼火，曾下令削去帝号，赐李元昊为赵姓。但李元昊很倔强，又很灵活，得势时称帝，不得势时称王，有利时就战，不利时就和，和战交替，最后决战决胜，一百多年，弄得大宋王朝边患丛生，不得安宁。最后出现了西夏、辽、宋三国对立的局面。

公元 1040—1043 年，北宋王朝一代名臣范仲淹就任陕西经略副使，抵抗西夏侵略，驻扎在宋夏边境，对西夏军进行了大小几十次战役，但并没完全取胜，且付出很大代价，便写了那首著名的《渔家傲》："浊酒一杯家万里，燕然未勒归无计"，"人不寐，将军白发征夫泪。"

这首悲凉的辞章反映了戍边将士的苦闷心情。

读罢这首词，谁眼前不出现一幅凄凉的画面？

秋天的黄昏，边塞更显得荒凉萧瑟。南归的大雁列队向远方飞去，凄厉的雁唳洒落下来，高一声，低一声，给寂寥的边塞带来更凄凉的氛围。大雁都不愿留在这里，何况戍边将士呢？悲壮的军乐和杂乱的边声，更撩拨着人的情怀。落晖昏黄，晚风飒飒，荒草离离，黄叶飘飘，孤城早早关闭城门，长烟、落日、归雁、秋风，为这凄凉的画面更添一抹悲怆的色彩，将士们只能躲进营房，喝着闷酒，思念万里之外的亲人。狡猾的西夏军不时骚扰边境，神出鬼没，像个跳蚤，抓又抓不住，打又打不死，一不小心就咬你一口，折磨得宋军战也不是，和也不是，连将军也气得白发丛生！

范仲淹不仅是一个文人，而且是一个战略家、军事家，戍守边疆，招抚边民，为大宋朝建立了功勋，当时与韩琦并称"韩范"。

范仲淹为部队建设呕心沥血，他手下也确实出现了狄青这样杰出的军事将领。但面对李元昊的西夏军一次次大规模的进击，而宋军却不能大获全胜，从根本上消除边患，这种持久战、拉锯战，也不免使范仲淹产生悲观情绪。

这首《渔家傲》实际上是范仲淹悲观厌战情绪的流露。

庆历元年（1041），宋夏两军在好水川展开一场声势浩大的战役。李元昊并不是一介骄悍、凶猛的赳赳武夫，他机智多谋，他的国相张元也是狡黠多端之人。为取得这场战役的胜利，他们采取诱敌深入的战术，在六盘山好水川的两岸山崖埋伏十万大军。宋军部将轻敌麻痹，进入好水川峡谷，发现几只银泥盒，封闭严密，便命士兵打开，从盒里突然飞出上百只带竹哨的鸽子，宋军莫名其妙，继续前进。而夏军却得悉了宋军的行程。鸽子本是和平、友谊、吉祥的象征，它们在《圣经》曾扮演过报悉平安的使者，当万劫不复的滔滔洪水退后，出现陆地，是鸽子衔一枚绿色的橄榄枝，飞到诺亚方舟，告知人们洪水已退去，而此时却充当了李元昊的间谍。

当宋军进入李元昊设计的陷阱中，峡谷两边的山崖上早已埋伏着李元昊十万大军，骤然间，矢镞如蝗，喊杀声如雷，宋军惊惶失措，进退两难，人马践踏，死伤过万，整个好水川血流成河，尸堆如山。

宋军彻底溃败。消息传到朝廷，满朝朱紫，一片惊骇，宋仁宗为之旰食。结果，范仲淹被贬知耀州，韩琦也被罢去陕西经略安抚副使之职，改知秦州。

好水川之战，李元昊大获全胜，也为未来宋、西夏、辽三国鼎立的局面奠定了基础。

四

从文化的角度看，党项文化是回鹘文化与汉文化的混合与杂糅，是一种生吞活剥顾不得消化的杂烩。

李元昊建国之初，雄心勃勃，争雄称霸之心很强盛。那时他才二十八岁，血气方刚，一登上帝位，便取消唐宋赐给他的李、赵姓氏，自号"嵬名氏"，以怀念祖先，并下令改变与本民族相异的风俗，第一道命令便是秃发。当时党项族也是模仿汉族蓄发、结发，他们面相多为圆脸、大腮、高鼻、细眼、横眉，身材魁伟，气色凶悍；装束汉蕃混杂，腰间束带，佩短刀、挂包、火镰，一派"混合"品的风貌。李元昊下令"秃发"，"三日不从，许众共杀之"。一时间，犹如五百年后清王朝入主中原时的政令一样，"留发不留头"，西夏朝官民便出现了争相"秃发"的情形。那情形现在看来很滑稽，有点像日本浪人，但这项"秃发"工程的实施，反映出李元昊的心态，即摆脱宋王朝的制约，要独行天下：我元昊要和你老赵家分庭抗礼了！什么鸟"李"，鸟"赵"，那是你们汉人给我的姓，老子不听那一套。

李元昊绝非无所作为的皇帝，他取消汉语，汉字也不用，要自己创造西夏文字，推行民族语言。我在河西走廊武威——当年李继迁与宋王朝争夺了二十二年的军事要塞——看到全国唯一保存完好的"西夏碑"，远看像汉字，近看一个也不认识。他们在汉字的基础上东加一撇西加一捺，修修补补，非驴非马，比日本文字还复杂，还烦琐。西夏文字使用时间很长，前后达四百多年。由于西夏文的创造，推动了西夏文化的发展。

西夏王朝并不故步自封，见先进就学，有一种开放的气度，全国上下崇信佛教。在宁夏大地上到处可看到李元昊时代修建的佛塔、寺院。幽幽佛号，嗡嗡梵呗，诵经声浪，翻腾在这片粗糙丑陋的土地上。据考古学家说，用西夏文字翻译的佛经，至今还大量地保存在国家图书馆内。

西夏王朝不仅崇尚佛教，而且还崇尚儒教，并且翻译出大量汉民族的经典：《论语》《孟子》《道德经》《庄子》《孙子兵法》。还开设汉学，尊崇孔子，建立孔庙，祭祀孔子，尊孔子为先师。

这个半游牧半农耕的民族还有高超的建筑艺术，目前银川存留的古建筑，有些就是西夏王朝的遗存。

李元昊登上帝位后，就在中兴府大兴土木，规模宏大的城墙、宫殿、宗社、寺庙、民居、陵园、承天寺塔、贺兰山拜寺口双塔、贺兰县浓佛塔、贺兰山拜寺沟方塔、青铜峡一百零八塔等依然尚存，从那高耸的塔林中可以看出西夏建筑史的杰作。

西夏文化的发展必然推动文学艺术的兴旺。敦煌莫高窟壁画、榆林窟西夏洞窟壁画，那精美的绘画，菩萨的娴雅、雍容，大慈大悲的佛陀的肃穆，衣褶的飘逸，眉目的清秀，色彩的浓淡，雕刻的细腻，造型比例的适中，都展示了西夏艺术的精妙。

没有文化的民族就是一具僵硬的木乃伊，是文化丰腴了一个民族健康的躯体、鲜活的生命和富有创造力的勃勃生机。

李元昊坐上龙椅后，与宋军展开了一场场声势浩大的战役。那时黄土高原、黄河岸边、河西走廊的崇山峻岭间，羽檄交驰，战马萧萧，刀光剑影，腥风血雨，残酷的战争大剧频频上演。

最大的战役是 1040 年的三川口之战，展示了李元昊的雄才大略。

三川口即延川、宜川、洛水三条河流汇合处。当时镇守三川口的是宋将军李士彬。李士彬骄横，飞扬跋扈，藐视西夏军。知己知彼，百战不殆。李元昊知道李士彬的弱点，便来了个假投降，并称赞李士彬为"铁壁相公"。这顶高帽，弄得李士彬晕晕乎乎，忘乎所以。李元昊还到处散布："闻铁壁相公名，莫不兴旺。"这样李士彬更加骄横，放松了警戒。李元昊率大军乘隙而入，迅速包围了三川口，猛烈的弓矢、石炮，打得宋军晕头转向。先来诈降的西夏兵来了个里应外合，一夜之间便攻破宋军的营寨，连李士彬也未逃脱，成了西夏兵的俘虏。

接着西夏军乘胜进军延州，宋将范雍连忙牒令刘平、石元孙从庆州（今庆阳）赶来支援。援军来到三川口，已人困马乏，李元昊早就在这里设下埋伏，待援军一到，便来了一个铁壁合围，全歼了宋军万余人马。刘平、石元孙也被俘。

这一场战役结束后，李元昊喘了口气，便在兴庆府大兴土木，建造宫殿，"逶迤数里，亭榭台池，并极其盛"。

然而，李元昊并没有逃脱悲剧的下场，竟死在一场宫帏争风吃醋的争斗中。

李元昊本是骄悍之人，称孤之后，更加骄淫，他纳大臣没移皆山的女儿为妃，为她修宫造殿，日夜相伴，这下子却冷落了皇后野利氏。野利氏的兄弟愤愤然，不免发些牢骚，说李元昊如此贪图女色，焉能治理好国家？这话传到李元昊耳朵里，自然十分恼怒，便借机杀掉了他的大舅子。皇后遭冷遇，两个哥被杀掉，李元昊又同她的两个寡嫂私通，真是悲恨交加，怒火填膺，忍无可忍，便大骂李元昊，李元昊又将她打入冷宫。

当时西夏王朝的宰相名叫没藏讹庞，他一心想将与李元昊私通的妹妹所生之子立为太子，以后好使大权落于他手。这是个阴谋家，为此他付出很大心血，终于如愿以偿。

太子名叫宁令哥。宰相对太子说，主上荒淫无度，大臣们敢怒而不敢言，都盼望你早日登基。于是两人密谋一番，决定行刺李元昊。时值公元1048年元月的一天，太子乘李元昊酒醉，一刀砍下李元昊的鼻子，李元昊由于伤势严重，流血不止，第二天便一命呜呼了。英雄一世的李元昊从1038年建国称帝到被刺身亡，短短的十年便结束了他的帝王之梦，死时四十六岁，正是大有作为的年纪。

阴险毒辣的宰相没藏讹庞见阴谋得逞，翻手为云，覆手为雨，立即把太子宁令哥以弑君罪，连其母亲野利氏一块杀掉，接着将刚满周岁的李谅祚立为皇上，自此没藏讹庞大权独揽，权压朝廷。

恶有恶报，这是佛家的因果轮回。讹庞也没有逃脱这一轮回。李谅祚长大亲政，一举抄斩了讹庞全家。西夏王朝绵延跌宕的历史，也有汉族朝廷祸起萧墙、宫帷厮杀、帝后党争的血腥画面。

五

13世纪初，黄河右岸，辽阔的蒙古草原上经过多年的厮杀、吞并，蒙古族各个部落被一个叫铁木真的年轻人统一了，于是天骄成吉思汗亮相世界战争史的舞台。这位蒙古族的天可汗叱咤风云，南征北战，东拼西杀，如飓风狂飙般横扫欧亚大陆，铁蹄所践踏之处，人伏尸遍野，城化为一片废墟，这种可怕的焦土政策，使得中世纪的欧亚大陆都觳觫战栗。成吉思汗一生灭了四十多个国家。他是世界史上独一无二的战争巨人，而拿破仑比起成吉思汗只不过小巫见大巫。

　　成吉思汗一登上汗位就盯上了这个眼皮底下的西夏王朝，一连四次用兵攻打西夏，谁知这粒"酸枣核"又苦又涩又坚硬，成吉思汗的大军已兵临中兴府，却没攻下，败北而归。逼得这好战好胜的天可汗暂时放下这块难啃的硬骨头，先西征阿拉伯的花剌子模国，后征俄罗斯的钦察草原，把西部和北部的大大小小四十多个国家一一征服后，才回到蒙古草原上，准备再度征讨西夏。

　　成吉思汗不愧一世豪杰。他刚刚凯旋，连口气也来不及喘息，便用兵西夏。

　　这是公元 1224 年冬天，成吉思汗回到首府和林。此时正是金蒙对峙状态。蒙古军在西征期间就知悉，曾一度向蒙古称臣的西夏王朝，转而与金和好，乘蒙古军西征后方军力薄弱之际，竟联合金兵，夹击蒙古，使蒙古兵腹背受敌。成吉思汗获悉，不禁大怒，不想小小西夏如此猖獗，于是消灭了俄罗斯联军后，来不及占领那广阔的土地，便掉转马头，飞驰东归。

　　蒙古军先攻西夏，然后灭金。

　　1226 年，成吉思汗率大军跨过黄河，突破秦汉长城，直扑西夏的领地六盘山，在六盘山上扎下营帐，坐镇指挥这场灭夏战役。

　　成吉思汗是个天生的军事家、战略家，他聪明机智，作战时相当冷静、沉着。他四处征讨，所向披靡，攻无不克，战无不胜，对这个小小西夏曾四次用兵竟然没有取胜，怎能不怒火攻心？

此时西夏王朝的在位皇帝叫李遵顼，闻蒙古大军直逼京畿，很是害怕，便传位给儿子李德旺；李德旺还是个孩子，很懦弱，实权由大将们把持。

成吉思汗先派使者到中兴府吓唬西夏王朝，西夏的大将阿沙敢钵却不听那一套，对使者说，如果厮杀，我在贺兰山上立马恭候；要金银马匹，请你问我手里这把宝刀给不给；要我们的太子做人质，礼尚往来嘛！说完便把蒙古使者赶了出去。

成吉思汗听使者一回报，气得脸歪鼻斜，于是不顾身体有病，让人扶上战马，便率军直扑贺兰山而来。果然，西夏大军阿沙敢钵已在贺兰山做好了迎敌准备。

贺兰山阙，战马萧萧，旌旗猎猎，蒙夏两军杀声如雷，血肉迸溅，尸横山野。西夏军虽然强硬，但成吉思汗很狡猾，略使小计，竟然使西夏军损伤大半。

成吉思汗探得西夏军兵强将勇，只是国主孱弱，于是决定掉转马首，率大军先攻打其他州郡，最后攻取其首府中兴府。蒙古军先后攻下了西凉府、灵州府等地，中兴府便成了一座孤城。

　　成吉思汗在出征西夏途中，烈马受惊，摔伤身子，本应该好好休养一阵，但西夏朝廷不投降，这位争强好胜的大汗抱病上马，率大军同西夏军展开一场场厮杀。毕竟是六十开外的人了，第二年夏天病重了，不得不退到六盘山营地休养，谁知病情日益加重，这位杀人如麻的天可汗有一种死亡的预感，便通知他的儿子们赶来六盘山营帐做临终的嘱托。他躺在病榻上，上气不接下气地说："我死后，你们要秘不发丧，千万不要让西夏人知道……饭要一口口地吃，仗要一个一个地打，敌人要一个一个地消灭。要先联宋灭金，然后再兴兵灭宋，万不可同时用兵。还有，我戎马一生，竟然在这个小小西夏丧了命，我死不瞑目……一旦李睍出城投降，你们便杀进城去，与我杀个鸡犬不留！"

　　这位战争巨人，不可一世的军事家，留下最后一道屠城令，便结束了他壮烈的一生。

　　他身边三个儿子中的窝阔台留守大营，察合台和拖雷各带一支大军，迅速包围了中兴府。

　　察合台和拖雷按照"既定方针"，兵临城下，西夏王朝最后一个小皇帝李睍身披白纱，手捧玉玺，开城门投降。蒙古兵接过玉玺，便一刀削去其脑袋，接之而来如洪水猛兽般涌进城去。

一场血洗中兴府的浩劫上演了，城中不论皇胄贵戚还是平民百姓，被杀得血流成河，尸塞街巷，鸡犬不留，接着纵火焚烧皇宫、民居，烈焰腾腾，烟火弥漫，整个中兴府成了一片血海、火海。

《蒙古秘史》载：蒙古大军破灵州，屠众三十万；攻盐州时"免者百无一二；占领肃州，一概诛杀，无一幸免；进入中兴府，殄灭无遗"。这个以杀戮为耕作的民族，对西夏恨入骨髓，不仅灭其"形"，而且灭其"神"，对这个有过二百年辉煌的西夏王朝连一部专史都不准修撰。所孑遗的党项族不是融入汉族，就是沦为蒙古族的奴隶，这个剽悍、"善骑射"，"月月不虚战"的党项族从此消失了，消失得无影无踪。

六

蒙古大军对中兴府实行了"三光"政策后，并不满足，又对离中兴府几十公里外的西夏王朝的祖坟——陵塔，也来个彻底毁灭。

在银川我访问了考古学家，这是位儒雅而敦厚的学者。他面目清瘦，戴着一副花镜，霜染两鬓。他谈吐温文尔雅。老先生说——

你去过王陵，你看到的只是一些土堆形陵塔。其实，当初是很豪华很有气魄的。原来的陵塔是内土外砖，高者二十三米，直径六米，有九层。陵台四周用砖镶裹，外涂红泥，出檐覆瓦，檐角饰以套兽，顶为八角攒尖式的宏伟壮丽的建筑物。除陵台外，陵园还有中献门、门阙、碑亭、阙台、角台等。如果能复原的话，有一种恢宏的皇家陵园气派，雕梁画栋，红墙碧瓦，与中原皇陵比并不逊色。

他吸了一口烟，语调冷静而又惋惜地说：

要破坏这皇家陵园，也是一个很大的工程。蒙古大军在陵区安营扎寨，先破坏陵台，然后挖坑进行大规模盗掘，掠夺有实际价值和经济价值的东西，然后一把火又烧掉了地面上的建筑物，使这片宏丽的陵区变成一片废墟。

这是 1227 年 7 月的事。

然而，经过旷日持久的大规模的破坏后，用夯土筑的陵塔、陵台、墙基、神墙，历经八百多年风霜雨雪，依然屹立在那里，这莫不是展示了一个民族不屈的雄魂？

改朝换代，新的王朝开始后，总要对历史负责的，对前朝修史是他们责无旁贷的义务。蒙元帝国占据中原后，为宋、金、辽都修了史，秉笔直书，详略得当，但唯独不给西夏王朝修一卷史，可见这个马背上的民族、一代天骄成吉思汗的子孙对西夏的仇恨有多么深！这个自建国到灭亡共经历了十代皇帝，在中国西北角活跃一百八十九年的西夏王朝，失去了自己的历史。他们创造的文字也成了今天的密码，要研究西夏王朝，只能从宋、辽、金、元的历史中剥离出星星点点斑斑驳驳的碎片，拼凑起来，才能模模糊糊看到西夏王朝的风貌。

浩浩华夏，一部多民族的历史录像带，在这里竟出现了一段空白。

这是历史的悲哀！

西夏王陵被誉为中国金字塔，但蒙古人灭掉西夏王朝，并非像马其顿亚历山大灭掉埃及时那样宽容，那样大度。马其顿在埃及建立了托勒密王朝（前304—前30年），却保留了埃及文化，包括法老们的坟墓——金字塔。如果，当年的马其顿像后来的成吉思汗子孙那样心胸狭隘，那么我们今天就不会看到世界古代八大奇迹之一金字塔了，那将是人类历史最悲惨的一页。

　　恰恰相反，年轻的希腊文化却成功地保护和吸收了有着四千年历史的繁荣的古埃及、古巴比伦文化的精华，从而丰富了自己，充实了自己，发展了自己，造就了世界文明史上最辉煌的篇章。而蒙古大军却将西夏王朝的文化破坏殆尽，以致留给今人的是一个又一个谜。

　　这里有一个很有趣的文化现象，从公元前5世纪至亚历山大帝东侵，希腊建立了横跨欧、亚、非三洲的大帝国，与其同时，它在科学、哲学、文学和艺术上的光辉成就也深深地影响了它所占领的地区，出现了史称"希腊化"的欧亚非地带。希腊民族的智慧的强烈闪光曾照亮了欧亚非广袤的土地。我国"五四"时期的学者也曾以"言必称希腊"为荣。因为希腊的民主政治体制赋予公民最大益处的创造自由，所以一时间，希腊在哲学、伦理学、修辞学、逻辑学、物理学、天文学、生物学、数学、文学方面都有飞跃性的发展，出现了亚里士多德、柏拉图、毕达哥拉斯、苏格拉底、欧几里得、盲诗人荷马等一大批闪烁着天才光芒的人类智慧的巨星，这些哲学家、数学家、科学家、艺术家、文学家，为人类古代文明史的发展，起着何等巨大的推动力，没有他们的出现，人类历史的进展将要拖延不知多少个世纪。希腊的雕塑、建筑、绘画、诗歌，也是前空千古、下垂百代的，是西方文明最宏丽最辉煌的丰碑。

　　而蒙元帝国——这个马背上的民族，当他们的铁骑横扫欧亚大陆，建立了庞大的四大汗国后，却没有给被占领地区的文化发展做出任何贡献。铁木真的后代忽必烈，入主中原，虽然吸取了儒家文化的精要，也来了个祭孔尊孔，但是他的胸襟远非马其顿那样博大宏阔、海纳百川，仅仅是为了自己的统治，也就是为了"稳定"，稳定压倒一切。他们把中国各族人民分为四等：蒙古人、色目人、汉人、南人。而对灭亡的西夏王朝的孑遗，是女人化为他们的性奴隶，是男人便杀掉；有的党项人，不得不改名易姓，逃到汉族居住地，和汉民族融合一起，躲避蒙古人的捕杀。

　　这样一个带有奴隶制浓重色彩的封建王朝，怎能推动文化的发展，怎能促使文明辐射出璀璨的光辉？所以元代比起汉、唐、宋、明、清，在中国发展史上的贡献差得多了，不过百年，便被一个当过和尚、叫花子出身的朱元璋推翻了，且将他们赶回漠北——蒙古人的发祥地。而后，这个马背上的民族一路衰败下去，在中国以及世界文明发展史中，再难看到他们纵马天地叱咤风云的形象了。作为一个骑士英雄，同样也像西夏王朝的悍将猛帅一样，被历史无情地淘汰了，在历史的舞台上他们再也难以承担主人公的角色了。

　　这是历史的轮回，这是生命的轮回，这是命运的轮回。

一个民族可以用刀剑用弓矢征服另一个民族，但是要征服一个民族的灵魂，却非刀枪剑戟所能为的。只有文化才能征服人心。

七

我跋涉在荒野戈壁。西夏陵墓近二百座，有的是皇陵，有的是文臣武将和皇亲贵族的陵墓，无不是一片荒凉，几乎成了一个模式，没有殿庑阙门，没有石马、石羊、石骆驼的雕塑，连一棵青松翠柏也没有，赤身裸体般地矗立阳光下，朔风中，谁看过都不能不从肺腑中蹿出一股冷气，一种悲怆感弥漫周身。

陵塔沉默着，荒原沉默着，身后的贺兰山沉默着。金戈铁马血肉迸溅的战云早已散去，留给这片土地的只有这锥塔形的土堆。然而，我总觉得这沉默有一种孤傲，有一种铁骨铮铮的不屈，有一种浩然凛然之气。

我徘徊在王陵间，遥想当年，这帝陵何等辉煌、壮观，何等气派，而今却落得如此衰败、寥落、荒凉。此时，我脑海里涌出许多古人咏史怀古的诗章："江山故宅空文藻，云雨荒台岂梦想""兴废由人事，山川空地形""人世几回伤往事，山形依旧枕寒流"。成吉思汗一生"灭四十国"，但消灭得如此干干净净的唯有西夏王朝。

我想，当初西夏王朝不受骗蒙古人的"离间计"，不随蒙古人征战金国，而是联金共同抵抗蒙古人，或不至于落到这么凄惨的下场。"唇亡齿寒"这个简单的道理，你不懂吗？历史不能假设，也无法假设。但历史对失败者却任意阉割，任意褒贬。西夏王朝只能在历史的夹缝里扮演一个可怜兮兮的角色，这是最悲惨的角色。

一代天骄成吉思汗的马蹄所践踏处，一片废墟；兵锋所至，血流成河，西征南伐，像狂风暴雨般席卷欧亚大陆，疆域东至日本海，西至多瑙河，北至高加索，南至印度半岛，辽阔的疆域，煌煌昭昭的世界大帝国，前空千古，后绝百世。铁木真成了名副其实的"天可汗"。蒙古族的伟人既为本民族创造了震撼世界史的辉煌，同时也制造了空前绝后的世界性的灾难。

西夏王朝虽然丢掉了历史，但这些残存的陵塔依然是历史的雕像。

没有悲伤，就没有艺术。

没有悲壮，也就没有崇高。

我要离开西夏王陵了。我准备留一张影。这次来宁夏最大的遗憾是忘了带照相机，而陵园里几乎没有游人，也没有照相的小摊。我正惆怅，一位东北来的游客出现在眼前，他是一位吉林省农科院的负责同志，手提照相机，拍摄陵塔的形象，我求救似的向他说明了自己的想法，他欣然答应，为我照几张相。

选好角度，我站在陵塔前。当拍照的那一瞬间，我忽然感到我身后站起一排李元昊的子孙，男男女女，老老少少，男的英武、魁伟、圆脸、大腮，腰间束带，佩短刀、挂包、火镰；女的呢，斜对襟皮袄，束着长辫子，耳朵挂着巨大的耳环，在阳光下闪烁着金属的光泽，他们都脸面黝黑，皮肤粗糙……啊，这不是拓跋氏的"全家福"吗？我站在他们前面，忽然感到很尴尬。正犹豫间，我的摄影师咔嚓一声，于是我们就永恒地站在一起了。

水墨里的声音

之一：遇到宏村

我离开故城济南时，北国已沦陷在秋的深处。来到皖南，哈，夏天还赖在山野上，姗姗不肯离去。这里依然绿意葱葱。山葱葱，树葱葱，草也葱葱。黛绿、墨绿、淡绿，绿的基因苍劲、顽韧，一丝不苟地主宰着这片土地，连敏感的枫叶也未染上秋色。

首先遇到宏村。这是皖南最著名的明清古村落遗存，已注册于联合国"世界文化遗产"名录。村子坐落在黄山余脉雷岗山下。走进宏村就像走进桃花源，走进梦里。村后山上时常云雾缭绕，时而淡淡一抹，时而浓墨重彩，山、水、树、花草、房舍融在一起，自然景观和人文景观极其和谐地杂糅在一起，形成一座中国画里的乡村。

风水先生说，这个古村呈"牛"形布局，逶迤跌宕的雷岗山为"牛首"，山上古木参天，为"牛角"，由东而西错落的民居宛若庞大的"牛躯"。一条溪水绕着村舍穿流而过，恰似"牛肠"，而前有片池塘，他们叫"南湖"，又似牛的巨大的胃。溪水注进池塘。他们的先人为何从村庄的选址到规划建筑，要搞成一个"牛"字的大写意？是一种文化观念，是一种宗教理念，还是强调农耕文明对牛的崇拜意识？牛是农人最可靠最忠实的朋友，牛在农耕文明发展史上有着重要地位。

外面都在大拆大迁，尘土蔽日，机声隆隆，热气腾腾，这里却土木不兴，尘土不扬，一切都静静的。这村落很沉着，很淡定，仿佛经历了人间沧桑进入一种禅境。树静静地浴着风丝雨片，老屋一动不动地任凭晨光夕晖从屋檐上缓缓走过。没有欲望，也少了热情。那些古宅古屋有些内敛的清冷、淡漠、孤独，砖缝里、瓦隙间总渗露出饱经风霜的神秘古气。

这里水系精巧奇特。一条溪水由山上流淌下来，经九曲十八弯，流进南湖。街巷下面设有水道，水绕屋，楼傍水，绿树摇曳，光影交织，"流窗而高基，点石而临池"。其间层楼叠院鳞次栉比，古弄幽幽，粉墙斑驳，一庭一院无不独具匠心。这流水很有韵致，既不扰人，又不烦人，像一阕催眠曲。夜深人静，村庄睡着，只有这溪水还在醒着，枕着涛声睡去，流水似乎就在床下潺潺流过。

村南那片湖水，明净清澈，微波不兴，无精打采，似乎有点慵倦。湖水映着天光云影，映着村舍古屋，湖岸上的古樟衰柳，树影沉溺水中，一幅富有质感的写意画。山风吹来，那棵老柳树长长的枝条，相依相伴，随风摇曳，一派悠然坦然的样子。湖里的光影却骚动起来，活跃起来，只有岸上的古屋依然故我，沉静、安详，这动与静构成空灵的气质。

我总觉得这里的人们常年生活在梦里，夜晚是梦，白天也是梦。飘飘的云，蒙蒙的雾，淡淡的流水，轻轻的风，不动声色的花开花落，连婉转的鸟鸣都惊不醒沉沉的梦。

村街上，树荫下，有老人饮茶聊天。老汉吧嗒吧嗒地吸着旱烟，老太太还用针线缝补着什么。青年人出外打工，中年人和妇女大都开办一个商店、小饭店，摆个小摊，出售些土特产、旅游产品，几个年轻的姑娘做导游。宏村是皖南最著名的旅游景区，游客成群结队，你来我往，还有很多来自全国各地的艺术院校的学生住在这里，白天在村街上、小巷里、池塘边、柳荫下，支上画架写生。游人多，但不嘈杂，不混乱，一切都像街巷里的流水一样，静静地缓缓地流淌。

这使我想起家家客厅条几上摆放的座钟、镜子、古花瓶，此意喻为"终身平静"（钟声、瓶子、镜子）。他们喜欢静，喜欢清淡雅逸。这是皖南人追求的人生境界，也是文化底蕴的表现。他们悄悄来到世界，又平平静静地离开这个世界。这并不意味皖南人的平庸，与世无争。恰恰相反，你看那一副副楹联，正折射出他们的心声，也展示着皖南人搏击人生、叱咤风云而暗藏不露的豪气。"惜食惜衣非为惜财缘惜福，求名求利但须求己莫求人""地近黄山耸起文峰千丈，楼迎南湖拓开思波万重""传家无别法非耕即读，裕后有食图惟俭与勤"，等等。字里行间骚动着被压抑的情感，激荡着地下岩浆般炽热的出人头地的冲动和奋发图强的精神。你看那一副副门窗木雕，全是"人"字形，层层叠叠的人，挣扎着，奋搏着，淋漓尽致地展示一种向上的意志。还有他们住宅的名号，什么承老堂、树志堂、志勤堂、根心堂、敬修堂、树人堂……不正是他们心声的吐露？康德说，世界有两点能震撼人的心灵，一是伟大的道德，二是仰望头顶上的星空。皖南人既有儒家道德的内敛、含蕴，又有仰望星空的高崇追求。

半街房屋，半街流水，那明清两代遗留下的老屋像一册册古老的线装书似的排列着，任夏雨秋风翻阅，折页磨角，一日老似一日，这些高屋大厦大都是木板房，没有窗户，只开一方天窗，凭借天窗采光通风，天雨天风天光倾泻而来。天窗下方有一石砌的水池，叫"四水归一"，财不外流之意。

我住在农家宾馆，那天午后，房东送一包刚炒好的新茶——黄山毛峰，很热情地给我泡上。在茶乡品茗真是一种享受，那青翠碧绿的叶子在玻璃杯中悠悠浮动，卷曲的叶子渐渐舒展开来，像醒来的小精灵，又慢慢沉降下来，其间完成一个优秀跳水运动员的整套跳水动作：侧翻、旋转、悬空、自由落体。那沉落的姿态优美而优雅。茶杯里的水渐渐变绿、变浓，还泛着一种淡淡的黄，一股茶香氤氲着浮了上来。看着茶叶的舒展沉落，只觉得浑身的凡尘倦意，也渐渐地消融，化解进入一种禅境。阳光从窗外射进来，光芒已失去夏天的浓度和力度，铺在瓷砖地板上、床铺上，明亮而又温暖。

"千载儒释道，万古山水茶"。儒释道三教的文化气韵郁融进一杯醇香的茶中。名满天下的黄山，秀甲华夏的皖南，以它馥郁甘醇的山茶，又博得世人的歆羡。儒家的正气，道家的清气，佛家的和气，皖南人的雅气，十分老练地在这里相汇、相融，形成一种独特的地域文化。这地域文化里就浓郁着茶的元素。

皖南人家，家家会炒茶。宏村、西递、屏山等那些古村落里，不少古屋门口都有主人支一口铁锅在炒茶，大多是妇女，也有男人。将新采摘的茶叶倒进锅里，他们用手抄来抄去，翠绿的叶子由鲜嫩而枯萎，颜色变黯，绿中泛黄，锅里蒸腾着淡淡的水汽。炒茶很有讲究，不能用煤炭，也不能用燃气，要用青枫柴、杉丫，锅底温度掌握在 140℃ ~ 160℃。用手来回翻腾，当手心沾满白蒙蒙的茶毫时，一锅新茶也就熟了。久违的柴烟伴着袅袅的茶香，使你感到农耕时代的芬芳，还飘逸在皖南古老的村庄。这些老屋的主人家家是茶商、茶博士，你若坐下来，聆听他们细说茶经、茶道、茶中真味，一股植物的清芬盈盈扑来，一种慢时光祛除了尘世起伏的喧嚣，自感意境的空灵。

在这样古屋品茗，外面修竹蔽地，古木参天，只觉得意境阔大，心胸开朗，人生百味，棱角相牴，言辞龌龊，种种烦恼，也渐自消融，心灵也变得洁净。人与人、人与自然相和的理性也出现在灵魂的牧场上，你会开拓新的安身立命的人生空间。

皖南天气很古怪，刚才还晴朗朗的，不知何时，从山谷中蹿出一片云来，在天空随意布置了一下，便下起雨来。窗外疏疏小雨，荡漾淡淡的诗意，弥漫的雨雾，飘浮着清新。透过院门看去，远山近岭，雨雾岚烟，灰白色、淡墨色，成团成缕，浮浮荡荡，氤氲一片，浓淡枯涩，一幅水墨瀚然的米家山水。雨线绵软，细长，儒雅而纤柔，白蒙蒙地制造出山的苍茫，水的苍茫，树的苍茫，天、地、人都融在一起。这里闪烁着生命的惊悸，也散溢着大自然的体香。此情此景，使我蓦然想起王维的小诗："轻阴阁小雨，深院昼慵开。坐看苍苔色，欲上人衣来。"无边无际的苍绿破门而入，亘古的宁静笼罩时空，蒙蒙的烟雨，深幽的小巷，古色古香的老屋，构成皖南一个梦幻的世界。

宏村是一页古诗，还未来得及收入陶渊明的诗册。

之二：走进唐模

唐模躲在山坳里，村庄没有宏村规模那样气派庞大，但结构严谨，排列有序，一色的明清时代遗留下的古建筑，散发着浓烈的古色古香的气息。过去这里交通不便，唐模藏在深闺人不知，真是陶渊明笔下的"世外桃源"，一种静谧的美，一种和谐而又温存的美。整洁的街面，一条溪水穿街而过，常年淙淙地流淌。岸是青石垒砌，路面也是青石铺砌，石面光滑、洁净，裸露着清晰的花纹，青白相间。雨漫无边际地飘洒着，沙沙沙，打在树叶上、草尖上、美人蕉叶子上。我总觉得这水声、雨声像一首摇篮曲，村舍在缠绵的催眠曲中酣睡着。

水是皖南的歌，山野上有流水的声音，树木的躯体里有流水的声音，岸边沟壑里野花野草也流淌着水的声音。这里处处能听到水在歌唱。水的歌声比小鸟清甜，比琴声动人，是天籁，是仙曲，是生命之曲，人类用饥渴的嘴唇啜饮着。走进唐模，我只觉得我的血管里也奏响水的歌，奔腾着流水的声音。

唐模这个名字并不雅到哪里。传说，唐模村是唐代越国公所建，这位越国公懂得天文地理，更迷信董仲舒的"天人感应"学说。时值唐末天下大乱，越国公避战乱率儿孙迁徙至此定居，不久，五代十国，天下动荡，唐朝的大厦倾覆在一片血泊中。越国公深受唐王朝的恩荣，为怀念故国，命名村庄为"唐模"。村街的石板路还是唐朝的青石板，青石板下曾淌过唐朝的溪水，溪水上有唐代建造的高阳桥，毁了又建，一代一代，总萦绕着一缕不断的唐魂。桥上有古朴优雅的避雨长廊。

我一踏进这片土地，恍惚兮进了天堂。天堂是什么样的？只有想象：鲜花盛开，仙草芳菲，琼枝玉叶，瑶池玉液，仙女凌波而来，衣袂袅袅，身边凤鸣鸾舞，一片升平富丽景象。唐模，不，似乎除了天堂具备的元素，还有人间罕见的因子——证词便是静谧和清纯。这里的山是绝对正版的山，水是绝对正版的水，大自然似乎没有人工的刀工斧痕，是正宗的大自然。烟村雾树，小桥流水，都散发着雅逸和禅意的美。树翠得亮眼，水绿得醉人。走进古村，你不得不承认连目光也变得清纯了，没有了凡尘的倦意，没有了人寰的烦恼，一切都被这绿水滤去。在这里时间只是个符号，白天和夜晚只是太阳和月亮轮换当班上岗。水流花谢一切统归自然。四季更迭都悄没声息，不知不觉中枫叶红了，雪花飞了，风儿柔了，花儿开了，一切声色都是佛之惠。佛以世界之说为说，满目青山，都化为佛说。天下万物自然兴现，是佛赐给天下的恩惠。

在皖南，豪门大宅都有座后花园，大小不一，却雅致得很。皖南人多地少，惜土如金，连街巷都十分狭窄，房屋布局十分紧凑，没有一点儿浪费现象。我见到的家庭园林都十分小巧，大者有两三间房子大小，小者只有十多平方米，花园虽小，花的品种却并不少，古树、藤萝、叠石、流水、竹、梅、兰、菊，展示皖南人的雅好和精神境界的向往。客人来访，友人相约，常在花园置一茶几，品茗聊天，或闲敲棋子。竹梅兰菊富有君子之风，尽可陶冶人的高雅情怀；人生如棋局，时时提醒人的行规步矩。静赏奇葩，倚尽藤萝之月；茶香氤氲，品出人生况味。那一方方小园林是情感的发酵之地，也是灵魂得到整饬之所。因为叠山、荷池、亭榭、小径、翠竹、古松、石笋，布局精巧，神韵四溢，把大自然融进园林。这里风含情，水含情，楼台亭榭都含情，情景交融，说不准从那假石后走出杜丽娘和柳梦梅，抑或是林黛玉、贾宝玉来。

恬静的风光，古朴的民风，酿造皖南一杯醇厚的佳酿。唐模村口有一棵古树，传说是唐越国公亲手所植，迄今已有千年。在江南千年古树并不少见，而这棵古树下部中空，恰似一位饱经沧桑的老人在张口欲说未说之态。电视剧《天仙配》导演看中了它，安排它为七仙女与董永开口说媒的"槐荫树"，这古树满口答应，尽心尽力地演示了这一角色——其实它是一棵老樟树，它替换了槐荫树，完成了导演交给的任务。

村口有一口池塘，命名为"小西湖"。村人告诉我，清乾隆年间，一位许氏富商，在苏浙皖赣一带经营典当，时有"三十六典"，生意兴隆，赚了大钱，回到故里，大兴土木，营建园林，修房造屋。富商的母亲向往杭州西湖，想去游览，但山高路远，再加上年老体衰，行动不便。许氏商人为满足母亲这一心愿，按照杭州西湖的模样，凿地造湖，叠土筑坝，修堤植树，建造水榭亭阁，还有三潭印月，白堤、玉带桥，岸柳芰荷，危石小岛，湖岸边栽檀花和紫荆，春夏草木繁茂，长杨高柳，山光水色，颇有西湖之神韵。

一条很健壮的溪水由远处蜿蜒而来。往上看，这溪水由很多大大小小的溪流汇聚而成。山坡上一条条小溪在草丛中蠕动，大者如蟒，小者如蛇，粼光闪闪，弯弯曲曲，上下盘纡，时而做跳跃腾挪状，更富有诗意的动感。山上有苍松、翠竹，高大的枫杨树和挺拔的香樟树，风吹来，山林舞之蹈之，颠之狂之，一股脑沉醉在湖水中。这时你会想起"溪流无岁月，堤树有春秋"的诗句。

在这里远山、近水、房舍、古桥、蓝天、白云、山野，都构成一幅幅流动的五彩缤纷浪漫抒情的画卷。

唐模村最令人留恋的胜景是檀干园。这是皖南古村落少见的如此阔大的园林。这檀干园虽比不上苏州园林之豪舍，但构建落落大方，亭、廊、抱厦、小院、平台，应有尽有。亭榭的四壁用大理石建筑，上嵌历代书法名家的手迹长刻，计十八块。这里汇聚了朱熹、苏轼、倪云路、赵孟頫、文徵明、查士标的草书，还有米芾、蔡襄、黄庭坚、董其昌、祝允明、罗洪先、罗牧、八大山人等的行草，笔走龙蛇，凤翔鹤舞，流派纷呈，光彩夺目，可谓价值连城，是国宝级文物。这虽是拓片，但不失珍藏价值，是徽商保存和繁荣了文化。

徽州人有鲜明的特性，无论做官、经商，哪怕务农都崇尚文化，"万般皆下品，唯有读书高"的信条，已融进他们的血液，构成他们生命的基因。经商赚钱并非人生的终极目标，他们赚了钱，除了兴家外，热衷于做些慈善事业，不是修桥铺路，就是投资文化，投资教育。他们并不希望儿孙走经商之路，而是发愤读书，走科举仕途之路。他们的目光盯在官位上，盯在乌纱帽，做朝廷重臣上，一人之下，万人之上，是人生的最高追求。小小的西递村在明清两代出现了七百二十位厅局级以上官员，有的位极人臣。为了显示他们的脱俗，他们特别喜欢名人字画，以此来装点他们"高雅"的人生。扬州八怪，实际上是商人（徽商尤甚）养起来的。

我漫步檀干园，移步换景，藤萝牵衣，青苔染履，仿佛能感到古人的雅意。这园林繁花盛开，引来鸟、虫、蜂、蝶，蓊郁的林木，激情不凋的葱绿，是永恒的静和美。所有构成天堂的元素都化为人间童话世界的因子。

我仔细地阅读那名人墨宝的碑刻，像沐浴一番中国书法江河的洗礼。那行书、草书，都来自大自然的启悟，乱山潦草，林莽苍苍，云流雾走，风狂雨骤。

一只青蛙跳上小径上，鼓着肚子，瞪着眼睛盯着我们。我不忍心打扰青蛙王子，停下脚步。那青蛙冷冷瞥了我一眼，傲然跳进水池的荷叶上，很恼怒地呱叫几声，像是抗议人类不经允许，私闯它的领地。几只红头蜻蜓长长的羽翅，扇起一股小风。蜻蜓是个性浮躁的生灵，它们在花朵上、荷叶上，甚至树枝上、藤萝上从来不肯停下几分钟，常常一触花叶便又腾地飞起，既没有目标，又没有耐性，也没定力，生命不能承受其轻，所以蜻蜓一生一事无成。古诗云："点水蜻蜓款款飞""偷眼蜻蜓避百花"，实际上批评蜻蜓的轻浮气。我徜徉在花园小径上，真羡慕皖南人家，借助自然造化之功，孕出一方山水，虽不雄奇磅礴，但精微细腻，那园林之美，富有唐诗、宋词韵致。

走进檀干园，会想到《牡丹亭》。中国戏曲、戏文里多的是描绘细致的园林景色。《牡丹亭》就是以园林为背景的爱情经典戏曲："不到园林，怎知春色如许！原来姹紫嫣红开遍，似这般都付与断井颓垣，良辰美景奈何天，便赏心乐事谁家院！"汤显祖辞官回到临川就在故里建了一处"玉茗堂"花园。一池碧潭，满园花木，垒石山泉，梅兰竹菊，"春风入门好杨柳，夜月出水新芙蕖"。池畔的柳枝还轻轻凫水，园中的白山茶早已凋谢，春意尚浓，这位仕途落魄的才子，在自己的园林里构思创作了《牡丹亭》。一曲惊撼天下，遗响千古。无独有偶，孔尚任的《桃花扇》也有大段大段的园林景致描写："你看梅钱已落，柳丝才黄，软软浓浓，一院春色，叫俺如何消遣也。"那园林嫩叶香苞，雨痕烟醉，几点苍苔染砌，颇有墨兰的潇洒。戏曲首演时也大多在园林。明代士大夫阶层造园成风，奢靡浮华，造园大师颇有章法，"大中见小，小中见大，虚中有实，实中有虚，或藏或漏，或深或浅"，其旨意在"曲"

字上。曲径通幽，只有"曲"才能表现园林的幽邃，只有"曲"，才显示一种神秘性、私密性，这是中国传统文化的精髓。《西厢记》也有园林背景的描写："碧云天，黄花地。西风紧，北雁南飞。晓来谁染霜林醉，总是离人泪……"名苑、水阁、月光、梅花、虫蝶、花鸟，所有园林的实景，这些剧作家都有深刻的生活体验，所以他们笔下园林景致如此迷人，一派令人心醉的人世风光。

之三：驿外断桥

屏山既是一个山名，也是一个古村落的名称，两家合用一名字，这叫"简约"。但山分南屏、北屏，统称屏山。我去的是北屏。顾名思义，村子坐落在屏山脚下，那山像一扇屏风，秀美壮丽。山不高，逶迤跌宕，山上生长着大气磅礴的树林，一年四季，绿意腾腾。雨天，雾霭缭绕，满山遍野成团成卷的云雾，如帘、如瀑，如江河倒悬，如海涛奔涌，千姿百态，大自然造化出一幅动态的水墨画卷。

屏山村落不大，百十户人家，村里曾出现一位位极人臣的宰相，这个家族明清两朝出了二十七位进士，这是屏山村的一大亮点。除外，村西有一座驿站，是官家的建筑。驿站保存良好，几间客房，两间驿站站长的办公室兼卧室。小院不大，除厢房和正房外还有马厩，一色的粉壁，黛色小瓦，马头墙，典型的徽派风格。征人、官吏、驿卒往来食宿的接待站。房子里还保存着古驿站的原始物件，几案、床铺、锅灶，有马厩里的食槽、拴马桩，加工草料的铡刀等什物，活脱脱一个古代驿站博物馆。

看到它，我脑海里顿时出现一幅驿马奔驰、烟尘腾起、穿村过寨、涉水过桥的画面。驿卒身上的蓝花包裹里装着"六百里加急"，或皇上御旨，或边患奏折，某地民乱的塘报，或是水旱灾害的奏章。驿卒的蓝底白花包裹或檀香木匣里系着军国大事，江山社稷安危！嗒嗒的马蹄骤雨般敲击着山野，惊得一路鸟飞兽藏，那场面何等壮观！暮色浓了，驿卒来到驿站，将驿马的缰绳交给驿长，于是休整、用餐、歇息，第二天天蒙蒙亮，换上另一匹驿马驰向新的征程。

驿站不远处有条河，叫吉阳河，河水并不宽阔，水流却湍急，夏季常有惊涛拍岸之势，水深数米，河上有座石桥，当地人称驿桥。村里人告诉我，驿桥早在一百多年前便坍塌了，后来又建了一座新桥，即现在的廊桥，位置在离旧桥遗址不远处。我来寻觅驿桥旧址，只见岸边有块断裂的石板，半截桥墩淹没在河水中，枯水时能露出水面。斜卧在岸边的半截石板，石面凸凹不平，隐约有蹄窝和车辙痕。风雨沧桑，一页昨天的风景已经模糊。但我想起杜牧的诗："一骑红尘妃子笑，无人知是荔枝来。"那驿卒汗湿衣衫的身姿，驿马急驰气喘之声仿佛隐隐现出。驿卒眼神焦虑，脸色忧郁，唯恐马背上的荔枝发生腐烂变质，哪管驿马疲累，不停地鞭击马屁股，发疯地奔驰。温庭筠对驿卒生涯体验不深，也缺少杜牧那份忧国忧民的情怀。他笔下的驿站倒是一幅优美的画面："杨柳不如丝，驿桥春雨时。"桥上没有行人，更不闻奔驰的马蹄，只有细细雨丝，像飘逸的旋律，轻轻地无声地萦绕桥头。桥下浅浅的流水蜿蜒着、潺湲着，浪花发出呢喃般的呓语，驿桥是一番宁静与惬意的情景。

这坍塌的驿桥，满目苍凉地斜倚在夕阳里，断石旁一棵老柳树大半个身子已枯萎，只有几条老干还抽出绿枝，现已秋色初染江南，老柳树早脱尽夏日的盛装，很疲惫，很苍老，有几片黄叶飘零下来，落在流水中，转瞬间淹没在浪涛里。断桥四周长满野草、荒荆，乱糟糟一片荒芜。在皖南，暮晚的蓝色逐渐变重，白日即将过去，夜晚带着忧郁之色，弥漫开来。我只感到在这初秋的黄昏，河水的流淌声变粗了、重了。我想这河水对光线有敏感性，光强它弱，光弱它强，人类的游击战术它们也掌握了，一场光线和流水的对峙。在古石板下有几丛俗名"老鸦瓣"的野花探了出来，白色的小花素雅脱俗，看似单薄柔弱，却能在这巨石下生根发芽，它的坚韧不拔和自强不息令人感叹。它们生长得茂茂腾腾，花开得热热烈烈，在黄昏的夕晖中有奇异的荒凉与美。

陆游的《卜算子·咏梅》写的是梅花，那是风操高洁的花，有君子之风，高雅、大度、从容，清风明月的人格，冰清玉洁的品质。这卑俗的"老鸦瓣"是文人雅士不屑一顾的。

那时隐时现的桥墩，突兀地挺立在流水中。"中流砥柱"吗？与谁抗争呢？时间吗？人类吗？时间沉默，人类无语。它兀自挣扎在那里，要诉说什么？昭示什么？张扬自己的顽韧倔强、不折不扰的意志和力量？还是告诉世人，一个时代从这里走过，一个王朝在这里停泊？我的目光盯着桥墩的沉静和隐忍，一种不期然的欣喜和感动在胸中荡漾开来。我想象得出，这驿桥上准有明柱黛瓦的凉亭，飞檐翘角，一种端庄和谐的风度。四围的栏杆有"美人靠"。过往的行人、僧侣、贩夫走卒，大概都会在此小憩一下，敞衣解怀，让山风吹去一身汗气，或从背囊里取出干粮咸菜，填饱饥肠枵腹，然后掬捧清凉的河水，洗把脸，又踏上新的征程。即使从远方奔驰而来的驿卒，来此也会下马，舒缓一下紧张的情绪。

驿桥是人生的接力点。这荒凉的断桥，是历史的遗存，曾经演绎出多少动人的故事。"鸡声茅店月，人迹板桥霜"。早起的征人迎着寒风，顶着半规残月，踏着浓重的晨霜，开始了人生的跋涉，那意境是多么苍凉啊！欧阳修也喜欢板桥（驿桥），模拟温庭筠，写道"鸟声梅店雨，野色板桥春"，成了东施效颦的败笔，贻笑后人。

驿桥似乎与苍凉、悲凄有着血缘关系。没有灯红酒绿的喧嚣，没有舞低杨柳风的热烈，只有风霜雨雪，夕阳、冷月，这是一种境界，谁说凄清的背后不存在诗意的美？在这前不着村、后不着店的山野里，在冷风冷雨、激流湍急的荒荒野水之上，有一座驿桥，该是多么慰人之心啊！遮风遮雨，又赖以休整，以壮前进的勇气。

桥，有人比喻为彩虹，有人比喻缝补大地的线脚，连接着此岸与彼岸。而乡人则比喻为"小扁担"："小扁担两头弯，一头挑着村，一头挑着田。"这驿桥的使命更重了，它挑着军国大事、社稷安危，挑着一个民族的命运和未来。

现在古驿桥成了废墟。废墟无所谓生，无所谓死，它横亘在流水中，不被时光和岁月所摧毁，只证明它曾辉煌过、热烈过。它的记忆里响过奔驰的马蹄声、呐喊声，响过杀戮、离乱、饥荒、逃难的哭叫声。现在它默默不语，一种天荒地老的沉静，大度雍容的沉静。在静寂中看日出日落、云卷云舒，看朝霞的璀璨、夕晖的浓郁，看无边无际的山野风的奔腾，看滔滔不尽的流水的漫卷。这古驿桥仍然承载着不被毁灭的大美。

驿桥塌陷了，沉沦了。那青石板下的小花却开得纷繁热烈，夕阳里，晚风中，宣示着生命的意志和强旺的精神。

之四：永远的祠堂

我在皖南行走，从一个古村落到另一个古村落，这里真是古民居博物馆。这些古民居端庄和谐，宁静惬意，一派闲适风度。一方水土养一方人，一方水土也涵养一种文化，一方文化又塑造一方人。

皖南人特别注重祠堂的建造，村大村小，无论人烟稠密或宅地逼仄，都不忘建一座祠堂。一姓一祠堂，一姓多祠堂，有总祠堂，有分支祠堂，一个小小村落往往有十多处祠堂，占地阔大，祠堂也豪华，巍峨高大，耸立在一般民居之上。祠堂更重视三雕——石雕、木雕、砖雕。雕刻精致、细腻，门面极显庄严，马头墙上的飞檐格外精神，一种昂扬向上的雄峻。

建筑是一种古老的与人类生活环境关系极其密切的艺术，建筑是以砖石木材为语言，在人类居住环境中倾诉自己的情感，展现自己的智慧，张扬自己的理想。徽派建筑最突出的特点表现在斗拱翘檐上，俗称"马头墙"。它以砖制或木制作为审美艺术的表现，重视昂扬向上的精神追求。马头状的翘檐，层层叠加，错落有序，一般为三四层，一层比一层高，纵向托力向上，横向扩展，翘檐探出，上挑，像战马昂首奔腾，整座建筑富有灵气和步步高升的气势。我问村人，这马头墙还有什么说头，他说，你往后退几步，在远处打量，看看这马头墙像什么？我连连后退，定睛端详，半晌说不出子丑寅卯来。那人笑了笑，很神秘的样子，说道："你看像不像官帽翅？"徽州人喜欢做官，官本位思想尤其严重。那官帽翅一层高一层，就意味着官位连连高升。我恍然大悟，这才是徽州人真正的精神内涵，通过建筑艺术淋漓尽致地表现出来。这昂然向上的马头，既展示徽州人的豪气、志气，又在威严气氛中透出勃勃生机。

在黄山市徽州区我参观了罗东祠，是罗氏家族其中一支的祠堂，属于宗族祠堂一类，纪念罗氏第十三代祖罗东舒。这是皖南现存祠堂规模最大、装饰最显豪华、三雕最为精美的明代建筑。门额上题有"贞靖罗东舒先生祠"。罗东舒是宋末元初著名学者，自幼聪明，"童蒙中以俊秀称，及长隐而不仕，唯耕读是业"，且以"文章鸣世"，被世人称"有黄鲁直之才，欧阳永叔之贤"。罗氏子孙对罗东舒极为敬重，到了明朝嘉靖年间，罗氏二十一世祖罗洁宗为罗东舒修祠。祠堂后寝十一开间，其中九开间彩绘，使用了当时民间禁止使用的黄色。此外，后寝大殿的透雕"鳌鱼吐水"，鳌鱼的头被雕成"龙头"，这大大触犯了朝廷的规定，是犯大法的。但这里山高皇帝远，既无人察访更无人举报，至今保存完整，风雨沧桑数百年依然神气抖擞，气派恢宏。

我眼前也是一座豪华的祠堂——光裕堂。这里三雕极其精美，巧夺天工，远近闻名。祠堂大门两侧有一对"黟县青"抱鼓石，左侧雕刻"五凤呈阳"，右侧雕刻"三龙腾云"，共同构成龙凤呈祥的对衬图。梁、柱、枋、额，均镶配有云头草卷雕饰，额枋的一组木雕却是一曲曲戏文，雕刻细腻，工艺精湛。祠堂内装饰也十分讲究，雕梁画栋，绘彩描金，设计精巧，富丽雅致，墙壁上书写着朱子治家格言，或彩绘先人辉煌业绩，是一幅幅生动形象的连环画，正堂墙壁是老祖宗的画像，楹柱是一副副极富哲理的楹联，整个祠堂庄严、肃穆。

祠堂是一个家族灵魂的栖息地，也是泪雨倾泻之所。徽州人家非常注重家庭文化的传承，逢年过节，祭祀先人就是再次聆听先人的教诲，沐浴先人的辉煌。那楹联，那格言，那绘画故事，以及显赫官位的称谓，便是先人无声的话语。还有那画像上一缕缕慈祥的目光，温柔的目光，关注的目光，严厉的目光，投射过来，直逼你的心灵。那是祖宗的灵魂之光。祖宗不在了，却用灵魂来导引这家族之船在波涛汹涌的人生海洋里的航向。

　　人有灵魂吗？灵魂是什么？西哲说，灵魂有超越感，是自由的，灵魂是纯粹思想的产物，是思想的影像、摹本。它一方面趋向纯粹的思想，另一方面又趋向感官世界。思想是大脑孕育出来的，人死了，大脑化为乌有，思想也不存在了，作为思想的排衍物又如何产生？但人类固执地认为，肉体化为腐朽，而灵魂却离开肉体，游荡世间。我想灵魂像风，像云，像雾，像朝霞夕晖，像庄稼草叶的露珠，像飘逸的雨丝，像飞扬的雪花……它们是物化的，也是幻化的。它们附着在植物上、砖石上，先人居住的建筑上。它是一个家族的微历史，是一种精神之光。民族有民族之魂，家族有家族之魂，它伴随着这个家族的兴衰荣枯。植物有植物的记忆，砖石有砖石的记忆，人类有人类的记忆。当人类的声音出现在地球上之时，人类便有了老者的出现，老者死了，还遗留下语言，这便是人类的记忆。人类的灵魂是依托语言而存在，当历史保持沉默的时候，"还有建筑在说话"。建筑绝非孤独而是清醒的旁观者，犹如这祠堂本身就融入家族史，弥漫着散落的家族悠悠的记忆。这便是先人不死的灵魂。这里的灵魂和亡灵是同一概念。它附着在砖石上，附着在梁檩上，附着在雕塑、彩绘上。道德的准则、人生的哲学，都是通过祠堂一代代传承下来。

　　祠堂又是一个家族的百科全书。

宗祠对一个家族是很神圣的地方，犹如圣教徒之于教堂，释家弟子之于寺院，穆斯林之于麦加一样。平素，祠堂都是关着的，家族有重要事宜，往往由族长召集族人在这里开会商议，谁家子弟做了不肖之事，犯了族规家法，接受惩罚也是在祠堂里进行的。至于祭祖的场面更是繁杂了，既热烈又肃穆。但女人不准进宗祠。女子一生只有一次可以进祠堂的机会，那是出嫁的时候，由族长和父母带领着，来到祠堂，行三叩九拜大礼，感谢先祖的恩德，并誓言将祖宗的教诲带到夫家。这是一种告别仪式。

这些年人们忙于生计，忙于赚钱，出外打工、经商、读书、做官，逢年过节也难得回来，祠堂冷落了，寂寞了。像有人说的："我们走得太快了，不仅忘掉了灵魂，也忘掉了伦理，剩下的是无边无际的欲望！"在皖南古村落里，我也见有的祠堂倒塌，椽子朽折，梁檩倾仄，废墟上长满荒荆野草。是家族后继无人，还是族人无暇照顾祖宗？这祠堂像搁浅的船，给人带来神圣的静穆和沉重的悲怆。

一缕琥珀色的阳光从天窗射进来，洒下半屋子明亮和温暖。空旷的祠堂有角有棱地清晰了。太阳的光芒是隐隐的、蒙蒙的，更添了一种宁静和肃穆的氛围，让人产生略带凉意的恍惚之感。祠堂院子有棵老樟树，庞大的树荫遮住了大半个院落。樟树和祠堂一样古老，历经几百年风雨沧桑，仍然枝繁叶茂，一片生机盎然。这是家族的祥瑞之兆。

之五：登上屏山

走进屏山村，悠然见屏山。屏山不巍峨、也不险峻，实际上是大名鼎鼎的黄山的余脉，极其平庸的丘陵，但跌宕有致富有灵性。山上弥漫着浓郁的林木，初秋时节依然是苍苍的绿，茫茫的绿，绿意袭人，绿意醉人。那林木多为南方树种，杉、松、竹、枫杨、桧树、乌桕树、鸡翅木、香樟树，那水多是溪流、泉、池塘，绿水袅袅。那山水是叙事风景，一树一石，一泉一溪，一花一草，都优美秀气，舒展着自由的气氛。看到这山水自然会想到唐诗宋词盛产江南，怕是和这方水土有着血缘关系。

黟县文化馆的画家老汪陪伴我游览屏山。乍晴乍阴，是典型的皖南天气。毕竟是秋天了，山野变得眉清目秀起来，几只白鹭在稻田上空飞翔，悠悠的翅膀划过一道道优美的弧线；一群不知名的鸟，鸣叫着掠过稻田上空，飞向远处的山林。屏山真是一道屏风，若是哪位丹青妙手提笔在山水的空白处，在山与天的相衔处，题上几句诗，就是一幅鲜活生动的水墨画。所以李白在一千二百年前就有这种生命体验："人行明镜中，鸟度屏风里。"

我们沿着一条曲曲山径往上走，山不陡峭，路不艰险，我们边走边聊，只有路旁的藤萝、野荆不时牵衣扯袖，肆无忌惮的野菊花，比城市花圃的花鲜亮、精神，开得热烈而多情。山径旁有一条小溪，溪流潺潺，发出撕锦裂帛的声音，山深鸟鸣幽。这是一种情调凄清的境界，宁静而新奇。老汪弯腰掬一捧溪水畅饮开来，用手一抹嘴巴，像推销员一样，热情地说："你尝尝，农夫山泉，有点甜！"山下的人家世世代代就靠山溪水而生活。

山为煌煌大观者分为三类：一是雄浑巍峨横亘蓝天下，雄踞大地上，像天山、昆仑山；二是奇峰悬崖，万壑千谷，高峻险巇，如神农架、张家界的崇山峻岭；三是块石磊磊，流泉飞瀑，妩媚清秀，如锦如画，如庐山、峨眉，宜居宜游。而屏山不属于这三类，它自成一体，如小家碧玉，玲珑清秀，峰峦、树林、沟壑、溪流，像宋词一样婉约缠绵。在山路上你会想起许多诗词名句："松风吹解带，山月照弹琴""返景入深林，复照青苔上"等等。我真羡慕皖南人，造化偏爱这一带风水，给予青山绿水以温情脉脉，雄奇中蕴有婉柔，磅礴中又不乏细腻。这山不是那种让人回肠荡气的雄浑乐章，倒是一曲婉约细柔的月夜琴韵。李白在皖南度过凄苦的晚年，虽贫苦，但心灵不会感到寒冷。走在山路上，尽赏美景而不必大汗淋漓，如登泰岱、攀西岳。

山径两旁枝丫相连，叶叶相覆。一花一世界，一叶一如来。秋意疏淡，林木精气尚未内敛，虽有几片黄叶飘零，也是经过数月的排练，在做一次试飞的表演。初秋的屏山犹如少妇，既有青春的绚丽之美，也有为人之妇的成熟美。苍郁的松树，翡翠的南竹，闪光的银杏，胭脂色的枫树，还有一大片乱荆组成的灌木林，盛开着深深浅浅的小白花，像千万只蝴蝶翩翩欲飞。树丛间是茂密的野草，一条细细的溪水，像小蛇似的在草丛中蠕动。我站在树林里，站在松、杉、樟、桧树中间，忽然萌生出一种羡慕之感。树木扎根岩土中，挺拔于山野，它默默地不屈不挠地守望着世界，不为沸腾的夏天远去而惆怅，也不因秋天的到来而伤感。它敞开心灵，无拘无束，长枝伸向蓝天，绿叶斟满阳光，风来飒飒，雨来潇潇，不以晴喜，不以雨悲，一种君子风采，大丈夫之情操，的确令人肃然起敬。

继续攀登，气喘吁吁终于到达山顶。放开视野，一片纷陈繁复的景致，犹如孔雀开屏，绵延跌宕的岗峦峰谷初染的秋色，万木葱茏，野花丛蘖，是狂放和蛮野。面对它，你的心灵会产生一种震颤：这是生命的色彩，大自然的色彩！

一片浮云飘来，山峦集体地沉下脸来；浮云远逝，又是一片灿烂。

天下名山，我多游过，峨眉山、泰山、华山，还有喜马拉雅山、天山，都曾留下我的履痕，山径上、草丛中也收藏着我的点点汗渍，但这逶迤蜿蜒皖南的屏山，如诗如画深深攫住了我的心，它以静态的美吸引着鸟、花、虫、蝶、风雨、云雾……所有这些元素都构成皖南山野的楚楚风致。屏山真像江南文人画一样，文秀、潇洒，风格缜密秀雅，这山野也似乎像江南的文人一样恬淡隐逸，超然物外的淡定。永恒的静和美，瞬间的流动和力，自然界用一种语言在说话，我聆听着屏山的声音：那是水墨的声音。

我忽然想起美术史上的南宗、北宗之说，便问画家老汪，何谓南宗、北宗，他们的风格有何不同？我们坐在一块石头上闲聊起来。

老汪知识渊博，谈起画派画风，如数家珍，滔滔不绝。

他说：

——南北宗不取决南人、北人，而取决于艺术风格。北宗始于唐代宫廷画家李思训父子，南宗始于唐代诗人王维、宋代画家米芾、元代画家黄公望。明清画家多复古主义，摹古之风盛行，家家子久，人人大痴，即是末流画家也自我标榜黄公望的追随者。南宗派画家，强调顿悟，崇尚虚和萧散，即使身在官场，却志在隐逸，这是士大夫情操，与人格的高标。

——南宗的山水画追求一种静、闲、雅、逸的艺术境界，北宗追求气韵高迈、豪放、雄健、伟峻沉厚的艺术风格。南宗用墨淡漠、细腻，多线条型结构，且线条柔和，如行云流水。北宗表现出的是风骨峻嶒，水墨瀚然，多用块面结构；北宗崇尚挺峭突兀，力多外拓，运笔则往往需发力，而且迅走疾行；南宗则"内含刚柔"，北宗则"外露筋骨"。

老汪讲得头头是道，给我留下深刻的记忆：南宗是婉约派，北宗是豪放派，犹如柳永、秦少游的词属于婉约派，而苏东坡、辛弃疾则属于铜钹铁板唱大风的豪放派。我说："老汪，山水有灵性，这屏山如屏，是一幅地道的南宗水墨画，这外静而内定的境界，这雅淡闲逸的气质，真令人惊叹！"

一句话激发了老汪的情绪。他起身用手指着远山近岭，兴奋地说："你看看，这山、这峰、这谷，诗人画家谁不睁大眼睛去看世界，会发现世界的美！"

我环顾四周，放远视线，但见群山苍茫淡远，如涛如浪，滚滚涯涯，群峰拥挤，乱树弥漫，山岚在峡谷翻腾，云雾在远山缭绕，"水是眼波横，山是眉峰聚"。那玉簪螺髻，一层层、一叠叠远山，多像美人头上插戴着玉簪的螺旋形发髻。遥岑远目，浪飞涛涌，翠翻绿滚，皖南的山，恣肆汪洋，苍茫如海，一幅铺天盖地水墨瀚然的山水长卷。一种幽玄深邃的境界，一种隽永灵性的美。

现在人们忙于钩心斗角，忙于赚钱，忙于鸡鸣狗盗，挖空心思地造假，谁有时间去发现生活之美？人们对精神生活的感悟能力，对事物的认识态度，已经麻木、迟钝，即便旅游也只是为了好奇，并非为提高审美意识，强化"天人合一"、人与自然和谐的理念。我们缺乏古人诗意的感悟，不会在大自然里选择与生命对应的密码。现代科技高速发展，光影声色急遽的变幻，衣食住行的高度现代化，人们享受亘古未有的快感、方便、舒适，人们的精神世界却荒芜了。我们这个时代再也难以产生八大山人、石涛这样的大艺术家，更不会出现为艺术殉身的凡·高、高更这样的艺术大师了。这是一个极其丰富的世界，又是一个寂寞的世界，这是物质泛滥的社会，又是一个精神贫穷的社会。人们掉进金钱的魔圈，疯狂地围着金钱旋转。他们只关注名片上的头衔，只关心银联卡上的阿拉伯数字的增长，谁重视艺术如生命？谁是艺术的殉道者？感官的刺激取代艺术的感悟；金钱的诱惑，阻挡艺术家攀登的脚步。"时间就是金钱"，当今时代不会产生伟大的艺术品。而古代艺术家、诗人如贾岛穷得三餐不继，依然"两句三年得，一吟双泪流"；八大山人一生悲苦不堪，笑之哭之，疯疯癫癫，却痴迷艺术；

曹雪芹绳床瓦灶，粥食十年，隐于荒村茅屋，倾泻出"万艳同杯（悲）""千红一窟（哭）"的辛酸血泪。纯真的艺术来自农耕文明，现代文明只能繁衍出粗糙的劣质品。

我和老汪走近一块巨石旁，选准角度，老汪给我照了张相，我和屏山结下了永恒之缘。其实，这巨石并非光秃秃的顽石，石缝里生长着荆棘和杂草，青石布满苔衣，几丛野花从石下钻出来，很淡然地摇曳着粉红和洁白的花朵，像婴孩似的睁着明亮的眼睛，打量着这纷繁的世界。站在山石旁，只听得风声、林涛声、流水声、鸟鸣声，像是经过一番过滤，清纯、秀雅。偶然间传来几声蛙鸣，循声启目望去，山洼积满溪水，成为青草水潭，不仅有青蛙，还有游鱼。天光云影，树容草色，沉入水中，构成一种幻境，鱼在树枝间游，蛙在云朵上叫，大自然的神奇，真叫人拍案称绝。一只灰褐色的鹧鸪鸟仓促地飞过，落在对面山头上的樟树上，几只红顶鹭鸶扇起洁白的双翼，从一棵树上飘到另一棵树上，不是飞，是滑翔，姿态优雅、潇洒，像一曲缥缈的旋律。

我离开喧嚣的红尘，走进山野，把自己融进无边的苍茫中，用心灵的清凉去感受大自然的温馨和体香，慢慢品味这诗画般的光阴，只觉得有一种辽阔、大气、沉稳、宁静，化为DNA 流进血管里。

海之歌

1

　　谁告诉我，我在北国平原上发育，那里是无边无际的绮丽漫延的黄土？谁告诉我，我是黄土的儿子，我有黄土的单调和朴素？谁告诉我，我是苍天的花朵，我有着苍天的绚丽和明朗？当我蹒跚在母亲的掌心，清晰的纹理，不知道哪条是我命运之线？我郑重地在黄土地上踏出一行趔趔趄趄、踥踥蹀蹀的足印，那仿佛是我生命的许诺？

　　然而，直到我的生命长出树叶，绽开花朵，结出青涩的果实，我才发现生命的子午线已经错位——我不是黄土地的儿子，我血管里流淌的是蓝色的基因。

2

延伸自己的血管为道路，驰骋自己的情感为骏马，我感到自己的血肉不断叠起，成为不可战胜的山脉，我的每一个细胞都是威风凛凛的骑士……

我就是你托起的孩子，你向太阳炫耀的那一个。

而今，我静静地坐在你的身边，深情地掬一捧生命的汁液，我清楚地看到了：我在母亲的宫腔中。还带着鱼的尾巴，鱼的鳍，鱼的鳃，我像鱼一样呼吸，一样游动，当我推开沉重的宫门，那鱼的形象便化成了一个活生生的我。

啊，就是这一掬蓝色的血液，点点滴滴渗进了我的血管，穿透了漫漫世界，千姿百态的"鱼群"，繁衍生息，生命之花开满了爱的伊甸园。我骄傲，我自豪，我感到了世界的拥抱、世界的爱抚，我的生命是属于世界的，我的脉搏永远和母亲——大海跳动一个节拍。

啊，多么神奇！永不枯竭的生命之源，给我生活的启迪。

3

当我站在你身边，眼前是多姿多彩的蓝：蛋青的蓝，浅灰的蓝，淡绿的蓝……那是一幅美到极致的风景，那梦幻般的蓝泛着无边无际的温柔和绚丽。

那波涛的森林，高擎着大朵大朵童真的繁花，蓝青色的太阳风吹落一丛丛花瓣，黛绿色的丛林间却绽开一片绿牡丹的微笑。黑色的海燕飞来了，它像一位浪漫的诗人歌咏着，激动的眼光闪烁如炬。

我心里洋溢蓝色的芬芳，蓝色的情感。

海啊，海啊，我愿委身于你蓝色的眠床，直到生命的另一端的黎明到来。

4

一阵狂涛卷来，一片浪花缠绕，一阵风吹来，一阵冲荡的诱惑。我站在水里、浪里——不，站在母亲膝前——我听见如雷的轰鸣，看见地火在奔腾，心燃烧起来，感受到一种生与死、创造与幻灭的激情。在以前，是混混沌沌的纪元，天和地，由此劈开，万物由此滋长。从这儿，才有了日月星辰，有了春夏秋冬，有了爱和生命……

5

那拍天而来的波涛，藏着多么难以读懂的文字⋯⋯

这雄伟的、横贯天地的历史巨卷啊！

我掀开一页页沉重的波涛：我看见寒武纪古猿在枝杈间吼叫，我看见大象在丛林间哲人般散步，我看见恐龙高昂着长长的脖颈奔突，我看见始祖鸟在空中嘎嘎鸣叫着飞翔⋯⋯

那位戴着深度近视眼镜的海洋学家，还有那位满头披雪的考古学家，告诉我——

三十五亿多年前，原始海洋中诞生了一种有叶绿素的藻类。植物生命开始起源。世纪叠着世纪，时间覆盖着时间，历史淘汰着历史，直到四亿多年前，单细胞的藻类才进化为多种复杂多细胞植物，而其中有的"冒险家"开始了一场惊心动魄的登陆活动，进军途中，倒毙了，又有新的物种走了上来。艰难、执着、顽强、冲杀、拼搏，前仆后继，不屈不挠，向着荒野向着岩石向着黄色世界进军。经过四千多万年漫长的征战，冒险家们胜利了！于是生命的绿色弥漫开来，于是地球出现了红花绿叶，出现了春的浪漫，秋的斑斓，于是出现了莽莽的森林、雄浑无垠的草原，编织起绿色的摇篮，迎接人类的到来。

6

从石器到陶器，从青铜到黑铁，人类——当然还有我们的民族——走过了一段辉煌的历史。由巢居树颠，到落足平坦的土地，从蜗居荒沙绿野，到走进金色的楼阁、华丽的宫殿，从身着树叶兽皮，到美如云霞的鲁缟齐纨，从刻在龟甲、竹简上的古老象形文字，以及铸在雕在青铜和大理石上的经典，到书写在蝉薄的绢帛上的诗篇，这是大海哺育的风流风采，是从大海流溢出的永恒史诗。

沧海桑田。据说，在海里还有村庄、街道建筑的遗迹，渔民曾网起古钱和石器。我没有那种机遇，但在海洋博物馆里，我曾看见过出土的黑色陶罐、彩绘陶罐和鱼菱形陶罐，罐腹刻着古老的图案，呈现出一种拙朴而原始的美，浅显而难以破译。

这是大海孕育的蓝色文明。

每段堤岸都是一部史册的扉页，最初的几行写着：大自然，人类的母亲，变迁的永恒的主题。

波涛摇曳着吟唱着，我听懂了。你在说，愈是悠远，就愈不衰老！

7

你的巍巍凛凛，浩瀚峻伟，整个地呈现在我的眼前。

于是我感到，我站的地方与造物主多么近，那幅宏伟的景象，时间所给我的印象——瞬间的感受，而又永远的感受——是一片和平之感，是心的宁静，是灵魂的恬适，是对死去者淡泊的回忆，是对永久安息和永久幸福恢廓的展望，不掺一点暗淡之情，不掺一点恐怖之心。

大海，你是大自然撰著的一部巨书，一部关于生命起源、关于生命价值的巨书。

你每一个字，每一个标点符号，都记录着海的曼妙的青春和辉煌的岁月，都抒写着你的力量、你的意志、你的理想、你宏伟的憧憬。

你是一曲震古烁今的生命浩歌。

你在凤歌和凰歌的合唱中永生！

我来瞻仰你磅礴的神魂、壮美的身姿，在你的昭示下得到一些哲理、一番启迪。我从伟大的死神去溯求充实的生。我唯愿在自己生命终结弥留之际，心灵中出现你恢宏壮美的形象……

8

生命就是选择，就是无数的选择。

那就选择大海吧！就让剧烈的浪扑来，我会敞开心胸热烈拥抱！

假如我的生命化为一朵浪花，我愿永远开放在母亲胸前；假如我的生命是一滴水，我愿永远奔腾在大海的血管里；假如我的生命是一缕缕云霭，我就与灿烂的阳光一起升腾，升腾，化为一朵洁白含笑的云，永远在蔚蓝的世界，做永恒天真的畅想！

9

我走近你，于是我内心世界经受了一次强烈的地震，精神的地层产生了裂变。那滔滔的蓝色汁液洗刷着我的灵魂。我感到惊奇、惊喜、惊栗——我真想呐喊，想呼号，想歌唱。我终于打开心灵的锁链，解放内心的一片领土，打碎胸膛里一个又一个黑暗牢狱，驱赶一群卑微的奴隶。

啊，我伟大的母亲，在你面前，我不再无穷无尽地鞠躬、点头、哈腰，我笑，我唱，我自由地想，自由地为我正在变革中的祖国挥洒我的汗水和注满生命元素的蓝黑色。我在你面前，不仅唱你的赞歌，也唱自己的赞歌。我也不再感到渺小、卑微，我要化成你的一分子，一粒水珠。我将和你一样，一起冲动，一起升腾，一起遐想，一起憧憬，一起追求，和你一起在这颗星球上放声歌唱……

啊，大海，你微笑着，多像蒙娜丽莎！你沉思着，多像拉斐尔笔下的圣母！

10

我是你的歌吟者，你的崇拜着。我像圣教徒那样，坚信上帝，颂扬你的尊严，你不可征服……至高无上，至尊至美。母亲般的大海，你是那么平凡，那么亲切，那么温柔，那么慈祥……

我看见一滴雨珠落进你的怀抱，我看见一条小溪流进你的血管，我看见长江大河游进你的胸腹。你说，他们是我的子女，我一个也不嫌弃，都是我的爱。

11

如果有谁因为在人生的痛苦旋涡里长久浮沉、挣扎而感到难于支持，力量殆尽，那么请你看一看大海，聆听母亲的教诲吧！

如果，有谁因挫折和不幸的一再打击而导致失去生活信心，对前途感到绝望，那么请到母亲大海身边来，她会给你信念，给你力量，给你勇气，给你希望，使你重新站起来，重新组合你的生命！

如果有谁憎恶尘世，蔑视名利而感到内心空虚，灵魂孤独，那么就请读一读大海，这部横亘天地万古不朽的史卷，会给你充实，给你雄健，给你坚强，给你深沉的爱和如火的激情！

如果有谁因为发现了人间的虚假和丑恶，便试图以某种为人类良知道德所不容的方式施以报复，那么请听听大海母亲的教诲吧，她会给你以宽容，给你博大，给你旷达，给你浩然！

如果你是临风垂泪、望花蹙眉、多愁善感的男子，请你来看一看大海，大海母亲会告诉你：一个真正的男子汉，一个剽悍的男子汉，国将之亡，可以痛哭于九庙之处，母亲将死，可以失声于床帏之前，除此之外，男儿的眼泪莫轻弹……

如果谁玩世不恭，沉溺于花香酒色，满足于浮光掠影，任何时候都感到那么雍容富足，那么你就看一看大海，大海母亲会给你深沉，给你豪气，给你清醒，给你征服一切的胆略！

如果谁权欲、官欲、私欲熏心，灵魂深处结满贪婪的蜘蛛网，卑污、龌龊、丑恶和肮脏布满心灵的殿堂，那么你就到大海身边来吧，大海母亲会用她的圣水洗去心灵的污垢，给你纯洁，给你高尚，重塑你的灵魂！

如果你是卑躬屈膝、阿谀奉承、谄媚、趋炎附势、溜须拍马之流，也请你来看一看大海吧，大海母亲不会嫌弃你，她会用礁石的坚贞校正你被扭曲变形的骨骼，她会用浪涌的执着给你血液里注入铁质和钙质！

大海，她令弱者坚强、怯者勇敢、狭隘者广博、虚荣者充实、狂妄者谦逊、迷惘者清醒、虚伪者诚实、愚昧者聪慧、自私者羞赧、卑污者自愧……

在这汹涌博大的大海面前，在这庄严瑰丽的永恒的乐章中，在这浩瀚深邃的渊薮中，一切平常事物，一切自我标榜，一切世俗的角逐与喧嚣，一切廉价的颂扬与赞美，显得多么卑微，多么渺小，多么不足挂齿，多么滑稽可笑！

大海，你是人类的圣母！

12

许多年了，许多年了，记不得究竟多少年了，在我心灵的圣坛上供奉着你，血液奔腾中携载着你，在梦境里追寻着你，孤寂时呼唤着……黄叶萧萧，白露冷冷，我独立寒秋时，对星空唱一腔滔滔不尽的怅然；燕啾莺翻，蜂喧蝶闹，舞影春水，对逝波咏一曲绵绵不尽的向往。

现在，你朝我走来了。

你浪花的温柔，你清芳的白色微笑，让我觉得身体变得无限大，我觉得我超越了生命与死亡。

13

大海，人类永恒的母亲！

你活得威严，活得冷静，活得热烈，活得绚丽，活得伟岸，活得坦荡，活得傲然！

站在你的脊梁上，我才看清苍穹的高远；行走在你的胸膛上，我才认识到天地的广阔；躲在你的怀抱里，我才感到宇宙的幽邃博大……

东平，古诗里的风景

一

也许有了山，这片土地才有了精神的突兀；有了水，才有了情感的跌宕，风景嘛，也形成了多维。要不然古往今来，那么多智者圣者、文人骚客频频叩访这片土地？孔子是圣人、哲人，不是诗人，一生只留下三四首诗，他称作"歌"，其中一首《获麟歌》，就是在东平写的，这是东平最古老的诗。"唐虞世兮麟凤游，今非其时来何求。麟兮麟兮我心忧。"老夫子在这里大发感慨，怀念尧舜时代的太平盛世、西周的礼仪秩序，今不如昔，眼下不是那个时候，礼崩乐坏，麟啊，你出来能求得什么？

踏着圣人的足迹，从先秦到晚清，从"建安七子"到"竹林七贤"，从大唐的"李杜""岑高"，还有李商隐这般重量级的诗人，到宋代的"欧苏"，王安石、司马光、黄庭坚，以至元代的大诗人元好问，都徜徉在东平山水间，临风抒怀，登高长啸，或倾泻胸中块垒，或触景生情，留下一大堆诗词歌赋，不少还是绝代华章。固然，中国文人喜欢"扎堆"，缺乏特立独行的精神，却也说明古称东原的东平蕴含着诗性的魅力，是一片神性的土地、诗意的栖居之所。

波平如镜的东平湖曾留下他们高歌的姿影，山野间幽幽小径曾镌刻下他们的履痕，东原州古城酒肆勾栏似乎还飘荡着咏觞之声……山水、风情是诗人产生灵感的酵母，是撞击思想火花的砺石，又给文人骚客带来感官的愉悦、审美的情趣、精神的慰藉。

山水，给文人墨客贯穿艺术、人生、宇宙的精神力量，从而有了发自肺腑的心声。这种心声，有韵，有味，已经过审美化的处理。

陶渊明如果不是辞官回归故里，笔下能有"采菊东篱下，悠然见南山。山气日夕佳，飞鸟相与还"的景致吗？会有陶醉的心态吗？谢灵运如不寄情山水、不恤政事，能有"析析就衰林，皎皎明秋月。含情易为盈，遇物难可歇"的感悟吗？"山水含清晖""清晖能娱人"。山水是诗人精神的故乡，在这里他们感知了爱、泪水、尊重、平等、自由，还有痛。

中国历代文人都有屈夫子的遗传基因，不得志时就放浪山水，寄情泉林，面对朝晖、夕照、炊烟、归鸟、明月、秋风，甚至断垣残壁、枯树野藤，大发感慨，倾吐一腔怨愤、忧愁，往往是华章叠叠，绝唱缕缕。中国文学史有一大半是仕途蹇涩、官场侘傺的文人在山水间挥洒郁郁之情中写就的。

二

东平，古称东原，东有泰山，那是一个民族的精神家园。东平也有山，不过是泰山的嫡男孙女，比起他们的老祖宗矮小多了。还有号称"小洞庭"的东平湖，大汶河流经平原和山野，最终归于东平湖。别小看大汶河，它既非名川，也非巨流，没有长江的浩瀚苍茫、恣肆雄浑，也没有黄河的纵横叱咤、九曲百折。大汶河是北方极普通的河流，默默然，静静然，不嚣张、不跋扈，似乎还有点腼腆、温柔。我是春天来到东平的，不是雨季，河水清冽、宁静，似流非流，清澈得能一眼看清水底的泥沙和鹅卵石。有了这大汶河，这些土著人便有了灵性，有了感情，不会枯涩。大汶口文化名震华夏，是中华民族重要的发祥地，也是黄河流域最闪光的亮点。

东平历史上曾为国、为郡、为府、为路、为州。两千年间，它扮演了一个名城大邑的角色，是一个政治、文化、经济中心的角色。这里物阜繁华，交通发达，由于古济水、汶水、大运河、黄河交汇于东平湖，东平自古便是四方水路交通之咽喉，南北大道又经东平北上燕京，故亦为陆路交通之枢纽。所以明代曾有"襟带燕赵，南控江淮，控援魏博，舟连四通，屹为津要"之誉。

孔夫子、汉武帝、建安七子、东晋竹林七贤，这些圣哲帝王、风流才子曾莅临这片土地。唐宋两代，那些国宝级诗人词家衣袂飘飘、步履轻盈出现在东平郡城。他们大汶河荡舟，东平湖划船，模山范水，游览名胜，写下瑰丽的诗篇，东平在古诗里留下一章章动人的风景。

我到过许多"诗城"："宣城自古诗人地"的宣城，"车马相交错，歌吹日纵横"的凉州，还有"万户捣衣声"的长安，洛阳、扬州、汴京，这些都是文人骚客流连缠绵之地，中国文学史许多篇章都是在这里起草的，珠玑般的诗句也是在这里茂茂腾腾生长出来的。东平成为诗人墨客心驰神往之地，的确是山魂水魄的诱惑。

　　李白是在开元盛世后期来到东鲁的。他二十五岁出夔门，沿长江东下，泛舟鄱阳湖，击桨洞庭水，在扬州朝出青楼，暮宿楚馆，醉卧金钗，云雨罗帐。一年散金三十万，大有落魄公子的豪奢。"十五游神仙，仙游未曾歇"，非凡的阅历造就了他非凡的成就。江南的山水他玩腻了，厌烦了，他便以安陆为据点，来到北国，浪迹东鲁，结识了一些贵公子、官吏、隐逸之士，且和他们诗俦酒侣，偕游各地。

　　这是天宝三年（744）春天，春光明媚，东平湖芦笋刚刚冒出，莲叶已出，荇藻逶迤，一片烟景。在洛阳他遇到仕途蹭蹬的杜甫，二人虽年龄相差近一轮，谈起话来却心心相印，那时杜甫的名气远不及李白，杜甫对李白也敬慕不已。两人说诗论文，话语滔滔不绝。这是大唐诗国两颗巨星的相聚，第二年他们再次相聚于梁、宋，同时又遇到了另一位大诗人高适。那是秋天，一个温馨美妙的季节。其实，秋天在哪里都表现得楚楚动人。东鲁大地秋色更斑斓，阳光慈祥，金风温柔，云也明丽，漫山遍野的高粱、谷子成熟了，空气里氤氲着酒一样的香气，那是秋的芬芳。他们结伴而游，赴汶阳，过鲁郡，走曲阜，浪迹东鲁大地，登高赋诗，吊古品今，发历史之感悟，叹人生之际遇，寄情山水，放浪泉林，村野酒肆豪饮浪醉，泰山余脉长啸低吟，秋风飒飒，衣袂飘飘。三人正是热血喷涌的青春时代，忧国忧民，抨击时政，校点春秋，言辞铿锵，口吐珠玑，相处非常投机。杜甫兴奋地回忆这次聚会："忆与高李辈，论交入酒垆。两公壮藻思，得我色敷腴。气酣登吹台，怀古视平芜。"

第二年秋天，李白与杜甫又在东鲁会见。东鲁就是泰山一带，两年三次相遇，又加深了他们的友谊。"醉眠秋共被，携手日同行。"两位诗坛巨星那种惺惺相惜的手足之情，可谓亲密无间了。

李白轻儒重道。他对儒家思想是批判的，甚至看不起儒生，自嘲"儒生""穷儒"。他居留东平时写过一首《送鲁郡刘长史迁弘农长史》，说："鲁国一杯水，难容横海鳞。仲尼且不敬，况乃寻常人。"这位狂人，出言不逊，鲁国这一汪浅水，怎容得东海巨鳞？虽是赠别刘长史，更是自喻。他有一首诗，题目更是赤裸裸地为《嘲鲁儒》：

鲁叟谈五经，白发死章句。

问以经济策，茫如坠烟雾。

足著远游履，首戴方山巾。

缓步从直道，未行先起尘。

秦家丞相府，不重褒衣人。

君非叔孙通，与我本殊伦。

时事且未达，归耕汶水滨。

　　这首诗就是嘲笑鲁儒的服饰、举止形态，讽其迂腐不堪，可笑之极，未足以论经国济世。他狂放不羁，任性纵横，终日浪游沉饮，怎能看得起儒生那一套循规蹈矩的做派。这与他的性情格格不入。李白一贯轻儒生，笑孔丘，在他离开东平不久，来到济南参加道士的考试，获得"道箓"，成了一名正式的道教徒。

　　李白在东平留下四首诗，虽然不受儒家思想束缚，终日酩酊，却喜欢东平的山水。

殷王期负鼎，汶水起垂竿。

莫学东山卧，参差老谢安。

　　这是为好友梁四送别诗。劝梁四不要像前朝谢安那样，陶醉山水之间，那样于国于民还有什么用呢？李白一生追慕官场，四处跑官要官，当不上官，便抨击官场的黑暗，他自我吹嘘自己有"管晏之术"，因得不到朝廷重用而痛苦。他却鼓励友人梁四积极入世。这种极其矛盾的思想贯穿他一生。李白思想的矛盾、人格的分裂，处处流露出来，有时甚至达到昨是今非的程度。他骨子里轻孔丘，却在《送方士赵叟之东平》中，嘱咐求仙、炼丹、行医的赵老先生，路过获麟台时，"为我吊孔丘"，那种依依深情，竟然潸然泪下。李白身上有纵横家的见识，身着道家的服饰修炼，灵魂深处还有浓厚的儒家思想，出世情结，事君思想，他孜孜以求，为此奔波终生。他很天真，既要大济苍生，又慕神仙轻举，希望二者能取得高度统一。

李白留给东平最著名的一首诗为《鲁中都东楼醉起作》。这是"酒中仙"的一幅自画像：

> 昨日东楼醉，还应倒接蓠。
>
> 阿谁扶上马，不省下楼时。

这简直是一个醉鬼的形象，神态昏迷，烂醉如泥，衣冠不整，帽子倒戴，谁扶上的马，也全然不知。

李白一生在东平附近的济宁居住了十八年，几乎是他整个壮年时期。他在东平时间不长，却爱这里的山水草木。天上云卷云舒，地上水吟水歌，真是神仙居所。李白"五岳寻仙不辞远""遥见仙人彩云里"，他一生吃吃喝喝成神成仙，写了许多游仙诗，但终生没取得神仙户口，仍然是"农业户口"，连"国家公务员"都不是。其实李白的真实想法是位至列卿，成为朝廷重臣，他羡慕成仙，全是牢骚话。

东平的山赋予大地骨气的突兀，东平的水丰富了大地缱绻的柔情。

东平是一轴舒展开来的米家山水画。

三

高适是唐代著名的边塞诗人，他铿锵的边塞诗句，字里行间弥漫着腥风血雨、刀光剑影沙场厮杀氛围。但他却有九首诗写于东平，可见这位军旅诗人对东平是如何钟情。

高适一生混迹军旅，后来竟成一方封疆大吏，朝廷重臣，仕途上比杜甫、李白顺达得多，兴隆得多。高适的祖父是唐高宗的名将，官至陇右道大总管。高适血管里奔腾着祖父的基因，可谓将门虎子。青年时期到长安求仕，高适以为"书剑"超人，能出人头地。结果他"十年守章句，万事空宁落"，愿望落空。科考失利，便想另辟蹊径，通过幕府，获得官职，就像当今青年，大学没考上，读书做官的道路被堵塞，那就当兵吧，在部队好好干，也许能混个一官半职，运气好，还能混个团长旅长干干。他决定出塞到幽州一带寻找出仕的机会，但未能如愿。天宝三年他又东征，第二年便与李白、杜甫共游汴梁，知音相逢，兴奋异常。

高适学诗很晚，自然对时已名满天下的李白、成就斐然的杜甫极为尊重，但高适的诗创作起点非凡。李白、杜甫离开东鲁后，他独自漫游东平。时至八月，正逢阴雨连绵，暴雨成灾，举目山河，"霖霪溢川原""稼穑随波澜"，对受灾百姓寄予深切的同情，大发忧国忧民之感慨。

我漫游在重建过的东平古城，这里是一片"现代仿古"的古城，街道青石铺路，牌坊一座连一座，街道两旁是酒肆相连，店铺胪列，青砖黛瓦，木制门窗，全是明清建筑的仿制品，少了时空的苍凉感、沧桑感，但却使人产生一种幻觉，感到时光的逆转、历史的切换。我依稀在那酒肆看到衣冠不整、落拓不羁的高适。

高适在《东平路中遇大水》中，描写了一番农村水灾令人惊心骇目的景象之后，叹道："圣主当深仁，庙堂运良筹。仓廪终尔给，田租应罢收。"这首诗，简直是一张奏折，上书皇上，体恤民瘼，罢收田租，为东平灾民鼓与呼！

高适以边塞诗闻名唐代诗坛，军旅诗就有千首，他为数不多之杂诗中，却有九首写于东平。高适如此钟情这片土地，固然是他诗人多愁善感，但这里山魂水魄的诱人怕是最主要的缘由。他在《东平别前卫县李寀少府》中，更直露地赞美东原大地风物，抒发对这片土地的情感：

> 黄鸟翩翩杨柳垂，春风送客使人悲。
>
> 怨别自惊千里外，论交却忆十年时。
>
> 云开汶水孤帆远，路绕梁山匹马迟。
>
> 此地从来可乘兴，留君不住益凄其。

这首送别诗，情深意切，看着朋友一片孤帆渐行渐远，而骑马站在岸边送行的高适却迟迟不肯回归。心里叹道：东平山水秀丽，从来是我们乘兴相聚之处，今留君不住，远去千里，能不感到悲凉吗？一片孤帆慢慢地看不见了，该回程的马匹却迟迟不行，既写尽了作者与李少府的依依深情，更吐露了对东平山水的眷恋。

高适眷恋这片土地，诗中有多处赞美东平山水的："寄书汶阳客，回首平阴亭""隐轸江山丽，氤氲兰苣馨。"他的《东平旅游奉赠薛太守》中，诗人又一次热情地赞美东平："郡国长河绕，川原大野幽。地连尧泰岳，山向禹青州。汶上春帆渡，秦亭晚日愁。"大汶河绕东平州城而过，秦亭在东平西北，春日扬帆汶河，秋天到秦亭眺望落日，那真令人心旷神怡，寸心悠悠。

高适在滞留东平湖期间，尚未出塞入哥舒翰幕府，这时他的诗多反映人民疾苦。由于他贫困失态，长期浪游，较多地接触社会下层，自然能体悟百姓的苦难。他曾"泊船南河浒"，看到田园荒芜，农人之苦，"惆怅悯田农，裴回伤里闾"，诗人真想上书天子，给百姓关怀和同情，在天宝盛世的诗坛上这是不多见的，使我们看到盛世背后的阴暗。

四

韩愈以散文著称文学史，他一生存诗三百余首，在其五十六年的生涯中却写给东平诗五首，在唐代诗人中仅次于高适。韩愈是一代古文宗师，毕生致力于复古运动，兴儒反佛，反对六朝文风。元和十四年，唐宪宗有迎佛骨之举，一时间，长安城为之轰动，欢呼雷动，"群臣不言其非，御史不举其史"，唯有韩愈上奏朝廷《论佛骨表》，竭力谏阻，言辞尖锐，说皇上之举荒谬，要皇上将佛骨"付之有司，投诸水火，永绝根本"，甚至说信佛皇帝要短命的。这下惹得唐宪宗大怒，下旨将他处死。幸有大臣裴度、崔群力救，方免除死罪，从轻发落。

韩愈身比伯夷，但他丝毫不同于伯夷。伯夷乐于隐居，做岩穴之士，而韩愈作为一个思想家，始终锋芒毕露，战斗在思想战线的前哨。他排佛尊儒，愤世嫉俗。他的文章笔锋雄健，气盛言宜，以无可辩驳的气势和力量，批判佛教的欺骗性、虚伪性，虽有偏激，但不失一位思想家的气度。他甚至反对道教，他敢于"特立独行"，反对六朝文风，与柳宗元携手并肩，倡导古文运动。

韩愈那个时代，统治集团的思想理论，基本上是佛道思想，虚无缥缈，君臣们既不修身治家，又无齐国平天下的胸怀，浑浑噩噩，醉生梦死，一个王朝的末日还会远吗？

杜甫从儒学中吸取的主要是爱民思想，韩愈从儒学中吸取的主要是反宗教思想。

李白去世的第六年韩愈诞生，杜甫去世的那一年，唐代宗大历三年（768），韩愈才三岁。李白、杜甫诗歌成就在唐朝已是巅峰，但为人为官为文名声皆不佳的元稹却极力贬低李白，而他的好友白居易不仅抑李，也贬杜，这不是单纯的"文人相轻"，是人格低劣的表现。而韩愈对此现象极其愤慨，他在《调张籍》诗中，大声疾呼："李杜文章在，光焰万丈长。"并说"伊我生其后，举颈遥相望"，有力地捍卫了李杜的唐朝诗坛的地位。

韩愈一生历代宗、德宗、顺宗、宪宗、穆宗五朝。这个时代某些门阀势力，仍然坚持朝廷显官须由公卿子弟中选择，也就是说世袭，用今天的话叫"官二代""官三代"，想依靠科举词采进身的士子，往往受到压抑摒弃，或终身埋没，或沉沦下僚，颠顿蹇涩，郁郁失志。韩愈一生就挣扎在这坎坷泥泞之中。韩愈何年来到东平，一时查不到资料，但他第一首写东平的诗，是为兵马部张侍郎再领郓州而作。张侍郎要去的郓州，那是风景秀丽的地方。春天，麦苗在暖风中拔节，紫燕在微风中曼舞，汶水潺潺湲湲，湖水波漪粼粼，风光旖旎，我不能随你前往，赠给你诗作，"长吟慰我思"。可见，韩愈心中的东平是何等美好！

这是长庆初年（821）的事。

他写在东平的第二首诗是《奉酬天平马十二仆射见寄》。他热情地歌颂鲁邦大地，这里政通人和，百姓心存仁厚之心，儒风盛行，没有佛道之气。诗人心情怡悦，坐在北窗下，遥望冬日天空，高歌长啸，一吐胸中块垒。

韩愈留给东原大地的第五首诗《郓州溪堂诗》是最长的一首四言诗。全诗二十七行，一方面叙述百姓的苦难、艰辛，一方面赞美东平山水秀丽"播播流水""浅有蒲莲，深有蒹苇""流有跃鱼，岸有集鸟"。同时也歌颂了马总（号溪堂）为国操劳，为民呕心沥血的高风亮节。这位马总为节度使，赐东平号天平军。马总体恤百姓，造福一方。长庆初年，朝廷要召马总还朝，东平百姓千方百计挽留。而且马总绝不是那种目不识丁的草芥将领，他性笃好学，以简静为治，虽吏事烦冗，却书不离左右，为一代名宦。《郓州溪堂诗》歌颂了马总废寝忘食，办事公正，赏罚严明的廉洁作风，颂扬了他扶弱济贫，惩恶扬善的精神，称赞马总治下的东平州境内一片歌舞升平景象。"既歌以舞，其鼓考考。"这是境内百姓安居乐业的真实写照。

五

晚唐时期，大唐王朝已是夕阳西下。唐帝国国事蜩螗，党争惨烈，满朝朱紫，钩心斗角，藩镇割据，乱象丛生。白居易因上书严惩宰相李师道而被贬为杭州、苏州刺史。他何时来到东平，史料上难以查询，但他的《白氏长庆集》中却有《游小洞庭》诗。那时东平湖水面比今广袤得多，水势浩大，和梁山水泊相连，浩浩渺渺，周围港汊纵横，四方流水环绕。蒹葭苍苍，水鸟翔集，白日满湖泛金点银，夜晚一湖星月如银鳞跃动，真是水乡泽国。而东平湖是湖中之湖。白居易乘舟泛湖，游兴颇浓，迎风高歌：

湖山上头别有湖，芰荷香气占仙都。

夜含星斗分乾象，晓映雷云作画图。

风动绿蘋天上浪，鸟栖寒照月中乌。

若非神物多灵迹，争得长年冬不枯。

可见东平湖风光之美，寒鸦照水，似乎栖于月宫之中。诗中赞美了白天和月夜东平湖的动人景观。这是白居易存诗三千首中，唯一一首歌颂东平湖的。有人说，小洞庭并非指东平，在《全唐诗》补遗中，并未介绍"小洞庭"，应另有所指。而和白居易同时代的诗人，东平太守苏源明为东平湖命名"小洞庭"，唐朝其他湖泊皆无此名，由此推之这里的"小洞庭"无疑是指东平湖了。

东平在唐代为州府所在地，驻扎天平（东平）节度使，是一方重镇。令狐楚——晚唐诗人李商隐的"恩人"，也是牛李党争的牛党骨干人物。牛僧孺和李德裕是冰炭不容的仇雠。其实令狐楚为官政声还不错，他并非名门望族出身，但也非寒微，祖父均为低级官僚，令狐楚于德宗贞元年间考取进士后，在太原历任幕职，后入朝为翰林学士。穆宗即位后，李（德裕）党得势，令狐楚被驱逐朝廷，贬为东平节度使。他任东平节度使是穆宗坐大位之后的事，那时令狐楚已到了人生的暮年。

令狐楚才华横溢，骈体章奏是他的优势，文章"工丽整饬"，气势劲健。因之颇得唐德宗的欣赏，二度提拔他为宰相。令狐楚在东平任节度使期间，写了大量诗篇，吟咏东平的山水。令狐楚政声颇佳。他的前任及周围同级官员每到州县视察，地方官员纷纷行贿，至少二百万钱，进入私囊，已成惯例，而令狐楚却分文不取，还废除毁掉了这一惯例。太和四年（830），令狐楚奏请皇上改东平县为天平县。当时山东大旱，赤地千里，草木无存，饿殍遍野，人至相食。令狐楚下令打开官仓，救济灾民，同时又下令均贫富，迫令富家出粮出钱，救济灾民，这一举措深受灾民欢迎，郓州一带百姓终于度过大灾之年。

令狐楚在任东平节度使期间，发现了少年诗人李商隐。读到才气超人、"五岁诵经书，七岁弄笔砚"的李商隐的诗文，令狐楚大为赞赏，并让李商隐与其子令狐绹交游，还亲自授以骈俪章奏之学，后又聘其入幕为巡官，先后随往郓州、太原等地。当时，朝内牛僧孺、李德裕两党斗争激烈，作为牛党一派令狐楚门客的李商隐，中举后又娶李党王茂元之女为妻。令狐绹为宰相后，以为李商隐忘恩负义，深为忌恨，千方百计打击、排斥李商隐，致其终生不得其志。

李商隐在郓州当巡官时，只留下两首写于东平的诗，一首题目很长，为《天平公座中呈令狐公时蔡京在座京曾为僧徒故有第五句》，另一首题为《灵仙阁晚眺寄郓州韦评事》。前者是献给令狐楚大人的。此时李商隐的五言诗的技巧越发纯熟，诗中表现了诗人不得志，确有厌恶仕途，辞官归隐的想法。但他知道很多人口是心非，嘴上说着"休官"，也大骂官场黑暗，偏偏一刻不忘在官场钻营，诗中鞭挞嘲讽这种现象。李商隐一生三次做幕僚，也就是做一些文牍工作。此时他隐隐感到实现政治理想的途中，荆棘漫道、坎坷迤逦的前景，心情总是郁郁寡欢，思想上产生了一种消极悲观的情绪，以致后来发展到颓废地步。李商隐一生有许多诗是对自己身世凄凉的讴吟，是当时知识分子的真实写照。

后一首诗《灵仙阁眺寄郓州韦评事》中提到的灵仙阁已不再，旧址已难寻觅。我在东平登山临水，寻觅古人散落在山野间的残章断句。这里山野依然清秀，这里湖泉依然清碧，这里的华莲七月依然红艳灼灼，这里的岚光爽气依然明朗、开豁，但不见诗人骚客飘逸的衣袂，不闻他们长啸短吟、哀伤怨愤之声，连李商隐郁郁不快的叹息也难听到。一个才华盖世、诗书满腹的志士，即便有经天纬地之才，却得不到重用，"定笑幽人迹，鸿轩不可攀"，生活的磨难，官场的风雨，消损了他的凌云壮志，更没有车马喧阗、居庙堂之高的追求了。李商隐在东平仅为一个小小的文秘，自然谈不上政绩了，不知何因他在东平四五年时间，正值生命的华年，诗歌创作却不见丰收景象，即使不得志也不至于诗歌创作受到影响吧？诗言志，歌抒怀，愤怒出诗人，忧郁也出诗人，李商隐在郓州诗歌创作的歉产，是专家们值得研究的课题。

李商隐是晚唐最后一位驻足东平的诗人，这位以感伤为主旋律的诗人，一生沉沦下僚，官职卑微，且掉进牛李党争的旋涡里，滞郁顿挫，挣扎浮沉，最终郁郁不得志，过早去世。

六

花开花落，春来春去，东平依然风光迷人。那浩浩东平湖水，夏莲秋荷，蒹葭红蓼，鱼肥蟹黄，那泰岳余脉，丘陵逶迤，林木森森，依然吸引着历代文人联翩而至。他们春来赏阅湖水，秋来登高长赋，钓鱼亭里"占得仙家诗酒兴"，汶阳田里"却伴渔翁着钓蓑"，沂公园那花正闹春暮，惹得"林间幽鸟自相语"。"红杏枝头春意闹"的郎中宋祁，大文学家文彦博，一代宗师欧阳修、梅尧臣、韩琦，大文豪司马光、王安石，都驻足过东平，写下动人的华章。而苏大学士东坡居士留给东平的诗章最多，计十六首，可见他对东平爱之深、情之浓。其实，东坡一生并未来东平做官，但他写东平的文章有州志记载。他曾在这里大发感慨："论事易，做事难；做事易，成事难。"

苏东坡一生多灾多难，但性情豁达，狂傲不羁，被贬被抑，依然不改潇洒倜傥之性情。他在《和鲜于子骏郓州新堂月夜二首》诗中，回忆去年东平湖（池）月夜泛舟之事，仍然余兴盎然，"繁华一真梦，寂寞两荣朽。惟有当时月，依然照杯酒"。而且盛赞东平（郓州）已是繁华"名都"了。东坡被贬黄州通判时，与朋友同游，与东原籍友人相遇，故人相见，如在梦中，自然回忆同在一起的日子，他们共同的感怀，时光匆匆，如白驹过隙，人生短暂，仕途坎坷，不如辞官归隐，孤舟一叶，半篙流水，湖上风波，一舟烟雨，无官一身轻，那真是精神的解放，生命的自由。"知君此去便归耕，笑指孤舟一叶轻。"这是送孟振回归故里的赠别，没有哀怨，没有悲伤，没有牢骚和怨怼，只有精神的抚慰。

苏东坡曾在西湖写过一首诗，千古绝句：

> 水光潋滟晴方好，山色空蒙雨亦奇。
>
> 欲把西湖比西子，淡妆浓抹总相宜。

其实这首诗移在东平湖也相宜。如果在烟雨蒙蒙的春日，乘一叶小舟驶向湖中，烟水迷茫，细雨如帘，芦苇摇曳，荇藻浮动，再有岸柳婆娑，灰蒙蒙的天空和绿水也浑然一体。湖畔只差一座雷峰塔了，谁说这里没有西子之美？

东坡曾在东原安居一段时期。这里的山水诱人，这里东高西低，湖畔湿地，高低各有所适，适合种植粳稻，也适宜栽枣栗，既有江南风光，又有巴蜀情韵，诗人在这里栽竹植果，自得其乐，一派闲适情调。后来，他弟弟苏辙曾陪送东平人梁焘（神宗时进士、郓州人。在朝廷敢言直谏，主持公道上，不虑得失）至此，其实苏辙"东游本无事"，"只爱此山河古"。可见东平在唐、宋诗人心目之地位，而苏子由来到东平看到这里山水灵秀，风光佳丽，大发感慨，对那目极华靡，耳倦丝竹的官场生涯早生厌腻，不是为了那"一寸禄"，真愿意在这里住它三年！

清代王渔洋，一代文宗，也曾来东平，留下脍炙人口的诗句。在《游小洞庭》《东平宪王墓》两首诗中，他生动地描绘了东平美丽的湖光山色和丰富的人文历史。

东平，是文人荟萃、才贤毕至的文化名城。到了元代，东平更为繁华，成了个省会级城市。

这里湖水纯洁澄清，绿草如茵的岸边有散漫的牛羊，空气里弥漫着太阳晒热的水腥味、草腥味、泥腥味。不是西湖，西湖粉黛气太浓，有临摹唐诗宋词的痕迹，缺乏独创性。东平湖富有野性，朴拙浑然，那菱、那莲、那芦苇、那蒲草、那荇藻红蓼、那鱼虾野凫，还有天上的云、湖面的风，都展示着大自然的丰赡性、真实性。花开花落，云卷云舒，都是生命节律的变奏。东平大地，风华绝代，风情万种，千百年，数以百计的诗人墨客，纷至沓来，把情和怨、一腔块垒都倾泻给这山环水覆的土地，是对东平的信任、感恩，东平也给予他们精神的慰藉。这片山水，也因此有了诗的芬芳。

湖风温柔得不知让人怎么说好，我乘船荡漾在绿水中，犹如进入仙境，魂魄也融进风里，消失在水天相连的深处。

夜雨仄身入成都

一

我三次去成都，都遇上雨，巴蜀雨多，春雨霏霏，秋雨潇潇，夏雨悬悬。常常三五天来一场，有时天天有雨，雨大时如倾盆，雷鸣电闪，声震屋瓦；雨小时，轻如烟，细如愁，像一曲轻音乐虚无缥缈地飘浮在空中。

现在又下雨了，是春雨。杜甫的《春夜喜雨》："好雨知时节，当春乃发生。随风潜入夜，润物细无声。"今夜的雨和唐朝的雨，没有本质上的区别，依然是侧着身子潜入成都的。雨打芭蕉沙沙有声，那是雨的歌，悦耳动人。这雨下得很耐心，细腻而柔情。整个城市都湿漉漉的，灯光、楼房、街道、电线都朦胧在扑朔迷离的烟雨里。成都的雨夜是一首诗，朦胧诗。

在这静静的雨夜里，我翻阅着三千年古都成都文史资料，仿佛穿越在历史的隧道里，不时遇到身着宽衣阔袖的司马相如、扬雄、左思他们蹒跚的身影，依稀飘忽在眼前；时而又遇到大唐帝国的诗人，成群结伙地来到这巴蜀名城，或醉意深深，或趾高气扬，一种风流才子的豪放和落拓。还有宋朝大名鼎鼎的三苏也来成都吟诗弄赋，留下浪漫的故事和美丽的传说。这是一个城市的记忆，这是城市的自豪。凡是被文人墨客钟情的城市，必定是钟灵毓秀、风光旖旎之地。

安徽宣城被世人称为"诗城"，"宣城自古诗人地"，而成都则为"诗都"。三千年来，究竟有多少名流大家、文人雅士光临过成都，我手头没有资料，但咏成都的诗篇满城皆是。《诗经》《楚辞》里都记述过成都，那是诗歌的黄金时代，至唐宋群星般的诗人不怕蜀道之难，跋山涉水，莅临成都，写出灿若星辰的诗章，至今还闪烁在文学史上，闪烁在古都的史志上。在中国历史上除了西京长安、东都洛阳、汴京开封几个都市，谁敢跳出来与成都掰掰手腕？

　　成都以丝锦闻名天下。这里自古养蚕业发达，连古蜀王也名"蚕丛"，所以扬雄《成都赋》中称"锦官城"，后人浪漫主义诗人李白一开口便是"蚕丛及鱼凫，开国何茫然"，既写出蜀国的历史悠久，为下面写巴山蜀水的壮美险峻、蜀道的艰难打下伏笔。《史记》上说："一年而所居成聚，二年成邑，三年成都。"李白又写诗："九天开出一成都，万户千门入画图。草树云山如锦绣，秦川得及此间无。"如果说《蜀道难》是李白出蜀后第一次到长安写的，那么这首诗应该在出蜀后回忆在成都的风光，漫游秦川所感，想起故乡山水的壮美，草树云山，流水人家，家家养花，户户如画，三秦高原黄土怎堪媲美？诗里流露出对故乡热烈的爱、真挚的情，还有几分自豪。李白对故乡的歌咏很多，写罢此诗，激情未尽，诗兴仍浓，又挥笔写道："水绿天青不起尘，风光和暖胜三秦。"李白又以三秦做参照，三秦更不如故乡巴蜀风光优美，连空气也不如蜀都清新甘醇。那时人们没有环保意识，但人们感到成都清新的空气、清澈的流水、青绿的山野、满目锦绣的风光，那是纯真的自然。

　　李白所言"九天开出一成都"，并非指时间，九天会造出一座都城吗？这里指造物主。成都的出现是上天的恩赐，是大自然的杰作。《诗经》描述高岸为谷，深谷为陵，沧海变为桑田，大海退去，成都平原周围的大山才渐渐隆了出来，滇池、邛海变成内陆湖泊，这片壮丽土地是天造地设的"合谋工程"，李白的想象并非凭空而来。

一夜春雨，洗绿了满街花木，锦江流水又涨了几分，喧嚣的浪涛拍打着石砌的岸，澎湃之声远远传来，雨把巴蜀的春天渲染成一幅山水画，给成都带来空灵毓秀之气。榕树开花，粉红的花絮，如云如霞，被陆游赞美的海棠也开放了，路边花圃，锦江岸畔，街头小公园里，成簇成片的海棠摇曳着一束束火焰般的花。成都又称蓉城，传说，五代蜀后主孟昶在成都大植芙蓉，从此芙蓉城成为锦绣成都的代称。

我漫步成都街巷，车流人浪，早淹没了诗情画意的静美。其实，左思的《蜀都赋》中早已记述了成都的繁华。早在一千八百年前，也许是春天雨后的日子，男男女女身穿鲜艳漂亮的时装逛街，大街小巷，店铺云集，货物山积，市廛之声毫不逊色今日之喧嚣。所以左思兴奋地写道："市廛所会，万商之渊，列隧百重，罗肆巨千。贿货山积，纤丽星繁。都人士女，袨服靓妆。"

这里山美、水美、文美。传说上世纪三十年代，在成都茶馆出现百姓写诗的热潮。有好事者将自己的诗贴在茶馆墙上，第二天，应者如云，和诗者打起擂台，茶馆满席，茶客们边看边谈诗论词，指点优劣。

茶馆是成都的一道风景。成都若没有了茶馆和火锅店，那还叫成都吗？茶馆遍布街巷，茶香弥漫四季，大小茶馆常常茶客爆满。他们不仅仅喝茶，更重要的是凑热闹，摆龙门阵。这里是娱乐场所，以茶会友，又是新闻发布会。茶馆一度是成都的灵魂，成都的历史是在茶馆里起草的。

在成都，流传着乞丐都能写诗的故事。说寒冷的冬夜，茶馆打烊后，将剩余的炭火倾倒街上，几个乞丐一拥而上，围着残火取暖，成都人称之为"烘笼"。一个乞丐随口吟道："烟笼向晓迎残月，碗碗临风唱晚风。两足踏翻尘世路，一盅喝尽古今愁。"清末有一位秀才写诗道："石马巷中存石马，青羊宫里有石羊。青羊宫里休题句，隔壁诗人旧草堂。"

这就是说，你来到成都休乱题诗，这里诗家高手很多，隔壁便是诗圣杜甫的草堂。

诗的传统，其实是一种文化底蕴，历经岁月的积淀、打磨，才化为这座城市的血脉和基因。

二

赤里、文翁坊、石堂巷、君平街、支矶石、锦里、驷马桥、琴台……这是成都最古老的街道，它如同一条条血脉，至今流淌着蜀风汉韵。这是成都最鲜活最古老的灵魂！

　　司马相如给成都带来一缕文脉。尽管扬雄、左思都极尽华美之词，夸饰性地写过《蜀都赋》，但与相如相比却稍逊风骚。相如一篇《子虚赋》惊动朝野。这个风流才子的爱情故事已成经典，流传千载。一曲《凤求凰》，撩拨起小寡妇卓文君的倾慕之怀，不顾家父的百般阻拦，不惜万贯家产，与这个穷酸书生私奔，跑到成都。辞赋再美不是黄金屋，琴声再动人但不能果腹。人生第一需要油盐酱醋茶，文君围裙一扎，垒起七星灶，招待十六方，当垆贾酒，以维持生计。

　　当年司马相如与卓文君当垆卖酒的琴台已不存在，地方志专家告诉我，琴台就在青羊宫附近，但这里高楼成群，大厦林立，街衢繁华，店铺连片，到哪里寻觅当年"文君当垆，相如涤器"的酒楼琴台？我徘徊在青羊宫外，目光怅惘，思绪茫然。我努力追寻遗失岁月深处的一缕汉韵，依稀闻到醉人的酒香，还有一缕绝妙的琴声，像高山流水，像风过林杪，如水的音符从历史的罅隙中流泻而出，冰丝弦，天心月，情动处依然风起云涌。

　　相如和文君白日贾酒，晚上打烊后，依然诗酒逍遥，你弹琴我吹箫，你绘画我写赋，夫唱妇和，忙里偷闲，享受着诗意人生。

　　司马相如的文名传到宫廷，惊动了汉武帝，汉武帝下诏宣相如晋京。相如受宠若惊，来到长安，住在豪华的宾馆，茶食全由侍者照顾。他成了御用文人。相如更竭尽才智，一篇《上林赋》，博得龙颜大悦，不久赐予他不大不小的文官。相如从此出车入辇，随从如云，侍女簇拥，更有大官小吏招待宴请，整天过着灯红酒绿的生活，时间一长，早已忘记千里之外的娇妻。故园千里，相思无形，身边香风氤氲，倩影袅袅，能不想入非非？

而留居成都的文君，却日夜思念远方的郎君，"三年音信无，要见除非梦"。她孤独、凄清，独自不敢调素琴，听清声，依稀传来"孤鸿云外"的悲鸣，青枫林中哀叫，声声断肝肠。春天，云雾缭绕，望穿青山叠叠，盼大雁北归，仰天察看，哪只鸿雁能传佳音？三五明月夜，不敢凭栏，怕风声凄凄，无数怨怒哀愁，涌上心头。难道忘记卓家大厅里曾奏响《凤求凰》恋曲？忘记私奔时的海誓山盟，忘记我贾酒你涤器虽苦犹甜的岁月？心上人你在何方，山高路远难挡一缕孤苦的思念，芳心遥寄，却不见回音……

一日文君收到相如的回信，上有一、二、三、四、五、六、七、八、九、十、百、千、万，聪慧的文君立即感到心惊，无亿，无忆，无意！文君泪眼迷蒙，也写了一封"数字"回信，叙述"一别之后，两地相思"的孤凄心情："对镜心意乱，二月风筝线断。"悲苦思念……相如手捧信笺，泪光闪烁，惭愧不已，痛恨淡忘旧情……终于放弃纳妾念头，自此，两人白头偕老，安居林泉，走过人生一段甜蜜岁月。

杜甫来到成都曾登琴台，写诗道："茂陵多病后，尚爱卓文君。酒肆人间世，琴台日暮云。野花留宝靥，蔓草见罗裙。归凤求凰意，寥寥不复闻。"

左思写下《三都赋》，在文学史上流传不少佳话。说他为写《蜀都赋》曾拜访熟悉蜀地情形的张载，了解岷、邛之事，构思十年，厕所里都放着纸笔，偶然得一佳句，立即记下来。足见左思创作《三都赋》是下过一番功夫的。左思不是蜀人，而是山东人。《三都赋》名噪一时，洛阳为之纸贵。

《三都赋》首篇便是《蜀都赋》，左思以华丽优美的辞藻，铺采摛文，体物写志，描绘蜀都的山川形貌，京畿的周疆，丰富的物产，都邑的繁荣，宴饮的豪奢，畋猎的壮观，盘游的盛况。构思弘阔，结构宏大，多角度、多方位再现了蜀都的形胜壮观，文采风流。左思的《三都赋》虽然轰动一时，但文学价值并不高，走的是汉大赋的老路，宏丽巨衍，铺张扬厉，没有创新意义。

扬雄是成都人，辞赋大家。他口吃，不善言辞，但善于思考。他不汲汲于富贵，也不戚戚于贫穷，不以邀名当世，不趋炎附势，不参与朝政，甘以寂寞，埋头著书，非圣贤书不读。他非常崇拜老乡司马相如，以相如辞赋为范文写了许多华丽的辞赋，后来也被汉成帝调到首都长安，和相如同为御用文人。但扬雄不善交际，一生无官无位，只留下几篇雄文。

三

有诗云："诗人从此蜀中多，唐有李白后有苏。"唐宋两位最杰出的文豪，最璀璨的星辰都渊源于巴蜀，何因？我沿着锦江散步。一夜春雨，锦江浪涛又急了，水击岸石，激溅的浪花蹿得很高，这是江河的情感，是江水的放纵。我想，一方水土养一方人。蜀都的青山绿水孕育了她的儿女一颗诗心，草绿花明增添了他们一抹诗情。这里多雨多水多江湖，流水的袅娜，流水的清丽，流水的狂放和恣肆，激发了他们的灵性，水的变幻莫测的基因早在童年已注入他们的血脉。

成都是诗人的摇篮。

这里水波漾绿，蓝天凝碧，山温水暖，绿树暖暖，芳草萋萋，吸引了多少风流佳人、雅士才俊纷沓而至，更添锦江一段春色！

李白离开了巴蜀，杜甫却去了成都。

安史之乱，叛军攻占长安，杜甫历经艰难，逃出长安，来到新即位的唐肃宗身边。唐肃宗给了他"左拾遗"，就是给朝政提提意见，拾遗补阙，并非重用。杜甫为被罢相的房琯辩护，触怒唐肃宗，罢了他的职，炒了鱿鱼。

杜甫回到鄜州，见到久别的妻子儿女，便带领家眷来到成都，那正是肃宗乾元二年（759）。

杜甫大半生漂泊无定，生活潦草杂乱。他移居成都，是慧眼的选择，命运的安排。杜甫很穷，连个草房子都是靠亲戚朋友捐助建成的。

一个长途奔波的旅人精疲力竭时有了栖息之所，一个四处飘零者困厄之际寻到生活的港湾。这里生活安定、悠闲，也平静。远处是气势磅礴的岷山，浣花溪水穿过树丛，潺湲而去。这里竹树茂密，杂花芳菲，野草葳蕤，鸟鸣枝头，蜂飞蝶舞，水田里传来老水牛的哞叫声，采桑女的歌谣穿枝透叶，隐隐传来，悦耳动听。连阳光也清丽妩媚。这是陶渊明的"桃花源"，这是谢朓的山水诗，这是王维的辋川，在这里他度过人生最令人难忘的日子。三年多时间，杜甫创作二百四十余首诗，而且佳作连连，华章叠叠，俨然草堂成了文学史上一块圣地。杜甫此时才有闲情逸趣，欣赏大自然之美。他笔下少了那些啼饥叫寒，在死亡和毁灭中挣扎的百姓的哭号，多了些生活情趣。他写了《为农》《江涨》《漫城》《狂夫》《春水》《卜居》《春夜喜雨》等赞美大自然的篇章。他写乡野风景："圆荷浮小叶，细麦落轻花"；他写寒食节："汀烟轻冉冉，竹日净晖晖"；他写鸳鸯蝴蝶："留连戏蝶时时舞，自在娇莺恰恰啼""泥融飞燕子，沙暖睡鸳鸯"；写雨后城市和乡村："细雨鱼儿出，微风燕子斜""晓看红湿处，花重锦官城"。这是何等幽静清丽的风景，这是何等愉悦怡然的心境！杜甫来成都前的生活状况如何呢？且不说飘零之苦、旅途中的风霜雨雪，即便留在长安，竟然过着乞丐、流浪汉的生活："朝扣富儿门，暮随肥马尘。残杯与冷炙，到处潜悲辛。"他的笔下皆是"三吏三别"之苦难，"朱门酒肉臭，路有冻死骨"之愤慨，耳边闻到的是"车辚辚，马萧萧"，是"拦腰顿足"的号啕，是石壕村妇悲泣的幽咽……满目悲苦，满怀怨怒，一腔忧国忧民之情。

由于生活所迫，杜甫不得不违心地向达官权贵投诗，希望他们加以提携，得到的却是失望和冷遇。他无奈，只好靠卖药为生："卖药为生，寄食友朋。"

杜甫生前虽然写诗很多，但是名气不大，他结识李白、高适等名流，但他的同辈好友，没有一人赞扬他的诗。他在世时，唐朝的诗歌选集，也很少选他的诗。他死后，只有晚唐韦庄编辑诗选，收录他七首诗，若干年间无人问津。直到宋朝，由王禹偁、晏殊、欧阳修等把杜甫宣传出来，并捧为"诗圣"。

一时间，杜甫成为大宋朝诗人的偶像，到了清朝叶燮还推崇杜甫"千古诗人推杜甫"。宋朝竟然出现"抑李扬杜"现象，注释杜诗有千家，而为李白诗作注的仅有三家。

四

无独有偶，在成都和杜甫草堂相映成趣的，还有女诗人薛涛的望江楼，也叫吟诗楼。

诗伎薛涛的出现，为成都更添了诗的艳丽风采。薛涛同时代诗人王建曾写诗道："万里桥边女校书，枇杷花里闭门居。扫眉才子知多少，管领春风总不如。"薛涛姿容美艳，禀性敏慧，能诗善乐。她出生在长安的一个小官僚家庭，后来随父调到成都居住。父亲爱薛涛视如掌上明珠，精心培养，希望女儿将来成为一位校书郎，碍于身份卑微，理想破灭。父亲早逝，撇下孤儿寡母，不得已，薛涛及笄之年便加入乐籍，成为诗伎。长安亏欠了她，成都成就了她。她的才华在侍酒赋诗、弹唱娱客中得到淋漓尽致的表现。在成都，她如鱼得水，花柳春风。

薛涛的诗名扬天下，成为很多诗人心中偶像。那时，诗人写好一首诗，第一希望皇上能看到，第二就是能得到大家的夸奖。薛涛简直成了诗坛大家、权威。

薛涛因为得罪成都军政一把手韦皋而被贬到蜀地松州，那地方又穷又闭塞。薛涛后悔莫及，做"十离诗"，向韦皋表示忏悔。不久薛涛被调回成都，但她再不愿过那种诗酒风流歌舞调笑的生活了，硬用自己积攒的重金赎回自由身，脱离了乐籍。奇怪的是，她也在浣花溪畔、万里桥边购得一处宅所，过起隐居泉林的生活。

杜甫去世于 770 年，薛涛恰恰出生在 770 年，两代诗人都眷恋浣花溪，这也是缘分吧?

浣花溪从远山流来，潺潺湲湲，叮叮咚咚，溪流清澈，映着蓝天白云，漂荡着树影花影，遇到顽石，它小心翼翼地绕过，遇到树丛，它柔柔地穿过。它静静地流淌着，没有拍岸的涛声，没有波浪的喘息；它线条飘逸，婀娜多姿，流得清澈纯净，溪底的卵石也被洗涤得光滑透亮，抒情而写意。传说，从前一位村姑，在溪中浣衣，一个胖和尚走来将一件又脏又臭的破袈裟扔过来，让姑娘给洗洗。姑娘慷慨应允，谁知姑娘将袈裟往溪中一抛，水面顿时漂起一片莲花。姑娘惊愕地瞪大了眼睛，好一阵子才回过神来，再寻找那胖和尚，早已杳无踪影。

茅舍、溪流、小桥、芳草、野花，卵石铺岸，竹林疏朗，韦庄有诗云："浣花溪上如花客，绿暗红藏人不识。"这里充满着诗意的芬芳。

我走在浣花溪畔，忽然想起德国诗人荷尔德林的诗句："人诗意地栖居在这片大地。"这是那首《在柔媚的湛蓝中》的著名诗句。诗人还写道："在柔媚的湛蓝中，教堂钟楼盛开金属光顶。燕语低回，蔚蓝盈怀""谁在钟底缘阶而下，谁就拥有宁静的一生。"蓝蓝的浣花溪，蓝蓝的山岚，蓝蓝的屋气，蓝蓝的炊烟。蓝是一种明净和深远，蓝是一种温馨和宁静。

薛涛诗意地生活在浣花溪畔，像她前辈诗人杜甫，在大自然中寻觅生命的慰藉，寻觅灵魂的安抚。纯真、纯净，本身就是一种美。薛涛以溪水相伴，以写诗为乐，夜晚头枕流水淙淙，一窗竹影，半庭月色。早晨，鸟鸣幽幽，雾岚袅袅。面对清幽流水，鸟的鸣唱，虫的吟咏。她爱上这寂寞的蓝色，经常穿着鲜艳的衣服，临流顾盼，揽影自恋，徘徊在浣花溪畔，浪漫和自由，娴静和优雅，投入自然的怀抱，尽情地享受这天地赐予的诗意和芬芳。她赞美清泉："冷色初澄一带烟"，歌唱"风前一叶压荷蕖"，在溪流中泛舟戏水，也兴奋不已："水荭斜牵绿藻浮。"她写庙前听笛"夕阳沉沉山更绿"，她写海棠溪"春教风景驻仙霞，水面鱼身总带花"等等，笔触细腻，诗思奇妙，情调轻柔、恬淡，远比那灯红酒绿、强颜欢笑、阿谀奉承的幕府生活幸福得多，心灵与自然达到纯净的和谐，使人领略一代才女另一种自由写意的才情。

诗以天籁为上。薛涛在浣花溪畔写的诗辞丽句，少了烟火气，多了空灵山野的清新气。

人到中年，薛涛依然过着"门前车马半诸侯"的交游生活，和她交往的有高官大吏，有名诗人、名作家，"还有幕府佐僚，贵胄公子和禅师道友"。

在浣花溪畔居住的日子，薛涛还自制一种粉红色的"薛涛笺"。竖排八行的诗笺，用当地特产胭脂木，捣成纸浆，加上云母粉，用玉律井的清水浸泡，制出粉红色的纸浆，纸面上呈现不规则的纹路，清雅别致，简直是一幅幅艺术品，让人爱不释手。山野风味，清空一气，萧萧竹韵，潺潺溪声，雨浥野芳，冉冉清香，扑面而来。"薛涛笺"像薛涛诗一样，流传久远。

这里松竹兰芷，流香吐馥，草木掩映，风情雅润。浣花溪幽声遥泻，碧水清流，一股清新，一种灵性，那清脆欢畅的涛声浪语取代了幕府宴上的淫声媟语；那花红似火的鲜丽和勃勃生命的元气，取代诗伎生涯的黯然神伤。沧桑变化，洗尽铅华，一颗自由的心灵像轻风一样悠闲，像枝头的鸟雀欢快。

与薛涛一样著名的女诗人——花蕊夫人，也是成都的骄傲，是这片山水孕育的奇葩。这位天姿国色的女子原是一位歌伎，她的命运似乎比薛涛好一些，被后蜀末代皇帝孟昶纳伎为妃，成了一代国君的掌上明珠。她属于五代十国，这是一个最混乱、最潦草的时代。十四岁的少女有闭花羞月之容貌，又有蕙心兰质之天资，为君王孟昶轻舞一曲《霓裳羽衣舞》，云袖翻转如孔雀开屏，裙裾飘逸如彩霞飞舞，环珮叮当，舞步生风，直旋得落花如雨。孟昶两眼都看直了。舞毕，孟昶恍然有悟，立即下诏，纳为贵妃，并赐芳名——花蕊夫人。

花蕊夫人能歌善舞，她气质高雅似空谷幽兰，独绽清香，她唱歌音质优美，听之令人销魂蚀骨。花蕊般娇艳，流水般温柔，莺语燕喃般亲昵，云鬟峨峨，眉黛远山，肩若削成，腰如约素，千娇百媚，恍若天仙。

孟昶喜欢芙蓉树，下诏全城多植芙蓉，红芙蓉、白芙蓉、醉芙蓉、五色芙蓉等等，一时间，锦官城又成为"芙蓉城"。"二十四城芙蓉花，锦官自昔称繁华。"暮春夏初，红芙蓉、白芙蓉、醉芙蓉，花团簇簇，竞相开放，满城霞翻霓滚，潮涌浪卷。孟昶和爱妃花蕊夫人沉醉香雪海中。但好景不长，宋太祖的大军兵临城下，孟昶和花蕊夫人被俘，押到汴京。

人生如梦。真是林花谢了春红，太匆匆。花蕊夫人来到山寒水瘦的中原，人非物亦非，更思念巴蜀锦官城。那香飘满城的芙蓉，沉香池、水晶殿、碧罗沙、鲛绡帐、青玉枕……都化为掠影，成了追忆。如花美眷，似水流年；旧事繁华，已如云烟。眼前只有戚戚惨惨凄凄。

在一次宴会上，饮酒间，宋太祖让花蕊夫人吟诗一首，花蕊夫人随口吟道：

> 君王城头竖降旗，妾在深宫哪得知？
> 十四万人齐解甲，更无一个是男儿。

诗一出口，四座皆惊，众人惊骇她的大胆，太祖惊叹她一个小女子却有如此襟怀。

五

窗外仍然下雨。成都春夜的雨总是那么缠绵、浪漫，轻飘飘的，又温柔柔的。夜静了，灯光也疲倦了，裹在雨纱里，朦胧、萎涩了。雨声沙沙，打在黄桷树、芙蓉树叶子上，沙啦沙啦，打在阔大的芭蕉叶子上，吧嗒吧嗒，淅淅沥沥、哗哗啦啦，从天空落下的雨线，斜斜的，很有韵致，发出如筝如弦的清响，珠玉迸溅的喧哗。

我辗转难眠，回忆白天参观草堂、青羊宫、武侯祠、望江公园，邂逅一大堆古今人物。我们穿越时空，有了情感的交流，有了思想的幽会。在青羊宫、武侯祠，在杜甫草堂，在薛涛的吟诗楼，那里松柏郁郁，竹木漪漪，氤氲着浓郁的文化气息，让人难忘的黛瓦青砖的古建筑，风雨千年，饱经岁月沧桑，历史就凝结在瓦片兽脊上，那古寺道观依然散发释道文化的幽香。更令人难忘锦江一川绿涛拍岸穿城而过，给这古老的城市添上动感和勃勃生机。城市离不开河流，有了流水，城市就鲜活，就灵气，就精神。水是血脉，山是骨骼，这座古城凭着它肌肉丰满，血液充盈，骨骼坚韧，一口气活了三千年，真叫人惊叹它的长寿。

到了宋代，成都依然是诗人墨客心驰神往之地。首先是苏氏父子三词客创作大量吟咏成都的诗文，进一步诗化了成都。苏氏故乡并不在成都，而在眉山。眉山离成都不远，两地山川风物、人文历史均有相同之处，苏氏又在成都读过书，更熟谙成都的一草一木，以至父子三人出蜀后，在各地为官时还念念不忘成都，写诗填词，赞美巴蜀山水，吟诵成都故土。

忘却成都来十载，因君未免思量。凭将清泪洒江阳。故山知好在，孤客自悲凉。

坐上别愁君未见，归来欲断无肠。殷勤且更尽离觞。此身如传舍，何处是吾乡。

这是苏轼乌台诗案遭贬后的诗作。那时东坡心境不佳，写了许多怀乡诗词："人生如逆旅，我亦是行人。"一种飘零之苦，诗含悲怆，词蕴凄凉，仕途坎坷，命运顿遭，不由得想回故乡，归隐泉林："功成名遂早还乡。"但举首远望，故乡何处？归途迷茫，只得"小舟从此逝，江海寄余生"。

苏氏父子吟咏成都当属自然之事，故乡嘛，谁不思念？那么柳永何时来到远山远水的成都，他的一首《一寸金·成都》写得如此洒脱、富丽，比东坡的《临江仙》更生动，更有艺术魅力：

井络天开，剑岭云横控西夏。地胜异、锦里风流，蚕市繁华，簇簇歌台舞榭。雅俗多游赏，轻裘俊、靓妆艳冶。当春昼，摸石江边，浣花溪畔景如画。

梦应三刀，桥名万里，中和政多暇。仗汉节，揽辔澄清，高掩武侯勋业，文翁风化。台鼎须贤久，方镇静，又思命驾。空遗爱，两蜀三川，异日成嘉话。

风流不羁的柳永，放纵于娼楼妓馆，虽大半生飘零在外，但查阅他的履历档案，他真的游历过成都，蜀道之难并未阻挡这位浪漫词客的脚步。显然，这首词绝非浪漫主义想象的成果。这首词是柳永游成都写赠当时奉调入京的方镇长官的。

柳永一生不仅写了大量咏妓的词，而且他的笔下祖国山川写得真切优美，尤其写名都大邑的辞章，更是大气磅礴，典雅华美，气象非凡，形象逼真。他写帝京开封《倾杯乐》，他写杭州《望海潮》，他写苏州《木兰花慢》等等，柳永以激动的诗笔把这些名都大邑写得如此雄伟壮观、清幽秀美又富丽非凡，汴京的"帝居壮丽皇家熙盛"，杭州的"烟柳画桥，风帘翠幕，参差十万人家"，寥寥几笔写出都市的美丽风景，人烟细密，市肆繁华。他写"人间天堂"苏州，更是笔墨含情："咏人物鲜明，土风细腻，曾美诗流。""晴景吴波练静，万家绿水朱楼"，苏杭是人间天堂，而成都是天府之国，其富丽繁华，风光旖旎更不让苏杭，所以柳永放歌"锦里风流"，"簇簇歌台舞榭"，"浣溪畔景如画"。在柳永笔下，都市风光一一展露。

六

成都值得欣慰的还有陆游、范成大等南宋诗人的游宦生涯，他们在这里度过一段激情燃烧或放浪不羁的岁月。陆游的别号"放翁"就是在成都叫起的。

陆游是乾道八年（1172）正月，由夔州入川抵达南郑，在四川宣抚使司王炎幕下任干办公事兼检法官。这是个有职有权的军中官位，宣抚使司就是负责前敌工作的最高指挥部。陆游八个月的军旅生涯，是他一生中身临前线的宝贵时光。他身披戎装，驰骋在国防前线南郑（汉中）一带，在这里可以实现他北伐中原，收复北国江山的宏图大志。陆游激情如火，热血沸腾，写了大量"寄意恢复"的爱国诗篇。但不久，王炎调离四川，陆游也被调至成都任安抚司参议官，实际上是个"空衔"，无职无权无事，陆游自称"冷官无一事，日日得闲游"。他从南郑前线归来，竟然遭到如此安排，心中郁闷不乐，一腔报国之志，满腹鏖兵沙场的豪情被兜头泼了一盆冷水，怎能不感到痛苦、忧伤。

　　淳熙元年（1174）十月，著名诗人范成大来成都就任四川制置使。范成大小陆游一岁，是诗友。陆游本应该在这位老弟手下有一番作为，为抗金斗争轰轰烈烈干一场，然而朝廷的腐败，范成大也是有志难展。陆游也不断向范成大建言建策，范成大也只能哼哼哈哈地应付他。范成大深知朝中主战、主和两派孰重孰轻，皇上的心偏重何方，他不会因支持陆游的意见而丢官。无奈，陆游也只能陪同范成大诗酒唱和，饮酒赏花，过着歌舞升平无聊而空虚的生活。成都这地方北邻邛崃山，东为巫山山脉，南接云贵高原，北部为大巴山，是四川盆地的核心地带。这里气候温湿，林木葳蕤，花草纷繁，民殷物阜，果蔬飘香。这里的山水最宜激发诗人浪漫主义情怀，激发诗人的灵感。陆游为排解心中苦闷，便陶醉在山水风光里，写了大量的山水诗，"剑南山水尽清晖，濯锦江边天下稀"。陆游不仅爱香得醉人的梅花，在成都他又爱上海棠花。他写诗道："成都海棠十万株，繁华盛丽天下无""碧鸡海棠天下绝，枝枝似染猩猩血。"他的醉意伴随着失意，复杂的心情跃然纸上："当年走马锦城西，曾为梅花醉成泥。二十里中香不断，青羊宫到浣花溪。"成都的风土人情，良辰美景，既点燃了他的诗情，也销蚀了爱国诗人的意志和心头愤懑。陆游的"梦幻"破灭了，空有一腔爱国之志，壮志难酬，只能放浪山水，沉醉在酒肆、歌院中。

也许他生活太散漫了，也许他过于积极的抗战情绪，触怒了朝廷的主和派，那些"言官"便奏本，罢免他的官职（本来陆游接到诏令，赴任知嘉州）并批评陆游"燕饮颓放"。这是"罪名"。何罪？陆游说：这一说法别致得很，就作为我的别号吧！于是他自称"放翁"。

陆游入川最初是热爱蜀地的。他一生所作爱国诗篇最多是在剑南，他的《剑南诗稿》是他生平最辉煌的著作。但是，蜀地又是他失意伤心地。他怀着悲愤的心情离开成都。

冉云飞先生说:"文化人之入川,主要是因为宦游。而宦游入蜀的文化人没有几个是将官做得很得意的,倒是一大堆失意人。"这类人很多,唐朝的王勃、刘禹锡、李商隐、岑参、高适、卢照邻等,宋朝的陆游、范成大、柳永、黄庭坚等文人雅士。杜甫是逃难而来,所以他感慨道:"自古有羁旅,我何苦哀伤。"他们是"过路的文化人"。成都这片锦山秀水没有挽留下他们,却医治了他们的心灵创伤,丰腴了他们的精神,成就了他们的事业。他们的才华也辉煌了成都,诗化了成都。这里漫山遍野,镌有他们斑斑足迹,散落着他们诗词曲赋,处处散发着浓浓的诗意。

几天来成都采风,满脑子是成都烟花诗文的往事,我总觉得,其他城市如同小说呈现在读者面前:小说中的人物,故事的深意和数学逻辑般的结构,气氛的渲染,情节和细节的描绘,使我在现实和虚构中摇曳,产生梦幻般的感悟。而成都却像一册诗集,三千年来汇集而成,给我感情的力度,情感的温度,思想的深度,美学的熏陶,是其他城市难以比拟的。无论浣花溪畔的草堂,锦江岸边的吟诗楼,它们本身就是一首好诗,一座诗的"魔岛",给人以独特的意象,独特的思考,深刻的思想,读者会被魔岛的奇景所陶醉,被诗的光芒照亮。

诗意锦官城。

这里弥漫着诗的神性。

夜深了，雨还未停。我拉开窗帘，一帘潇疏细雨，雨夜都市迷离的景色更撩人。稀了市声，疏了人影，淡了灯光。夜雨，寂寞地飘落着，斜斜的雨丝像垂挂在黛蓝色的夜空，沙沙声，潇潇声，霏霏声，轻柔地抚慰着疲倦的城市。润物有声，三千年的沧海桑田孕育了成都诗的浪漫气质、性格、智慧和情感，孕育出璀璨夺目的文化巨星，孕育出了凝重深厚的文化。

成都累了。夜雨，仄着身子潜入她的梦中。

杭州的柔和与坚硬

一

　　湿湿的阳光，湿湿的风，细心地调和着这座城市的情绪，不浮不躁，不叱咤、不纵横，连空气里都弥漫着一种温馨、平和、淡定的元素。山绿得滴翠，水绿得流碧，山的刚强，水的温柔，山的肃穆，水的缱绻，构成一种美的和谐。

　　一走进杭州我就感到眼花缭乱，幻觉丛生，那水光的潋滟，那山色的空蒙，那春花秋月，那春柳夏荷，是抄袭了唐诗宋词，还是唐诗宋词临摹了它的神韵？一切都那么陌生，又那么熟谙，连钱塘江的大潮都不知源自柳永的词意，还是发自苏东坡的诗韵？

杭州是一个多才多艺的杭州。

杭州是一个多姿多彩的杭州。

鲁迅不喜欢杭州，他说杭州是个阴柔的城市，并规劝郁达夫不要迁居杭州。鲁迅的观点有正确的一面。的确，杭州弥漫着粉黛之气，阴柔之气。"波渺渺，柳依依，孤村芳草远，斜日杏花飞"，一派南国水乡的旖旎风光。那里市列珠玑，户盈罗绮；那里三秋桂子，十里荷香；那里烟雨霏霏，水蜿蜒，山隐约，谁能不陶醉沉溺于天堂圣境里？

"山色空蒙雨亦奇"，这简直是杭州的土特产，是江南独特的景观。下雨了，或春雨潇潇，或秋雨霏霏，山、湖、树木、房屋，都罩进一片烟雨中，若隐若现的雨纱，更增添了杭州的灵气、仙气、女性的娇气，空气里似乎飘荡着千年积淀的爱和美丽。

我再次造访这座南国名城，正是秋天下雨的日子，连绵秋雨迷迷蒙蒙浸润着城市，天潮潮，地湿湿，天上飘着雨丝，地上淌着溪流。雨丝斜斜地飘，斜斜地飞，如帘如幕，如梦如幻般的空灵迷离。到西湖看看，在这烟雨里荡舟泛湖，那简直是一种行为艺术或者一种艺术审美，人在画屏中，舟行幻景里。沿着苏堤、白堤走一走，杨柳堆烟，湖水泛碧，静得不起波皱，雍容平和，宛如处子，山如青黛水如绸。

湖是静水一潭，江是奔腾一川。江河的生命有方向感，有精神向度，有追求的目的；湖则失去了方向感，也缺乏精神追求。它围于一方，静是静了，却丧失了生命的奔腾之势，生命力之张扬。

西湖是山水的尤物，而桂花又是杭州的芳魂，那浓郁清新的桂花香飘满湖面，弥漫在大街小巷，整个杭州都在诗风词韵中，飞扬着自己的灵感。望着烟雨中的湖水，雨霭朦胧，云雾朦胧，一只只画舫在烟波里款款地游弋而来，船上不时传来女子银铃般的笑声，恍惚间，我看见湖桥上走来一对衣袂飘飘的男女，顶着一把油纸伞，碎步姗姗，那是许仙和白娘子吗？袅袅的身影，出现在袅袅的柳浪中，隐隐传来他们柔婉的唱腔……那油纸伞下承载着永久的承诺。痴情的湖水不会因爱的真诚热烈而干枯，高高的雷峰塔却因强烈的"爱震"而倒塌。白素贞能否与她日夜思念的郎君终成眷属？而今雷峰塔的重建，是否再次摧残爱的幼芽？烟雨中的山，烟雨中的塔，动人传奇，美丽的爱情故事，依然感动着一代代后人。

二

　　我漫步在苏堤上，湖水轻轻地叩击着岸石，发出燕喃莺语般的声音。堤上植满杨柳，柳丝亭亭拂拂，依依冉冉，如瀑如帘，如喷泉，堆绿生烟。西湖的春天给人欣慰的温暖，夏天给人一袭清凉，秋天送去一片萧条，但不伤感。走在堤上，我眼前总是幻出一个少女的身影，长裙曳地，发髻高耸，佩环叮当，衣襟窸窣，袅袅走来，那不是苏小小吗？大凡性格阴柔的城市总是绵绵不绝地飞扬着爱的烟花。

　　苏小小是南朝的名姝佳丽，南国一颗红豆，让千百文人墨客夜不能寐，辗转难眠化为一首首相思的绝唱。她有一首诗，千百年来传诵不衰：

　　　　妾乘油壁车，郎骑青骢马。

　　　　何处结同心，西陵松柏下。

　　苏小小风流美惠，天姿国色，倾倒天下男子，十五岁艳名远播，十七岁遇情郎，爱恨离愁未成眷属，十九岁正是豆蔻年华，玉殒香断，只留下芳魂一缕，伴随着青山绿水。苏小小性情柔中有刚，不愿嫁给达官贵人，甘愿流落秦楼楚馆，成为大众情人。

苏小小和阮郁有过一段情缘，西湖的杨柳一抹春色，"春林花多媚，春鸟意多哀。春风复多情，吹我罗裳开。"但是繁华如梦，烟花易散，两个人并未走向婚姻的殿堂。一株临水摇曳的水仙，只能用清香弹奏一曲千古词韵。

唐朝的诗人杜牧、刘禹锡，路过苏小小的墓都诗兴大发，写下动人的诗章。苏小小是人是仙还是妖，都不重要，但留下一个少女追求自由展示个性的形象。她有山水之灵性，天地之造化，是文人雅士的一个梦，是水中月，是雾中花，一个美丽的传说，是美的礼赞。她不愿囿于富贵之家，做一只金丝鸟，囚在金丝笼里。她向往自由，愿放逐在大自然山水之中。她是一个精灵。"人之相知，贵乎知心，岂在才貌？何况我爱西湖水，假如我身入室屋，岂不从此坐井观天！"苏小小以歌伎为生，终日与文人雅士诗酒唱和，看破了红尘，抛弃了世俗，一只自由的金丝雀在青山绿水中飞来飞去，她的歌声使白云停留，使湖中的鱼儿浮上静听。她高洁高傲的人格使才华盖世的男人彩云追月般缠绵在她身边。她死后，芳魂不散，缭绕在杭州山水云气间。

这芳魂竟然穿越数百年，来到大宋朝，司马光的孙子司马才仲曾做梦梦见苏小小。苏小小在他帐前唱一首歌：

家在钱塘江上住。花落花开，不管流年度。燕子
又将春色去，纱窗一阵黄梅雨。

斜插犀梳云半吐，檀板清歌，唱彻黄金缕。望断
行云无去处，梦回明月生春浦。

这纯粹是荒诞的故事，是司马才仲写的一首相思词，哪里
是苏小小的歌音？你看西湖才女的情愫一直波荡到宋朝文人的
梦中，真是人间尤物。

这梦长长的，你无法唤醒梦中人。

杭州的柔婉更多地表现在文人墨客的诗文上。

白居易出任杭州刺史正是唐穆宗长庆元年（821）夏，宪
宗驾崩，穆宗登基之际，朝野紊乱，朋党纷争，互相倾轧，穆
宗皇帝又不是励精图治的角色。穆宗实际上是宦官拥立的皇
帝。他荒淫放荡，沉溺于酒色，不管朝政，朝廷更加昏暗。官
僚们互相倾轧，一般朝士各有攀缘，白居易不愿意卷入矛盾的
旋涡，主动提出外放，皇上任他为杭州刺史。

白居易在杭州时也的确为民办过一些好事实事，譬如李泌
任郡守时开凿的六井，后因年久失修，皆堵塞失用。白居易为
解决百姓饮水问题，加以疏通淘浚。长庆四年（824）任期期

满，被召回长安。白居易生性风流，任期偎红依翠，带着歌伎舞女泛舟西湖，五天五夜不归，放荡之极，世所罕见。他游山玩水，参禅、学道、饮酒、征歌逐色，写了大量的艳诗，淫言媟语，再也看不到中青年时期那些关心民瘼、针砭时弊、忧国忧民的讽喻诗了。他变得颓废、消极，只求享乐，他在杭州写过一些脍炙人口的诗，如《钱塘湖春行》：

> 孤山寺北贾亭西，水面初平云脚低。
>
> 几处早莺争暖树，谁家新燕啄春泥。
>
> 乱花渐欲迷人眼，浅草才能没马蹄。
>
> 最爱湖东行不足，绿杨阴里白沙堤。

那是早春时节，春水新涨，杨柳泛绿，在山色空蒙、水光潋滟中，早莺新燕飞来飞去，莺声呖呖，燕语喃喃，唤醒万物从沉睡中苏醒过来，乱花迷眼，春草葺葺，一片生意盎然。孤山在后湖与外湖之间，峰峦耸立，上有孤山寺，也是游览胜地。

白居易在杭州任职三年，写了大量吟咏杭州山水的诗词，他有一首《忆江南》词，可谓传之千古的绝唱："江南忆，最忆是杭州。山寺月中寻桂子，郡亭枕上看潮头。何日更重游！"

其实白居易诗中写的白沙堤和现在流行的白堤是两回事，

在白居易未任杭州刺史前就有白沙堤，人们为纪念白居易将白沙堤改名为"白公堤"，巧在都有个白字，很自然，白堤便流传开来。

杭州给白居易留下难忘的记忆，一山一水，一草一木，为官三年，一朝离去，心中充满无限恋情："处处回头尽堪恋，就中难别是湖边"，"未能抛得杭州去，一半勾留是此湖。"

唐朝杰出的女诗人李冶是与杜甫同时代人。她存诗十八首，刘长卿却称之为"女中诗豪"，李冶诗《明月夜留别》意境开阔，神采飞扬：

离人无语月无声，明月有光人有情。

别后相思人似月，云间水上到层城。

李冶是浙江人，我想这首诗很可能在杭州写的，是写西湖之月的，明朗而朦胧，辽阔亦深远。也许西子湖的平湖秋月，激发了诗人的灵感，诸多情愫涌满心头，不吐不快。月夜清宵，往往是佳人们相会的良辰美景，也是怨妇思君的绝佳之时。当然也是少女怀春之际。天上明月，地上佳丽，春宵一刻，明日将天各一方，能不悲伤，思绪绵绵？人生自古伤离别……

我想，那天夜晚，少女李冶和情人泛舟西子湖。月华如水，凉风习习，水光月色，湖波浩渺，湖天空阔，一种梦幻的美，一种扑朔迷离的美。李冶望明月而生情，写下这首小诗，是很自然的了。

三

得山水之趣味者，白乐天之后便是苏东坡。苏东坡曾两次来杭州任职，一次是任杭州通判，即副市长兼法院院长；一次是知州，就是杭州一把手，前后六年。杭州山水赋予了苏东坡不少诗文，他在这里结识了与湖山并秀的王朝云，成为他人生最后的伴侣。朝云，钱塘人。苏东坡是在一次宴会上认识朝云的，朝云时年十二岁。十二岁的小姑娘，天资美丽，聪明伶俐，能歌善舞，又擅琵琶，颇受苏大学士喜欢，便将朝云赎身脱离官籍，收为家中侍女。苏东坡原配夫人王弗早逝，后夫人王闰之是王弗的堂妹，对朝云也颇喜爱。苏东坡便让朝云姓王，随夫人姓。王闰之也天不假年，苏东坡被贬惠州后，便命归西天。朝云自然成为苏东坡的侍妾，苏东坡也爱朝云，写下好几首诗词歌咏朝云："琵琶绝艺，年纪都来十一二。拨弄幺弦，未解将心指下传。"

苏东坡在杭州任知州时，不携名妓即名僧。潇洒放荡，度过他仕途中最动人的岁月。杭州山温水暖，林木葱郁，湖光山色，一片锦绣。苏东坡非常热爱杭州山水之美。这里一石一木，一花一草，常激发他的灵感。他诗潮澎湃，赋诗填词，倾吐对大自然的情愫。他的诗思弥漫在山野江湖之间，泼洒在林木葳蕤花草繁华之中。苏东坡常常放足杭州城外，古刹名寺，古墓碑亭，芳林野水，都是游乐之地。杭州山水之美令他无比惊叹，三年间他几乎游遍了杭州山山水水，名胜古迹。他大发感慨，甚至想到死后愿葬杭州："平生所乐在吴会，老死欲葬杭与苏。"杭州、苏州都是如诗如画的人间天堂。他对西湖的感情更笃，常到湖中"望湖楼"上宴饮。西湖岸柳依依，笼烟堆翠，湖面上波光浩渺，阳光朗照，点金飞银，更是风光醉人。熙宁五年（1072）六月二十七日，苏东坡和几个朋友在湖楼相聚，一边饮酒，一边观赏风景。忽然狂风大作，乌云磅礴，大雨如注。南国的天气就是这样，霎儿风，霎儿雨，霎儿晴。瞬间风停雨息，一片残荷零乱。苏东坡诗情大发，一连写了五首诗，描述了西湖夏日雷雨的景象。"黑云翻墨未遮山，白雨跳珠乱入船。卷地风来忽吹散，望湖楼下水如天。"这首诗并非苏东坡诗的代表作，却道出苏东坡对西湖的爱。

苏东坡常带随从，从西湖出发，沿北岸到灵隐寺、天竺顶；或由南岸出发到葛岭，在虎跑泉品赏名泉沏的名茶。西湖和城郊有寺院三百六十多处，他的衣摆和袈裟飘动在一起，他的笑声常回荡在禅房里。他和高僧大师谈经论佛，滔滔不绝，口角生风；有时又出现在乡野酒肆，和樵夫闲话桑麻。他陶醉于山水之乐，沉溺在自然之美感。游累了便在寺院里竹躺椅上呼呼大睡，鼾声如雷，声震屋瓦。小和尚见他背上有七颗痣，排列有序，像北斗七星一样，颇感惊奇。老和尚说，苏东坡是天上星象下凡，在人间暂时做客。苏东坡在杭州留下多少诗文我未统计，但我知道他离开杭州写过一首诗，给继任者晁端彦介绍游历杭州应该注意的事项，实际上是一篇导游词，很长，我只引录前四句：

> 西湖天下景，游者无愚贤。
> 深浅随所得，谁能识其全。
> ……

下面逐一介绍名胜古迹，游览景点。

虎跑泉位于西湖南隅白鹤峰下，泉水甘冽醇厚，与龙井茶并称西湖"双绝"。苏轼在病中也不忘虎跑泉，有诗云："道人不惜阶前水，借与匏樽自在尝。"

锦山秀水的杭州给诗人无限的灵感和慰藉，而苏轼又为杭州人民做了许多好事，留下丰厚的政绩。杭州成了苏轼的第二故乡。

杭州由唐宋两大诗人白居易、苏东坡出任刺史和太守而闻名天下。这是杭州的福分，而后者两次杭州任职，更添了杭州的知名度。"上有天堂，下有苏杭"，不仅是指山川秀美，风光妖娆，更令人歆羡的是人文历史的深厚，诗词歌赋的丰赡。潮起潮落，载沉载浮。杭州确实是文人墨客歌舞升平之地，才子佳人流连风月之场，西湖畔有梅妻鹤子的林和靖的孤山，有镇压白娘子的雷峰塔，雷峰塔上看落日夕照也是一大景观。苏堤春晓、平湖秋月、柳浪闻莺、断桥残雪、南屏晚钟、曲院风荷、三潭印月，还有湖畔桂树香樟，风帘翠幕。树上栖一只鸟，载一朵云，或垂下一片蔼蔼清荫，都是诗画的集锦。

这里吴越娇娃，南国佳丽，个个花容月貌，人人妖娆，杨柳舞风一样的柔情绰态，隔花莺啼娇滴滴的话语……怎不使那多情公子、文人雅士流连缠绵。

我从来不相信文人编排的什么八景、十六景，甚至四十八景，这是文人的无聊之作，鲁迅也很反感，认为是硬凑数。俗话说看景不如听景，听景是经过文人墨客艺术加工的景观，带有主观审美色彩。

杭州的确是一座美丽的城市，山婉约，水明艳，歌台舞榭，亭园曲槛，勾栏教坊，酒肆店铺，应有尽有。南宋时期，杭州达到鼎盛时期。整个杭州成为一个大花园、大都会、大舞台。可谓家家灯火，户户管弦。诗人林升写道："山外青山楼外楼，西湖歌舞几时休？暖风熏得游人醉，直把杭州作汴州。"

风烛残年的南宋王朝在西子湖畔、柳浪丛中歌舞升平，风流慷慨地苟且偷生。壮士的长啸、猛将的高歌疾呼，在社稷危亡、国运衰祚中，怎能惊醒满朝朱紫的梦呓？又怎能震撼一个个麻木的灵魂？岳武穆的热血、激情，那惊世之作，能乱了西湖舞步，能止断声声弦歌？

杭州是以西湖为主体的城市，漾漾湖水飘逸着灵气和怡人的女人味。南宋迁都，更注入汴京文人墨客的文弱柔腻基因。那风中烟柳，那映日荷花，那清新月色，那画舫兰舟，都有一种脂粉气、女人味。名媛才女、名姝佳丽，个个兰心蕙质，舞低杨柳楼心月，歌尽桃花扇底风。鲁迅奉劝郁达夫不要居留此处，担心郁达夫会沉迷在花柳丛中，醉倒娼楼妓馆，染上西湖的烟水气，写不出气势恢宏、阳刚雄健的诗文。鲁迅的意见，颇具一定道理。这里的风太柔，这里的水太软，千百年来孕育得越人软语呢喃。这里的园林只适合散心，没有谁闻鸡起舞，横戈执戟，抚剑长啸。吟咏西湖的诗人太多了，唐朝的不说，宋朝的柳永、林和靖、王安石、苏东坡、周邦彦等等，连大名鼎鼎的欧阳修晚年也栖居于此，他的《六一词》大都是在杭州作，作品多为男女恋情、儿女私情，甚至床笫之欢的淫诗艳词。"残春一夜狂风雨，断送红飞花落树。人心花意待留春，春色无情容易去"（《玉楼春》）。"别来已隔靠山翠，望断危楼斜日坠。关心只为牡丹红，一片春愁来梦里。"这里红残花落，斜日栏杆，春光易逝，春梦闲愁，看似吟咏自然，实则情有所寄。最有代表性的是歌咏西湖风光的《采桑子》十首："谁知闲凭阑干处，芳草斜晖。水远烟微。一点沧州白鹭飞。"格调清新，语言精美，是写西湖山水的上乘之作。多少诗人钟情西湖，诗词歌赋写遍了杭州的山山水水。不知是这山这水启悟了诗人的灵感，还是诗人赋予了杭州山水的诗性。

北宋时期，由于宋王朝重文轻武的国策，使得整个国家变得温婉低靡，骨骼软弱，毫无阳刚之气，文人墨客，把艳词丽句揉搓得醉人迷人，把笔墨调润得柔和、衰弱、哀婉，常以艺术题材竹、石、梅、兰、水仙、藤萝抒写情怀，诗词创作追求绵丽蕴蓄，缠绵悱恻，婉约、脂粉气很浓。宋朝一开头就是一个亡国之君的悲情抒怀，整个宋王朝都笼罩在一片凄婉的氛围中。文学艺术是时代精神的折射，也是诗人艺术家心灵之光的映照，其审美取向不是朝着粗犷、豪放而是向着文秀、雅致方向发展，温柔细腻、典雅含蓄，以此陶冶人们的性情，哪能是北方游牧民族金戈铁马、雄悍强健的对手？

到了南宋，文人的精神追求更是趋向残缺美、含蓄美，精致化、世俗化，内敛、收缩、雅致、低婉，一派夕阳西下、残山剩水的苍凉。虽有辛弃疾、陆放翁的披肝沥胆、折金裂石之声，也淹没在斜阳烟柳断肠处的靡靡之音中了。

四

江南是个内涵丰厚的词，它身后是大片的水光潋滟，是长长的潺潺湲湲，是热热闹闹的杏花，是霏霏潇潇的春雨，是江湖吞大荒，山川多明丽，是泛着青光的小镇石板路，是记忆，是想象，唐诗的幽香，宋词的风情，是苦涩的爱情，是温柔的吴侬软语，是缠绵逶迤的藤萝和桂花的馥香，是香樟树的气息，是菰蒲的摇曳、水藻的袅娜，江南处处铺满米氏的水墨山水……

我在杭州寻寻觅觅，在历史深处打捞没有被风化、软化的残简断章，温柔的杭州仍然有豪气、浩然之气，且不说越王勾践卧薪尝胆、图新励志的故事早已化为这座城市的基因。走进逶迤跌宕、林木葱郁的山中，会撷拾到越王铸剑的故事。樵夫渔夫，山野之人在大山深处升起炭火，炯炯的目光盯着炉中的铁锭化为寒光闪闪复仇的利剑。一股阳刚之气仍蒸腾在山水间。

春秋时著名的铸剑大师欧冶子，他不是杭州人，是湖北人。欧冶子不仅懂得镶嵌技术，且能用金、银、锡等混合，还会熔加外镀防止剑生锈。他为越王铸了五柄宝剑：湛卢、巨阙、胜邪、鱼肠、纯钧。剑戟铿锵，使一个倾圮的王朝，拔地而起，置敌人于死地。

北宋王朝的覆灭并没有引起南宋王朝的历史反思，并没有接受历史的血腥教训，主战派与主和派仍是南宋王朝激荡、撞击的主题。阴柔与阳刚，诗情与战火，豪迈与低婉，仍然是山水自然之美与"还我山河"的对峙和争斗。主和派一味地屈辱求和，向金国纳贡赔款，也就是用金钱买平安。对金朝来使宣读文本，宋高宗赵构必须匍匐在地，以儿臣的姿态来接受诏书。南宋抗金的四大名臣都惨死在巨奸大恶秦桧手下：功高盖主的岳飞，屡遭贬谪的李光，在开封保卫战中屡建战功的李纲，为反对议和绝食而死的赵鼎。

岳飞率领岳家军转战南北，与金军交兵屡战屡胜，敌人闻风丧胆，连金兵元帅兀术都发出了"撼山易，撼岳家军难"的感叹。绍兴十一年（1141），岳家军大破金军于朱仙镇，收复中原在望，但以宋高宗赵构、奸相秦桧为首的投降派，却连发十二道金牌，将其召回，并解除兵权，同年又以"莫须有"的罪名逮捕入"大理寺狱"。于是出现一出惨不忍睹的悲剧：赵构派大力士进入大牢，佯称让岳飞洗澡，骗至刑房。大力士用铁锤猛击岳飞两肋，肋骨断裂，五内俱裂，岳飞口吐鲜血而死。岳飞刑前已写下"天日昭昭，天日昭昭"八个大字，卒年三十九岁。二十年后，孝宗即位，为其昭雪，赐谥武穆，宁宗时封为鄂王，理宗时改谥忠武。

岳飞墓在杭州栖霞岭。

有了岳飞墓杭州便增添了一份骨感。

岳飞不仅是武将、元帅，还是一位诗人、书法家，可惜诗词存世不多，且是气壮山河爱国辞章。千古流传的名篇《满江红》，可以看到岳飞对敌寇的无比痛恨，对国耻的悲愤，对恢复中原故土的坚定信念。一个忠心耿耿、气贯日月的民族英雄形象卓然而立。后世诗论家大加称赞："何等气概！何等志向！千载下读之，凛凛然有生气焉。"

襄阳大捷后，百姓欢欣鼓舞，岳飞也想趁此良机，乘胜长驱直入，收复更多失地，这时朝廷却召岳飞班师回朝，岳飞心怀悲愤，当时驻军武昌，岳飞登上黄鹤楼，触景生情，写下《黄鹤楼有感》：

遥望中原，荒烟处，许多城郭。想当年，花遮柳护，凤楼龙阁。万岁山前珠翠绕，蓬壶殿里笙歌作。
到而今、铁骑满郊畿，风尘恶。

兵安在？膏锋锷。民安在？填沟壑。叹江山如
故，千村寥落。何日请缨提锐旅，一鞭直渡清河洛。
却归来、再续汉阳游，骑黄鹤。

岳飞站在黄鹤楼上，凭栏遥望，故国山河一片破碎，中原
满目荒芜，激愤之情油然升起，恨不得挥师北上，歼灭胡虏，
收复中原，统一大江南北。

其实在杭州的南宋朝廷，像岳飞这样耿耿精忠的人物很
多，诗人胡铨便是抗战派的一面旗帜。胡铨是个刚直果敢的
人，坚持抗战主张，每次见到皇上必谈恢复中原之大事。有人
劝他和大多数人保持一致，那意思是朝廷大多数是主和，你何
必主战？胡铨激昂慷慨："只有断头将军，无降将军！"

胡铨曾指名道姓地揭发投降集团的首要分子秦桧、王伦、
孙近三人的滔天罪行，并毅然表示"义与秦桧等不共戴天。区
区之心愿斩三人头，竿之藁街"，并主张"羁留虏使，责以无
礼，徐兴之师问罪"，否则，"臣有赴东海而死耳，宁能处小朝
廷求活耶！"胡铨疾恶如仇的高风亮节，大义凛然的骨气，惊
星撼月，感天动地，那种置生死于度外的忘我境界，真如同征

战沙场、马革裹尸的将军，至今读来仍令人肃然起敬！

胡铨还写了大量诗词，表达抗金、誓扫胡尘的豪情壮志。胡铨得罪于秦桧卖国集团，被贬被谪。胡铨被贬途中，来到长江岸边，押送他的兵丁突然抽出利剑，想一剑结果他的性命。胡铨大义凛然、视死如归的英雄气概反而震慑了兵丁的歹念，使之不敢轻举妄动。

那时活跃在杭州的文人墨客，也以诗词做武器，投入反求和、主抗战的斗争中。张孝祥、张元干等人对高宗赵构信奸佞、杀岳飞、订和议极度不满，发出"天意从来高难问，况人情易老悲难诉"的感叹。1141 年，张孝祥得悉高宗赵构杀害岳飞，并签订《绍兴和议》，悲愤之极写下著名词章《六州歌头》："闻道中原遗老，常南望，羽葆霓旌。使行人至此，忠愤气填膺，有泪如倾。"张孝祥虽没有仰天长啸，却发出"幽咽之声"，也是很沉痛的。一次次收复失地、重振宋王朝的大好时机都葬送在投降派手中，能不激起抗金将士、爱国诗人的悲愤和怨怒？爱国志士请缨无路，报国无门，中原父老"南望"王师之急切心情，怎能不使诗人们"忠愤气填膺"！

谁言杭州山暖水温，一派阴柔绵软？杭州的刚烈、杭州的悲壮、杭州的复仇烈焰曾燃烧每寸江河、每片山林。杭州曾停泊过一个屈辱的小王朝，但杭州没有媚骨，却有披肝沥胆的情怀；杭州曾弥漫过低靡、幽婉、醉生梦死的雾霭，但也有烈日当空、凌云之气、"雪洗虏尘静，风约楚云留"、湖海生豪气的氛围；也有过"剪烛看吴钩""醉里挑灯看剑"的悲肃，以及怨深仇重的沉郁情绪。

这是支撑城市的钢铁骨架。

五

我漫步在西湖三台山麓，这里风景秀丽，林木蓊郁，满山流光溢彩，那浓绿的叶子，厚墩墩的、密密的。阳光的脚步比猫步还轻，跌进树丛里被摔得粉碎，满地是一片大大小小的菱形、圆形、方形、多边形的光斑，泄露了上天的秘密。

山径蜿蜒，游人很少，风吹来林涛澎湃似江河之声，这是大山深处孤独的歌唱。这里安葬着明朝政治家、军事家于谦的灵魂。祠堂那尊高大的塑像，伟岸、肃穆，目光深邃，正气凛然，使人望一眼竟感到自己形秽藐小。

于谦是钱塘人，生于斯，长于斯，终老于斯。他的一生大起大落，使明王朝的历史充满悲剧性。于谦少年壮志，青年仕进，勤政廉洁，保卫京师，名垂青史的高风亮节和悲壮人生不是给杭州抹上一道血性的色彩吗？

走进于谦祠，石碑牌坊有一副楹联，上书："血不曾冷，风孰与高。"另一副楹联更说明杭州既有花明草绿的阴柔，更有惊涛裂岸的阳刚："赖有岳于两少保，人间始觉西湖重。"岳飞三十九岁的人生官至少保、枢密副使。无独有偶，于谦亦官至太子少保兼兵部尚书，二位少保皆以功高盖天，而又含冤被害，且归葬于山明水秀的西子湖畔。谁说西子湖只漾起鱼鳞般细纹？谁说湖畔杨柳只会随风依依？"湖海平生豪气"，依然荡漾在这山水间，关塞如今风景依然展示世人面前。这里也曾有"骇浪与天浮"的壮烈。

"千锤万凿出深山，烈火焚烧若等闲。粉身碎骨浑不怕，要留清白在人间！"这是何等高洁的情操，何等光明磊落的人格！

西子湖畔有了岳王墓、于谦祠，那些莺歌燕舞、烟花的浪漫，只是疏烟薄雾的缭绕，而发自大地丹田，源于湖山肺腑的依然是浩然之气！

在"土木之变"时，满朝朱紫惶惶如热锅上的蚂蚁，皇戚贵胄哪个不失魂落魄，要举室南迁。于谦一柱撑天，挽狂澜于激流，组织京城兵民，指挥大军抗击瓦剌匪兵的进军，在血与火中保卫了京城，并沉着大度地安排朝事，推出新皇，这是定海神针，天下遂免大乱。

但于谦并非善终。当瓦剌释放英宗回到京师，英宗不仅不感激于谦的大勇大烈，守住了朱家江山，反而以谋逆之罪，将于谦杀害，这简直是惊天奇冤！

于谦祠多次毁于战火、地震，杭州人不会忘记于谦，毁了修，修了毁，毁了再修，这是西湖之魂，是城市之魂！

"江山自雄丽，风露与高寒""幽壑鱼龙悲啸……海气夜漫漫。"张孝祥写在抗金前线镇江的词《水调歌头》，其词意移用到杭州亦很恰切。

阴柔与阳刚，轻薄与浑厚，清风与海气，婉约与豪放，浑然一体铸成杭州多元性格。

大宋朝从亡国之君李煜的悲戚低吟开始，到无名氏的咏雨词，实际上也是一首衰词，"破我一床蝴蝶梦，输他双枕鸳鸯睡"为止，结束了一个王朝辉煌与荏弱、光荣与屈辱。梦醒后，已是山河破碎，"一川风月为谁主"了。

六

杭州左江右湖，又面临东海，不仅有西湖之柔美，还有钱塘江之壮美，东海大潮惊涛拍岸苍莽之美。

钱塘江在这里流向大海，这是南国的一条著名的江河，上游是郁达夫赞美的富春江。富春江的上游是新安江。新安江发源于皖南的群山万岭中，一路穿山越岭，奔腾而至杭州。

杭州处处流翠泻绿，草木葱茏繁茂，叶片肥厚，色相饱满。远山近岭湿雾氤氲，气象翻腾，形势浩荡。

杭州人很懂得生活，也会生活，家家窗台上摆着造型千姿百态的花盆，花盆里是南国常见的花卉，那花有温柔雅致，像一首首小令，但大多数花开得恣肆放荡，花瓣挺翘，呈现一种傲气，一团团，一簇簇，红黄紫白，满枝颤巍巍，水珠盈盈。

杭州最令人壮观的莫过钱塘潮。苏东坡有诗云："八月十八潮，天下壮观无。"这算不上诗，是句大实话，缺乏诗意和想象力，若不是出自苏东坡的口，怎能流传至今？

钱塘潮一扫杭州锦山秀水的阴柔婉约之气，粉黛之气，使天地间充满至刚至烈至强至大的雄气、豪气、苍莽之气。

那是怎样的一幅景象啊！

海苏醒过来，它要翻身了。远处在海天连接的地方，隐隐约约看到一道黑线缓缓移动着。这时太阳已沉沉西斜，残照里，那黑线似乎变成了一条横亘天地的巨龙，御风破浪，滚滚而来，哪里是移动？是奔驰！夹雷裹电，轰鸣着、吼叫着、呐喊着，天地间灌满大海沉郁的啸声。近了，近了，那海浪直立起来，雄气浩荡，一堵奔驰的水墙，一道巨浪筑起的万里长城向岸边奔来，大地撼动，群山战栗。潮水传来壮阔、令人惊恐的海天共鸣。越来越近，越来越响，潮水终于撞到海坝，越过高高的坝顶，瀑布般的海水倾泻下来了！暮色降临了，那潮水更是疯狂，更加宏肆，潮水拍打着堤坝，那摧枯拉朽，惊星撼月之雄势，那吞噬一切、消灭一切之狂妄，人在它面前，显得多么渺小，多么卑微啊！

面临大海，耳闻目睹这壮观的海潮，这响彻寰宇的澎湃之声，回望灯火万家的南国之城，谁言杭州柔弱无骨？谁说杭州只是满城粉黛，一湖莺声燕语？谁说这个城市只有烟花万点？杭州的浩气、杭州的刚烈、杭州的雄健之风，依然弥漫在天地间！

大海呼啸着、奔腾着，带着凌厉强悍的北方气息，又钙化了南国名城。

往事并不随风

——青州记忆

一

北纬 36 度 4 分至 36 度 8 分，东经 118 度 0 分至 118 度 6 分，这里就是古称九州之一的青州。

我居泉城，离青州并不远，但我只去过一次青州，时间很短，匆匆来去，并未留下深刻的印象。只知青州是东夷文化的发祥地。它南部是山是丘陵，群山逶迤，城就在山脚下。

我去青州，时值九月，辽阔的鲁中大地弥漫着浓浓的秋色。路旁的杨柳叶子泛出淡淡的黄，田野上的庄稼敛去夏日的戾气、青苍气，呈现出一派深沉、老练、成熟的气象。阳光也显得大度，给无边无际的秋天带来澄明的温暖。

青州，"右有山河之固，左有负海之饶"。在古人心目中，它雄跨陆海，沃野千里，交通发达，有山有水有平原，物产丰富，到处是一派生机勃勃的景象。苏辙未曾做官青州，却有青州情结，写诗赞誉："面山负海古诸侯，信美东方第一州。"这里钟灵毓秀，人杰地灵，彪炳史册的历史名人灿若星辰。且不说大地理学家郦道元，北宋大政治家王曾，横跨两宋文学家的李清照留居在青州，和这片土地有着血脉相连的关系，北魏大书法家郑道昭、文学家李邕郁曾在这里为官，大唐帝国的诗仙李白、诗圣杜甫，也曾留下足迹。更不要说北宋时期，十九名宰相副相，被贬出知青州，留下无数诗章。他们都是状元、进士，既是政治家，又是十足的文人墨客。他们人文精神已融进青州的山山水水，他们的文化基因已汇入青州大地的血脉。青州，处处闪烁着文化的光芒，是名副其实的文化名城。

我来青州采风，市文联的小丁带我拜访当地作家耿春元先生，我们一见如故。耿先生和我同辈，长我三岁，一脸慈祥，言谈儒雅。他说："青州是一部大书，文化底蕴十分丰厚，要读懂青州并不易。它地理位置得天独厚，是齐文化和鲁文化交会融合处，两种文化相撞相融，形成独具魅力的青州文化。

《禹贡》上不是说嘛，海岱惟青州。"

我神色有些迷惘，耿先生笑道："也不难，有把钥匙能打开青州文化的大门，那就是一拜寿、二拜佛、三拜贤臣、四拜书法。"

"怎讲？"

耿春元呷了口茶，缓缓说道："云门山上有大'寿'，驼山上有大'佛'，魏碑题刻，北齐大'碑'，市内三贤祠，样样名扬海内外，尤其是龙兴寺窖藏佛像，那是一座佛教文化博物馆，雕像造型优雅，技法娴熟，雕刻细腻，精湛绝伦，无与伦比。"接着又给我讲起大唐的李邕，诗人李白、杜甫，以及北宋十三贤臣的故事，使我对青州这座文化名城有了粗略的了解。

二

九月的阳光照耀着这座古老而年轻的城市，满城高低错落的楼和青砖黛瓦的古建筑，色彩、风格迥异，却极其和谐，负载着文化名城苍老而有豪气的韵味。宽阔的街衢，油漆黑亮的马路，成排的绿树，虽然年轻，但展示出一派生机勃勃的气象。姹紫嫣红的花圃，团团簇簇的鲜花，透露出青州独特的审美意识和深蕴的文化魅力。现代化的磅礴气势并未遮蔽古城的迷人情调。

青州这个城市确有非凡的气象，地处鲁中，环境优美，南依云门山、驼山、仰天山，山不高，也不显赫，比起五岳，寂寂无名。南阳河和弥河从大山深处奔腾而出，像两条飘带，一河绕城而去，一河穿城而过，岸上青石，水畔垂杨，一帘秋风，更使这座城市袒露着潇洒磊落之气，那清澈的河流和洋溪湖的粼粼碧波，倒映着山色云影，这座富有阳刚气派的北国名城，便添了几分江南的婉约风韵。

山峦之苍黛幽傲，山气之清凉袭人，山意之静谧幽远，水光山色的清鉴晶莹，令人心旷神怡。我站在岸边，观山、观水、观城、观人，不仅是理性的鉴赏，更是一种心灵和情感的体验。一阵微风吹来，柳丝飘来荡去。几片叶子落入河面，像小金鱼似的浮动游弋，更添一种恬静幽雅的魅力。

这南阳河，给青州古城带来灵气，"它发源于玲珑山麓，水势并不浩渺，但它对青州文化意义却非同凡响，犹如秦淮河之于南京，黄浦江之于上海"。河流的历史比古城的历史久远。郦道元是青州人，他热爱故乡的河流，在《水经注》里对南阳河记述非常详细："长津激浪，瀑布而下，……潺潺之势，状同洪河。"这是一千五百年前的南阳河，而今南阳河却变得温驯舒缓，不浮躁，不狂放。

我沿着南阳河的堤岸漫步，回味着这座城市的历史。这里是姜太公的封地，东夷文化的发祥地。据说七千年前，古代青州的东夷人已跨进了人类文明的门槛，进入龙山文化时期，青州便出现了繁荣景象。历史来到三国两晋南北朝，这里不仅齐鲁文化昌盛，释家文化也茂茂腾腾地传播开来。驼山石窟、云门山石窟、玲珑山石窟，千百尊佛像、菩萨像遍布山野，佛烟袅袅，经声佛鼓，响彻这片神奇的土地。

唐朝时期这里已是名都大邑，隋朝为北海郡，唐朝后来改为青州。天宝三年（744），李白、杜甫曾经携手到青州一游，这是青州值得骄傲的事，也念念不忘。那年李白得罪了杨贵妃，被唐明皇赐金放还，离开京城，到处漫游，在洛阳遇到杜甫，大唐诗国两位文豪走到一起，这是文坛千古佳话。二人诗酒逍遥，放浪山水——说起来很轻松，其实李、杜正是精神空虚迷茫之时，四处求仕，处处碰壁，不得不漂泊。他们决定到青州拜访著名的北海太守李邕。李邕也是才华横溢、少习文章、疾恶如仇，不容于众的人物，因他不避权贵，抗争直言，几经陷害，在朝中不能立足，被外放为地方官。

李白来到青州向李邕求官，不如说是同气相求，李邕一个贬官，能帮他什么忙？不过在一起喝喝酒，骂一阵子朝廷奸佞，肆意倾泻一腔块垒。李邕早在巴蜀时就和李白相识。李邕是书法家、诗人，闻名当世，但遭宰相李林甫忌恨，此时的李邕已无"文高气方直"之豪气，只和李白叙叙家谱，有时也携二人到深山道观去寻仙求篆。李白、杜甫也曾登上云门山，啸傲几声，一吐为快。李白在这里写了一首《上李邕》诗，其中"大鹏一日同风起，扶摇直上九万里"成了千古佳句。

李白一腔悲愤之情在这里得到喷发，他把自己比作庄子《逍遥游》中背负青山的大鹏，水击三千里，直上九云天，即便无风可凭借，也能荡尽东海之水！那些轻浮之人，那些目光短浅之人，怎能理解大鹏的豪情壮志？

杜甫性格稳健、笃实，见李白如此张扬，不免有些担心，写诗《赠李白》，委婉批评："痛饮狂歌空度日，飞扬跋扈为谁雄？"杜甫虽比李白年轻十一岁，但比李白显得老成。他来青州，想得到李邕的帮助踏上仕途，说白了，李白、杜甫前来青州都是来"跑官要官"的，但目的并未达到，在这里游乐几天便快快而去。

后来李邕被朝廷奸相李林甫杖杀，杜甫得悉，非常悲痛，写下《八哀·赠李邕》："坡陀青州血，芜没汶阳瘗。"

李白、杜甫离开青州，来到齐州（济南），李白在紫极宫参加道箓"考试"，被录取成为一名正式的道士。他和杜甫在齐州依然谈诗论文，游山玩水，随后分手，天各一方。

李贺未来过青州，但我总固执地认为他那首《梦天》诗是在青州写的。尤其是诗后半部分："黄尘清水三山下，更变千年如走马。遥望齐州九点烟，一泓海水杯中泻。"这诗的"三山"是指蓬莱、方丈、瀛洲三座山，齐州固然指中国，但这样的景观只有登上云门山，或仰天山方有此等感悟，任何浪漫主义想象也非天马行空的虚幻。我总认为李贺在某一个阳光明媚的秋日登上仰天山某一峰，山上有亭，亭中有石桌、石凳，泡一壶山泉茶，诗人驰目远望，只见山浪滔滔，山林苍莽，烟岚袅袅，南阳河、弥河穿峡越谷奔腾远去。诗人仿佛看到神话中的三山，波光浩渺的大海，诗潮澎湃，于是才有了"遥望齐州九点烟，一泓海水杯上泻"的感慨。这是多么奇特的构思，多么瑰丽的想象！

三

东夷文化，以山东为中心，北起辽东半岛，南到长江流域，东自沿海西到河南东部。青州是东夷文化发祥地，也是一个巨大的磁场，散射着东夷文化的光芒。夷，是"人"负"弓"合成，表示东夷人的勇武。其实到北宋时期，历史的变迁，文化的融合，这里已是一片温山暖水。青州人坦荡，性情温和，民风淳朴，南望群山跌宕，北望千里沃野，云门山、玲珑山既不高峻，又不险巇，青山绿水，一片平和景象。青州是"大藩"，天下第一州。北宋时期为京东路，管辖二十六府、州、郡，八十二个县，囊括了大半个山东及河北部分郡县。所以朝廷的权臣被降职，这里是首选之地。

"青州名宦宋时多"，这是青州最值得炫耀的一页。名臣贤官寇准、范仲淹、富弼、王曾、赵抃、曹玮、李迪、夏竦、陈执中、文彦博、程琳，文学家曾巩的胞弟曾布，还有迫害苏东坡的首恶吕惠卿等，一朝的精华都流落在青州，这也是"青州现象"吧。

贬谪，对于被贬者是不幸的，对于贬所所在地则是福祉。

这些高官政要，到这里知州、知府、知县，或任提督，军政一把手，使这小城名扬四海，山水增辉。这些政治家大多勤政爱民，清明廉洁，治迹卓著，又一度使得青州更加繁华，成为名噪天下的京东路首府。流放，对于流放者，是炼狱；对于流放地，则是福祉。那时古城家家杨柳风，院院牡丹开，古木参天，绿荫缭绕，城内店铺连片，车马喧阗，市声沸腾，雄伟的南楼，巍峨的表海楼，横卧阳河虹桥，更添古城壮观。

北宋初年的名相寇准曾被贬到青州，这是大宋朝第一个贬到青州的高官。宋朝开国以来，朝廷大员便有畏惧北方外寇的心理，朝廷重臣就有妖言惑者，力劝皇上迁都金陵。宋朝本来版图不大，再移都江南，这岂不是拱手让出北国大片疆土。寇准极其愤怒，上奏皇上：以圣朝天子之神武，若御驾亲征，敌人将不战自遁，岂能远之楚蜀而委弃宗社？宋真宗听了寇准的话，果然壮了胆，御驾亲征，迎战辽军，战于河北澶州。战幕一拉开，辽军先后击败宋朝的两支军队，兵困澶州。辽军首领萧挞览自恃其勇，只一轻骑简从潜入城下巡视地形，被宋军射杀。辽军受到极大震动，很大程度上动摇了斗志。辽太后亲临挞览棺车，恸哭失声，为之辍朝五日。辽军本无恋战之心，也想班师北归。宋真宗三天后赶到澶州，将士们士气大振，欢呼声雷动。谁知宋真宗竟然与败军辽国订下"澶渊之盟"，以每年输绢二十万匹，银十万两为代价，换取辽军不再南侵。"沿边州军，各守疆界，两地人户，不得交侵"，一场大战的捷报，却换来这种屈辱条约。更可笑的是汴京军民竟然张灯结彩，欢欣鼓舞地庆贺，真是滑天下之大稽！

青州虽有名都大邑的富庶，却没有汴京的喧嚣、芜杂；既没有"鸡犬相闻，老死不相往来"的封闭、呆滞，又没有狗撕猫咬尔虞我诈的争斗；它依山傍水，沃野千里，却没有中原城市的赤裸和袒露；它深邃的历史底蕴和丰富的文化内涵，足以养你精神，静你心态，壮你筋骨。你走在青州街道，既没有与世隔绝的疏离感，又没有浮萍式的漂泊感。一种安谧、宁静、中和的氛围使你的心沉实下来，节奏放慢下来，连走路的脚步也不由自主地舒缓开来。这是一片神秘的土地，过去没有发生惊天动地的大事，以后也不会出现胆战心寒的祸患。对于文人墨客是修身养性之地，也是纵横翰墨之所。

寇准不是诗人词作家，他是政治家，却有诗文《寇莱公集》传世。他写了许多五律、七言绝句，词不多，全宋词中只辑录了他四首词，所以文学史上很少为他开辟章节论述他的文学成就，但他的诗风近似晚唐派，意新语工。他有一首诗《夏日》，据考证作于青州，诗云："离心杳杳思迟迟，深院无人柳自垂。日暮长廊闻燕语，轻寒微雨麦秋时。"诗意何等清新！这是诗人虽然远离政治斗争的旋涡，身心遭受过沉重打击，仍然有一种说不出的绵长、悠远，忧郁惆恍的心里，实际上是身在江湖而心在魏阙。深深庭院，阒寂无声，只有那长长的柳丝荡来拂去，一片静谧、冷清。读后令人不由得产生一种压抑感，使人有杳杳离心之感。

其实，宋真宗视寇准为"爱卿"，寇准离开汴京，皇上快快不乐，问左右："寇准，青州如何？心情满意否？"群臣则曰："青州乃是好地方，人杰地灵，山清水秀，人文荟萃，物华天宝，民风淳朴，真海岱雄邦也！"真宗神色悒郁，闷闷不乐。大家知道皇上心意，便又曰："陛下思准不忘，准日夜纵酒，未知亦念陛下乎？"这是离间君臣之言，真宗默默不语。

真宗离不开寇准，第二年便召回京城。寇准大才，坐任青州，清正廉明，虽短短一年，却治理得海晏河清。

寇准后面又有几位著称于世的文人出知青州。

李迪，鄄城人，状元出身，官至宰相，两次出知青州；夏竦，德安人，官至宰相，此人文章写得很好，典雅藻丽，景祐五年知青州兼京东路安抚使；陈执中，今南昌人，官至宰相，康定元年（1040）知青州兼京东路安抚使；文彦博，山西人，大名鼎鼎的文学家、政治家，官至宰相，皇祐四年（1052）出知青州兼京东安抚使，他曾为四朝宰相，出将入相五十年，声达四夷；赵抃，衢州西安人（今浙江衢州人），官至资政殿大学士，参政知事、副宰相，熙宁三年（1070）出知青州。还有王曾，故乡就在青州，具有治国之才，官居宰相，聪慧超人，处事稳健，敢于犯颜直谏，不顾个人进退，因得罪太后，被罢相，回老家，担任知州。

曾布，是大文学家曾巩同父异母的弟弟，官至参政知事，即副宰相，是王安石变法章程的起草者，也是坚定的变法派，但他又不同意王安石变法的某项条款，所以宋史把他打入《奸臣传》，但梁启超却赞扬他"千古骨鲠之士"。他的夫人可是个了不起的人物，姓魏名玩，自幼博览群书，以诗词见长，朱熹说："本朝妇人能文者，惟魏夫人及李易安二人而已。"

这些高官大吏、文化精英被放逐青州，为青州的文化繁荣、教育发展发挥了巨大作用，做出不可磨灭的贡献。青州因他们文脉兴旺，文气浓郁，青州的山水因他们散溢着诗意的芬芳，玲珑山因他们而玲珑，仰天山因他们而高峻。读读他们留下的诗词文赋，欣赏他们的墨宝题刻碑帖，不仅是美的享受，更能领略其中熔铸的深刻文化内涵。这是城市精神。这片神奇的土地因他们而文采斑斓，生活也就充满了情爱和诗意。

四

青州是雄浑的、放肆的。它不乏儒雅，更有齐风之雄劲。它虽居山东半岛西端，却有海一样的雄阔。它性情豁达、开朗，北望一马平川，沃野千里，一种阔大雄旷之感，南望群山跌宕，又添一种逶迤蜿蜒的动感。这是一片生机盎然的土地，弥河、南阳河从山中流淌出来，有一种山河暗中较劲的张力。这清秋时节，你在这片土地上漫游，山岚俱净，白云闲闲，空明万里，视野更觉旷达，一派秋的深廓、浑远气象。

范仲淹就是在皇祐三年（1051）秋天，调任青州的。

范仲淹是个理想主义者。他有政治家的胆识和气魄，却缺乏政治家的谋略和权术。他道德操守极佳，对皇上国家社稷极为忠诚。他做事相当谨慎，虽力图革故鼎新，他的条陈也符合朝野政治需要，但他性格执拗，特别糟糕的是不善于处理人际关系。他对周围一些人过于冲动直率，动不动就拍案而起，有一种"天地间的纯刚至正之气"。与吕夷简交恶，使他在朝廷里更显孤立。在传统观念中，过分慷慨激昂，总是自诩持重的人，常为奸佞小人所谗谤、诋毁。范仲淹在朝廷已成为众矢之的。他不适于在官场诡波谲海里厮混，这里遍布阴鸷、权谋、矫诈、是非和陷阱。夏竦就是"奸邪"之人，攻击范仲淹为欧阳修"朋党"。

皇上问范："从来都是小人多为朋党，君子也有朋党？"

范仲淹曰："臣在边塞时，就亲眼见过，勇敢者自成一党，胆怯者也自成一党，在朝廷自然也有正邪党派之区别。若结党人从善，对国家又何害之有？"欧阳修还写了篇《朋党论》上奏皇上，进一步阐明："小人以利益结伪党，君子以同道为真朋，若天子圣心能察，进君子之真而退小人之伪，则更能治达天下。"

当时吕夷简执掌朝政。他任亲嫉贤，培植私党，重用者都是出于他的门下，也就是在朝廷上搞团团伙伙、圈子主义。他们相互勾结，形成一个庞大的官僚守旧集团，致使有才干、有作为的官吏无升迁之望。对这些营蝇狗苟的庸碌之辈窃据高位，范仲淹极为不满，绘制一幅《百官图》呈献给仁宗皇帝，揭露吕夷简结党营私的行为。吕夷简得悉后，勃然大怒，反诬范仲淹"越职言事，荐引朋党，离间君臣"的罪名，控告于仁宗，范仲淹被贬官知饶州。自此，范仲淹便飘零在外。

范仲淹出知青州，来到他童年生活的鲁中大地，这里山亲、水亲、人更亲。不过他已是垂暮之年，体弱年迈，当年那种叱咤风云、怒目拍案的气魄已消弭，指点江山驰骋翰墨的激情已消减。他毕竟是士人，"士者，有知识有抱负之志者；大夫，辅弼天子治理国家的臣僚"。士大夫是社会精英，他们的人生道路或者生命价值观，一是征服世界，二是逍遥人生。得志后，居庙堂之高，则纵横捭阖，指点江山；失意时，则散怀山水，诗俦酒侣，放浪不羁。宋朝的士大夫们因国策重于文教，重于德行，崇尚儒学，重名节，大都缺乏那种踔厉风发的精神斗志。仕途迍邅时追逐声色，作些婉约旖旎的小词，淫言媟语，缠绵悱恻，春愁秋怨，但也有时刻关注庙堂风云变幻者，以待时机，东山再起。这些人还有个"通病"，常常借批评别人来推卸自己的责任。宋朝官场不同唐朝，官场有种恶劣的风气，落井下石，墙倒众人推，品藻人物往往成为众矢之的。

范仲淹迥然不同，他进亦忧退亦忧，身居庙堂则忧其民，远在江湖则忧其君，不以物喜，不以己悲。他高洁、光明磊落的人格为历代官吏之楷模。

六十三岁的范仲淹出知青州之际，正逢河北遭水灾，许多饥民逃荒到青州，他"下马伊始"，不顾旅途疲劳，一方面安抚灾民，救死扶伤，一方面奏请朝廷，开仓赈灾。随后他深入调查，发现一些弊端。青州交纳税赋要求实物，且送到几百里外的聊城，一般返往十多天，既增加负担，又耽误农时，青州人民深感苦楚。范仲淹兴利除弊，改实物为钱币，老百姓交售粮食折成田赋。

范仲淹上任不久，发现青州老百姓多有"红眼病人"，这是流行疫病，老百姓异常痛苦。范仲淹为了制止疫情的流行，亲自汲水制药，发放民间，不久制止了"红眼病"。恰在这时，南阳河涌出一股清泉，群众以为范仲淹的德行感动上天，便取名"醴泉"。后人为纪念范仲淹，就把醴泉叫作"范公井"，又建亭，叫作"范公亭"。

范仲淹岳阳楼一记名扬天下，流传千古，给他带来巨大的声誉。范仲淹忙于政务，无暇吟诗作赋填词，存诗仅一百七十余首，多为关心民瘼、忧国忧民忧时之感悟。他的诗缺乏个性，未形成鲜明的艺术特色。他留的词只有五首，却影响很大，一向脍炙人口，风格兼有豪放、婉约。

范仲淹青少年时代是在淄州度过的。他爱这里一草一木、一山一水，淄州和青州毗邻，自然青州山水给他留下深深眷恋。他在青州任上留下许多吟咏青州山水的诗文。他有《游石子二首》，其一：

> 凿开奇胜翠微间，车骑笙歌暮未还。
> 彦国才如谢安石，他时即此是东山。

诗中的"彦国"就是他的青州前任富弼。富弼是范仲淹"庆历新政"的积极推动者，是同一战壕的战友。他同范仲淹都是被朝廷政敌排挤驱逐出京的。富弼被贬青州也为当地百姓做了很多好事、实事，深得百姓热爱。青州现存的三贤祠，富弼的塑像排列首位，而范仲淹之后便是大名鼎鼎的一代文宗欧阳修。

范仲淹在这首诗中热情地赞扬了富弼的才华，像当年的谢安一样。此外，范仲淹还有《登表海楼》诗：

> 一带林峦秀复奇，每来凭槛即开眉。
> 好山深会诗人意，留得夕阳无限时。

范仲淹出知青州，虽值迟暮之年，但老骥伏枥，壮心不已，即使夕阳西下，也珍惜大好晚景。山水的秀美与诗人灵犀相通，而夕阳也不忍心匆匆离去。这首诗其笔力并不雄健，但透露出浩然意气。

范仲淹忧劳过度，体力日衰，不到一年便上奏朝廷要求调往北宋大臣退休养老之地颍州。在奏表中，谈到他身体"变得瘦弱困顿"，记忆力衰退，精神和体力都难以胜任青州知州和安抚使重任。皇上很快批准了他的退休报告。皇祐四年正月，范仲淹离开青州赶赴颍州。在离开青州前夕，他写信给好友韩琦，再次流露出对青州的眷恋。

初夏，范仲淹来到他的出生地徐州，病情加重，只好留在徐州治病。谁知在徐州一病不起，于五月二十日在徐州去世，享年六十有四。他生命的起点，也是他生命的终点。"天意从来高难问。"天耶？命耶？

五

欧阳修也是晚年出知青州的。

欧阳修出知青州前，时任兵部尚书。大半辈子官宦生涯，欧阳修饱经仕途风刀霜剑，深深领略了朝堂倾轧尔虞我诈的残酷，早已厌倦了红尘纷扰、是非缠身的官宦人生。他精神颓靡，身体衰迈，早已敛去当年锐勇、叱咤风云的豪情，情绪黯然，朝思暮想退隐杭州西子湖畔安度晚年。派他出知青州，他三次上书，坚辞不就，但皇上六次下诏。王安石也规劝欧阳修："青州是海岱雄邦，姜太公封地，又是京东路重镇，只有你这样的国家元勋才有资格担当此重任。"也许是胳膊扭不过大腿，也许是青州山川风光的诱惑，欧阳修最终乖乖赴任。

欧阳修来到青州，采取了"宽简而治"的政策，不完全是"无为而治"，更不是"为官不为"。他的"宽简而治"就是不扰民，不烦琐，不苛急，有点像"简政放权"，实际上不求政绩，但愿也不出乱子。

既来之则安之吧。欧阳修大人趁"夕阳在天"、晚霞似火的时辰，以大量精力赋诗作文，给青州文化抹上了浓墨重彩的一笔。

欧阳修也曾登上表海楼，其心情与当年范仲淹迥然不同。范仲淹是烈士暮年，壮心不已，仍想为国为民干一番事业，欧阳修心情却悲观黯淡：

> 望海高亭古堞间，独凭危槛俯人寰。
> 苦寒冰合双流水，欲雪云垂四面山。
> 髀肉已消嗟病骨，冻醪犹可慰愁颜。
> 颍田二顷春芜没，安得柴车自驾还。

他站在高高的望海楼上，凭栏远望，云垂四山，不由感到一种寂寞孤独之感袭来，自己已至日暮残阳，万念俱灰，再也不敢登高远眺，只有思乡之情，归隐之心。早年间他在颍州置有宅第，他挂念二亩田园是否荒芜了呢？多想自己亲手驾着柴车悠悠地行驶在乡路上啊！羁旅之愁，故里之思，弥漫在字里行间！

欧阳修毕竟有一颗仁人志士之心，尽其全力，为当地百姓做了许多好事。庆历新政，人走政息，接着是王安石汹涌澎湃的变法。政治斗争从来不全是原则之争，夹杂其中的是大量的权力之争。范仲淹高风亮节和处事公道，只是触及守旧势力些许利益，便遭到雷轰电击般的打击，保守和惰性力量如此强大是始料未及的，但改革的浪潮是大势所趋，难以阻挡。王安石登上相位，力鼎变法，闹得朝野一片惊慌，改革派和反对派重新洗牌，形成对峙的两大阵营，朝廷出现了势不两立的新旧党争。

欧阳修远离汴京，朝廷上风高浪激的狂澜，传到这里已是余波淡淡了。他未卷入党派之争，却反对王安石的青苗法，并上奏两通札子《言青苗》。札子中他提出政府散发青苗钱应免除利息，制止强行抑配，用现代说法，反对"一刀切"。在青苗不接，农户急需时，方可发放贷款，对新法的推行提出自己的意见——实际上是王安石新法的反对派。欧阳修到老也并没有改掉他的脾气，在大是大非面前，依然敢作敢为，敢于直言。这是他的性格，也是他的人格操守。

仁者乐山。欧阳修早在滁州任上就常陶醉山水中，不到四十岁，自称醉翁，醉翁之意不在酒，在乎山水之间也！他在滁州写下《醉翁亭记》《丰乐亭记》等著名散文，使他跻身唐宋八大家之列。我想，抽出他这些文章，八大家中是否还有他的位置，难说。

欧阳修更喜爱青州的山，一有闲暇便到山中游玩。他写山、写水、写花、写草、写鸟、写树，这里林壑幽美，石漱清濑，欧阳修时时登览，优游泉林。云门山上闪耀过他的身影，玲珑山上留下他的履痕，驼山山路上飘逸过他的长衫。从喧嚣芜杂的官场，走向宁静的山野，从庙堂之高走向江湖之远，从滚滚红尘来到明丽清净之地，对一个饱经沧桑的老者，该是多么心旷神怡啊！我仿佛看到欧阳修大人乘舆上山，弯弯曲曲的山径，潺潺湲湲的流水，山花笑迎，藤萝牵衣，连松涛鸟鸣也歌舞致意。欧阳修乘舆而至，站在山岩上，望天，天澄明湛蓝；望山，山青苍葱郁。鸟鸣兽语从大山深处传来，一种天籁的纯净清新之气直透肺腑！欧阳修长长地吁了一口气，额头上的皱纹也舒展开来，苍白的胡须被风撩起。他对着随从说："我构思了一首诗，吟出来你们听听。"

> 偷得青州一岁闲，四时终日面潺湲。
> 须知我是爱山者，无一诗中不说山。

可见欧阳修对山的钟情之深。欧阳修为何如此痴迷于山？是爱山石的顽强坚硬、峰的峻嶒？是爱群峰的苍茫旷达，风流雾走，狂放不羁的浪漫，横空出世的飘逸？这些高官大吏、文人墨客点化了青州山水，使山水也散发出诗意的芬芳。青州山水也给他们生命以依托。那巉岩峭石，那山泉流水，那松涛鸟韵，可以安置他们的灵魂，他们的精神找到归宿的高地。

欧阳修的山水诗中既记述了自己的行迹，更流露出作者悠然物外的隐逸情调。晚年的欧阳修有一种高逸淡远的境界，诗文创作追求隐士生涯和审美情绪。

欧阳修对政务删繁就简，用大量时间赋诗写文。他在自己府衙边建了一个"山斋"，即创作室，又是静养处。欧阳修多病体倦，病情稍好，便乘舆游览山水：春看新荷出水，夏看蓼花似火，秋赏山林野趣，冬观窗外雪沃山川。他醉意青州山水，更钟情这方水土养育的青州人。他任期届满，回到杭州西子湖畔，谁知天不假年，一年后便撒手西归。青州人怀念他，建三贤祠：富弼、范仲淹、欧阳修。历代仁人志士以三贤为楷模，效忠国家，造福百姓，这就是当地作家耿春元先生所说"三拜清官"。

六

我在市文联小丁和司机的陪同下游览了云门山、玲珑山。秋天的山野真是一幅色彩秾丽的油画啊，无边无际展现在蓝天下、秋阳里。秋色浓如香醪。秋风习习，秋阳妩媚，天高云淡，山岚轻淡，满目山野，斑斓多彩。盘曲萦纡的山路，是大山的筋络，条条奔腾的流水是山的血脉。峰峦云林并不险峻，但清秀蕴含着一种灵气。"千佛洞"是深达五百尺的溶洞，"洞顶有一天然石隙，仰可见天光"。据说，宋太祖赵匡胤曾来过此山，顿有所悟，建文殊寺。于是这里香火日盛，远近香客纷沓而来，山径上人影绰约，络绎不绝。

云门山上题刻繁多，引人注目的除了大字"寿"，高达数丈，占据一面山坡，还有雪蓑的"神在"，为云门山第二"大字"，字径约一米，与"寿"字相邻，字迹恣意飞扬，气象宏大，笔墨奇诡，意趣深渺。历代文人来此游历，触景生情，题刻言志，留下诗词佳作。欧阳修的《留题南楼》镌刻在云门山顶，抒情委婉，表达了对青州山水的真挚情感，也表现了诗人的闲适心情。山顶有投龙壁题刻群，有诗云："地接蓬莱含海日，云开阊阖飒天风"，"山川形胜绝，海岱百千秋"，等等。每块岩石，每片石壁都留下历代文人的笔迹，虽经千年风雨，字迹漫漶，但士人风骨依然。

我未游历仰天山。山上有范仲淹、赵明诚的题刻。赵明诚和李清照寄寓青州十几年，夫妇二人常相携登览云门山、玲珑山、仰天山。李清照存词四十八首，有二十多首写于青州。有一首脍炙人口的词《一剪梅·红藕香残玉簟秋》是丈夫出知莱州，只身赴任，李清照孤零一人留在青州时写的，自然情感忧戚，愁绪丛生，况且这薄寒袭来的清秋时节。北宋灭亡，青州沦陷，李清照飘零江南。颠沛流离之艰辛，孤独无助之凄苦，所带金石、字画、古董、文物，散失殆尽，她和丈夫大半生的心血付之东流，悲痛之极，不可言状。但她晚年怀念青州生活，曾写诗："不乞隋珠与和璧，只乞乡关新信息。……欲将血汗寄山河，去洒东山一抔土。"可见女词人对故土感情之深。

仰天山是青州最高的山，山上有"仰天槽""摩云崮"，据说登上有腾龙起蛟的感觉。

青州是不可思议的，那些高官大吏选择青州做贬所，正说明这片土地钟灵毓秀，人文荟萃，是风水宝地。这里不属于海洋性气候，仍属于大陆气候，但它并不封闭，不内滞，胶济铁路通车后，青州走向大海更便捷了。"火车一响，黄金万两。"青州承担由冀鲁大片地域物资出海的集散地，是一个陆地码头。

青州不仅是文化名城，还是英雄的城市，清"雍正九年，田文镜议置驻防将军于青州"，在这里建起一座旗城，即"八旗"的大军营。这是一座浩大而复杂的工程，动工数以万计，历时三年，耗资数十万帑金，工程之浩大，头绪之纷繁，可称为青州历史上的奇迹。这座旗城实际上在旧城北部又建了一座气派雄伟、规模宏伟的新城，营房、宅舍、楼阁、亭榭，逶迤蜿蜒的城墙，巍峨高大的城门，还有练兵的校场，威风凛凛的将军府，城内建筑按正黄、镶黄、正白、镶白、正红、镶红、正蓝、镶蓝八旗布局，每旗又分前后两佐，统称八旗十六佐。全城按编制设官署（衙门）五十八所，公务衙门各一所，还有学堂、匠役房、演武厅及庙宇，房舍鳞次栉比，错落有致，街衢纵横，总面积近七十五万平方米。

将军府坐落于城中十字路口，府衙东西两侧高筑牌楼式辕门，东辕门上书"青齐名郡"，西辕门上书"海岱雄邦"，苍劲雄健的大字，标明青州地理位置的显赫，也宣示了驻防的重要性。将军府正门飞檐斗拱，气势雄伟，房舍建筑极其精美，有地方史志记载："五椿六兽之宫殿峙峰列吻，三梁九檀之厅堂柱枅蟠龙。窗格玲珑，一轮秋月明幽室，斗拱翻飞，两行春燕谒紫亭。壁好吞日，阁高摘星，宇栋妆彩，房室糊棚……每逢国家盛典，皇帝寿辰，春秋大祭，元旦、冬至或出征凯旋，这里便成八旗文武官员参加朝拜与庆典场所。"（引自《青州旗城》）

历史的辉煌已黯淡了。但我始终感到青州是个气势非凡的城市，它虽居内陆，却具有海洋般的胸襟；它虽是历史文化名城，却有钢筋铁骨的英武。它有山的巍峨，也有水的妩媚；它有将军武士的雄风豪气，更具有文人墨客的风雅儒气。八旗将士在第一次鸦片战争镇江保卫战中所表现的强烈爱国主义精神，血染战旗，尸横沙场的壮烈行为，可歌可泣，中华民族的血性淋漓尽致地得以展示。大宋朝十三贤臣，虽遭贬抑，来到青州并不颓废，青州的山壮其筋骨，青州的水润其精神，辽阔的中原大地开阔他们的襟怀。他们医治好心灵的创伤，又重返正义战场，或重居庙堂，或在江湖，都丰腴了他们的"先忧后乐"的精神，升华了灵魂。

我是黄昏离开这座城市的，站在月台上远眺满城烟霞，掩映高楼大厦罅隙中的古建筑，琉璃瓦上的余晖，都已涸浸在绵延无尽的黄昏中了，失去了棱角分明的轮廓。南阳河的潋潋波光，水中的芦花，岸边的杨柳，柳丛中的鸟鸣，似乎还翕动着充满尊严的回忆，勾人心魄的朦胧。

往事并不随风。青州人对历史的尊重，正是这城市的灵魂所在。

寄语洛城风和月

多少年来这些故事沉睡着，等待时机东山再起，
是我为它们制造机缘，使其苏醒。

——摘自读书笔记

洛水梦

日头西沉。

诗意的阳光缠绵地漂浮在河面上。河床很宽，水势平静，
风吹起一叠叠涟漪，多棱镜般闪烁着一束束刺眼的光芒。这是

秋天的洛河，岸柳成行，野草疯疯癫癫地爬满坡堤，蓼花风风火火地开放着，成片成簇，随波摇曳。一辆装饰豪华的马车翻过伊阙山，越过辗辕山，来到景山，车马很疲乏了，就停下来。一位峨冠博带、锦衣阔袖的年轻人从车上轻轻地跳下来，优雅地在草地上来回踱步。马儿也自在地在草地吃草歇息。那男子偶一抬头，向河对岸望去，只见水天苍茫，远山隐隐，洛水的美丽景色令人心旷神怡。恍惚间只见一倩丽女子，衣袂飘飘，正站在山崖之旁。他纳闷，问马车夫说："你看那女子多漂亮，真是绝代佳丽，她是什么人啊？"马车夫打起眼罩，顺手望去，隐约看到那位衣饰华丽的女子，便惊叫道："大王，那是宓妃吧？是伏羲的女儿，溺水而亡，成为洛河女神。"又说："大王，你见到的莫不是她吗？她长得很漂亮吧？小人愿听您介绍一番。"

这"大王"就是青年诗人曹植。故事发生在公元202年秋天的一个下午。年轻的诗人离开皇城，远去封地，以上就是传说中他路过洛河的所见所闻。

晚上在驿馆里，曹植思念佳人宓妃，白日的一幕在脑海里翻腾，辗转难眠，起身披衣，挥毫写下《洛神赋》，笔飞墨舞，挥挥洒洒，千古华章，便烨烨于文学史。他的笔下出现如梦如幻、瑰丽动人的女子形象。曹植诗潮翻涌，倾其艳词丽句，铺陈渲染，排比对偶，比喻夸张，展开寥廓的想象力，极其细腻地赞美宓妃容貌、衣饰，渴望能和这女子结秦晋之好。言为心声，其实曹植只不过将甄妃比作宓妃，倾吐一腔思慕，满怀情愫和深深的眷恋，这真是一部爱的经典。

翩若惊鸿，婉若游龙。荣曜秋菊，华茂春松。仿佛兮若轻云之蔽月，飘摇兮若流云之回雪。远而望之，皎若太阳升朝霞；迫而察之，灼若芙蕖出渌波。秾纤得中，修短合度。肩若削成，腰若约素。延颈秀项，皓质呈露。芳泽无加，铅华弗御。云髻峨峨，修眉联娟。丹唇外朗，皓齿内鲜。明眸善睐，……披罗衣之璀璨兮，珥瑶碧之华琚……

这是九天瑶池之仙女，这是人间之尤物！

我真想接近她，但山远水阔，云雾朦胧，可望而不可即！我想呼唤她，又觉得喉咙像堵塞了什么，发不出声音，我只有泪水迷蒙！

天上人间，是幻、是梦；是她，就是她。气质优雅而不轻佻，粉面含春而不露色，那熟谙的微笑里浮动着淡淡的忧伤，那清澈的目光深情而又带有矜持。哦，我万般无奈，我的魂魄已脱壳飞去，化作千言万语的曼妙！

甄妃，甄妃，你回来啊！

曹子建彻夜难眠，回想和甄妃相处的日子，沉浸在甜蜜又苦涩的记忆里。

众人皆知，甄妃是太子曹丕的妃子。这女子原是袁绍之子袁熙之妻，建安元年（196）曹操身为兖州牧在许县召集会议，决定率大军攻打袁绍，因为汉献帝就在袁绍掌控之下，必须抢迎汉献帝。曹操是卓越的政治家，他知汉献帝这个傀儡的重要性。这就是曹操"挟天子以令诸侯"的战略性思维，以便更有效地控制朝廷大权。曹操大军兵锋所指，袁绍惨败。传闻，曹操有令，谁先攻入袁绍军营，谁可得甄氏。甄氏有倾国之美，早已有所闻。曹丕率先攻占袁绍大寨，自然抢得了甄氏。其实曹操也倾慕甄氏姿色，但又不能与儿子争夺女人，只好退出。这的确证明甄氏有倾国之色，且有非凡的才智。

其实曹植比甄氏小十岁，曹植认识甄氏时，甄氏二十二岁，曹植十二岁，年龄的悬殊，二人不可能有什么感情纠葛。然而在那个战乱频仍的年代，曹操为消灭群雄，常携家眷征战在外，老婆、儿子，甚至孙子一齐出征。曹丕的爱妾甄氏留在邺城，曹植由于年龄小也留在邺城。曹植天赋异禀，十几岁便能赋诗撰文，才华出众，人又长得英姿勃勃，潇洒倜傥，人见人爱。甄氏不仅有倾国倾城之貌，且极富诗才，又倾慕小叔子八斗之才，两个人在邺城度过了许多花前月下、缠绵悱恻的辰光。两个人一度出现难舍难分的程度，当时年龄较小的曹植也懵懵懂懂陶醉在天真无邪的情意之中，甄氏也沉溺在虚无缥缈的快意之中。

建安二十一年，曹操东征，武宣皇后（曹操妻卞氏）、曹丕与甄氏所生之子曹叡（后为魏明帝）都随曹操远征。甄氏因病未从，曹植曾被曹操暗定接班人，也留在邺城，这自然留给曹植与甄氏从往过密的机会。曹操征战一年多方回到邺城，甄氏一年的变化，连卞老太太都看出来，气色光艳，丰采依然照人，既无思夫念子之情，又不像大病新愈之气色。卞老太太问道："一年多了，你不想念自己的儿子吗？"甄氏聪明机灵，脱口反问道："叡儿由婆母管照，我能不放心吗？"老太太无言以对。曹丕也发觉什么，对甄氏与曹植暧昧关系已生疑窦，但念及与曹植争夺太子之位之意，并未发作，心里却记下刻骨之恨。

当曹丕做了皇帝，对曹植一次次残酷打击，卞老太后从中力阻，曹植方免遭死于非命。曹丕当皇帝九个月后，忙完改朝换代的军国大事，便听信他人之言残忍地将结发十七年的妻子甄氏赐死。

曹丕杀曹植不成，仍不忘对曹植精神上的折磨。一天曹丕把曹植叫到宫中，将甄妃的一件遗物"盘金镶玉枕"赐赠曹植。曹植睹物思人，百感交集，在返回封地途经洛水时，"梦会洛神"，把心中的情感化作千古名篇《感甄赋》。曹植以生花妙笔，细腻地描写甄妃的美貌，从神韵、风仪、情态、姿貌，到明眸、朱唇、细腰、滑肤，描绘得淋漓尽致，出神入化，呼之欲出。没有真情实感，没有真切的生命体验能写出这样脍炙人口的千古绝章吗？后来魏明帝（曹丕之子）将这篇《感甄赋》改名为《洛神赋》，魏明帝知道是老叔赞美母亲的，这能不让世人联想曹植与母亲甄妃的感情纠葛吗？

曹植陷入苦闷、忧郁、心神动荡之困境。

现在离开了这爱之地，更是愁绪盈怀，缱绻缠绵，他借洛神抒发了自己的感怀："浮长川而忘反，思绵绵而增慕。夜耿耿而不寐，沾繁霜而至曙。"回顾往事，曹植在驿馆竟然彻夜难眠，直到东方既白，方想起要"归于东路"，命御夫就驾赶路。

这是爱的悲剧。是曹植的单相思，是一曲爱的圣歌，爱情的梦幻曲。

洛阳不仅是诗词歌赋的盛产之地，这千古帝都还是爱情经典发生之源。

洛花吟

我在洛阳逗留的日子，除游览名满天下的白马寺、龙门石窟，观赏洛阳的牡丹，我的游兴并没有满足，我想寻找金谷园的遗址。朋友告诉我金谷园的遗址已不可寻，连专家们也莫衷一是，但有一说是共识的，在邙山崇山峻岭中，又说在洛阳南几十里外有一条风光旖旎的金谷涧。

唐代诗人刘希夷，就是那位"大诗人"宋之问的外甥，写过一首诗："洛阳城东桃李花，飞来飞去落谁家。洛阳儿女惜颜色，行逢落花空叹息……"这是一首吟咏爱情的悲歌，诗中女子感伤落花抒发人生易老，红颜易逝，富贵无常的感慨。这里"花相似""人不同"，不仅强调了时光的流逝，更暗示了听天由命的无奈情绪。我眼前的这座山就是邙山，莽莽苍苍，古木新株，葱茏茂密，树干和枝条怪异，长势野蛮，欲与天接，远山蓊蓊郁郁，云雾缭绕。

金谷园是洛阳一大景观，曾上演过一幕经典的爱情悲剧。金谷园是巨富石崇炫耀富贵奢华的"经典之作"，是他包养"二奶"的豪宅，也是一曲爱情悲剧的表征。

那个时代的土豪、贵族以炫耀富贵为荣。有个叫王济的人，竟然用人奶喂猪，其奢靡，世所罕见。另一个世家大族羊绣也是以奢华而闻名，他家酿酒，大反一般人在夏季高温时节酿酒的习惯，而在冬天酿酒。他让仆人轮流怀抱酒坛，说，这样酿出的酒最佳。这些暴发户炫耀财富，彰显资产，可谓惊世之举，最有代表性的是读者熟悉的石崇王恺争富的故事。

王恺用饴糖和干饭来擦锅，石崇则用蜡烛当柴烧饭；王恺用紫色丝布设步障，还配上绿绫里子，长四十里；石崇则用锦缎做成五十里的设步障；石崇用花椒和泥抹墙，以求满室芳香；王恺则用赤石脂涂墙，以显富贵。王恺是晋武帝司马炎的舅舅。有一次他把三尺高的珊瑚搬出来，和石崇比试，石崇看了一眼，上去一锤砸个粉碎，王恺勃然大怒，石崇却说："这算什么，我还你一枝更大的！"命仆人从家里搬来七八盆珊瑚，又高又大，王恺惊呆了。石崇说："你相中哪盆搬哪盆。"王恺虽有皇上外甥做后盾，仍然不是石崇的对手。

石崇建金谷园，其厕所也极其铺张，十几个婢女分站两排，侍候客人，还准备了香水和香料内衣。厕所里还有绛紫色纱帐大床，床上是锦缎被褥，有客人如厕，一见这阵势，扭头跑出来，连声说抱歉，误入卧室。石崇哈哈大笑："什么卧室，那是厕所啊！"

石崇绝非土老鳖式的财主，他是西晋大文学家，美男子，身材魁伟，容貌惊艳，风流倜傥，且文质彬彬。他和另一个美男子潘岳是朋友，其容貌不分伯仲。石崇是山东青州人，元康初年，出任淮南中郎将，荆州刺史，他在荆州屡屡劫持富商大贾，收敛巨资，成为豪富。这期间他发现一美女绿珠，惊慕其容貌，以三斗明珠做聘礼，纳之为妾，并在洛阳大兴土木，建超豪华的金谷园。该园旧址据说在一条山涧中，园子规模宏伟，崇楼杰阁，水榭歌台，园内流水泛金，林木泻翠，修竹丛簇，花繁似锦。石崇还专为绿珠建一梳妆楼，站在楼上，极目南天，白云悠悠，阵风飒飒，水光山色，鸟语花香，不知天上人间。

绿珠花容月貌，倾国倾城姿色。她善歌舞善吹笛，舞步翩跹，舞姿优雅，急如暴风骤雨，缓如闲云秋水；她吹笛，笛韵悠悠，引得百鸟和鸣，云滞水啭。石崇宠爱至极，视若掌上明珠。绿珠像一只金丝鸟儿囿在这金丝笼里。石崇毕竟是文学家，善诗文，曾在金谷园举办诗会。这是自曹丕建安诗会以来，举办的全国第二届诗会，王羲之的兰亭诗会则是中国第三届诗会，已时隔五十余年。

石崇约来当时西晋文人雅士，名流大家，欢聚一堂，潘岳、陆机、陆云、缪徵、杜斌、左思、郭彰、刘讷、刘琨等三十余人，皆为一时名流才俊。他们不远千里赴洛阳参与诗歌活动。石崇以东道主的身份热情款待，极尽奢华，而且这里山清水秀，佳树茂竹，润水潺湲，这一群善于在大自然中捕捉美感的诗人，哪个不诗情滔滔。"遂各赋诗，以叙中怀。"诗会结束，石崇将诗人大作汇集成册《金谷集作诗》，并亲自撰写序言。有人说，王羲之的《兰亭集序》有模仿石崇序言之嫌疑。

闲话少叙，再谈石崇和绿珠。石崇唯恐绿珠思念故乡，以慰乡愁一缕，在绿珠的室内装饰珍珠、玛瑙、琥珀、犀角、象牙，可谓穷奢极侈。

石崇在朝廷里投靠的是贾谧，他逢迎贾谧，无所不用其极。每至贾谧出门，石崇必站在路旁送别，直到车尘远逝，还望着远方而拜。后来，贾谧被诛，石崇受到牵连，被罢官。赵王司马伦专权，其部下孙秀垂涎绿珠，怀有夺取之心。石崇有权时，他只能意淫而已，而今被罢官，便撺掇司马伦下达指令，围剿石崇。不久，孙秀率兵直扑金谷园。

当时，石崇正在设宴和众婢妃歌舞弹唱，其乐融融，忽然传来孙秀兵围金谷园。石崇知道孙秀来意，便对闯进楼室的将领说："这些婢妾随意挑选。"其实几十个婢妾人人衣锦华丽，个个貌如天仙，浑身上下散发着兰麝香气。但来者点名索要绿珠。石崇大怒："绿珠是我之所爱，那是办不到的。"石崇回头对绿珠说："我因你而获罪。"绿珠泣曰："妾当效死君前，不令贼人得逞！"言毕，推开窗子，坠楼自尽。石崇抱着绿珠尸首，放声大哭。孙秀趁机杀死石崇全家。

这就是应佛家之语，色即是空，空即是色。石崇的惨局是因果报应，本来不是你的财产，你却抢去，结果人财两空。

俄罗斯作家契诃夫说："爱情总会这样，开头是满满当当的许诺……中段便变得皱巴巴，怯生生地到结尾……烟花一场。"

晚唐诗人杜牧路过金谷园遗址，大发感慨："繁华事散逐香尘，流水无情草自春。日暮东风怨啼鸟，落花犹似坠楼人。"我想杜牧路经金谷园废墟时应该是春天的一个下午，残阳夕晖，落霞缤纷，金谷园断垣残壁，荒草披离，当年的豪华已经化为云烟一缕，飘然而去，只见满目苍凉，鸟鸣流水也在呜咽。诗人脑海里能不出现绿珠跳楼那瞬间的一幕吗？真是香消玉殒，一曲哀伤的生命之歌，春风过耳，春梦无痕！

烟雨伽蓝

我是听着《烟花易冷》来洛阳采风的，歌中讲述的可谓千古经典。

洛阳是千年古都，十三个王朝曾在这里坐胎分娩，成为一朝朝政治、经济、文化中心，人文荟萃。"汉魏文章半洛阳"。历代文人墨客吟咏洛阳的诗篇多达一千七百余首，这里山山水水草草木木全被诗化了。然而这里又曾是古战场，文化名城的背景总蕴含着过多的悲哀和忧伤。萧萧战马的践踏，琼楼玉宇的古都被诗人的歌咏所屏蔽了，其实那淹没历史烟尘的爱情经典打捞上来，依然鲜亮亮地感人至深。

魏晋时代，宫廷政变，风雨无常，朝为朝中权臣，威加四海，夕则身首分离，尸横朱门，血溅簪缨。你方唱罢我登场，芜杂而混乱，东市上几乎天天有人头落地。倾圮的城垣，血腥的楼堂殿阁，处处上演着人性丑恶和政潮跌宕的悲剧。

西晋时期，祸起萧墙，同室操戈，八王之乱，血洗朝堂，匈奴人趁机多次骚扰中原，洛阳成了双方争夺的重要城邑。公元 449 年，北魏拓跋焘大破柔然后，率大军剑指洛阳。

一则凄苦的爱情悲剧就发生在这种背景下。皇家的守城将军邂逅一位女子，那青年将军高大威武，仪表堂堂，一身戎装，英姿雄发，令人倾慕；那女子花容月貌，气若幽兰，虽非大家闺秀，也是小家碧玉，特别那双眼睛，如同两汪清泉明澈灵秀，顾盼生辉。英雄美人，天生一对，地上一双。两颗心被爱情的烈火燃烧着，执子之手，与子偕老，二人山盟海誓，私订终身。但是前线战事吃紧，青年将军要应征开赴战场。临行前将军对女子说："等战争结束了，我来迎娶你！"女子泪眼迷蒙，哽咽道："我等你，海枯石烂，天荒地老……"

　　将军拍马而去，连头也未回。嘚嘚的马蹄声远去了，消逝在一片烟尘中。

　　他们告别之地，就在城门下。

　　战争连年绵绵，烽火不熄，边患不止，这里成为双方拉锯之地，一场场厮杀，一场场搏击，血沃山野，骨暴乱蓬，战争之惨烈，不可言状。南朝刘宋内变，萧道成改宋为齐。南朝齐军也无力抗击汹汹杀袭而来的北魏大军，中原沦陷，洛阳失守，不久洛阳成为北魏的都城。至此，战争已进行了二十三年。

　　战争结束后，那位青年将军已是头发花白，两鬓染霜，且身负重伤，流落他乡。又不知过去多少年，他伤愈要回洛阳。乡亲们劝他不要回去，现在洛阳是敌都，见到你会杀死你的。将军执意回归，死是不怕的，他最感痛心的是见不到心上人。他要回洛阳寻找那位女子。

　　由于兵祸连年，洛阳城已是满目废墟，残垣断壁，衰草没膝，金砖玉瓦的宫殿已倾圮，鼠兔出没，面目全非。

　　自将军走后，那女子天天到城门坐等他归来。她坐在门旁一块青石板上，默默不语，呆呆怅望。每遇到从前方归来的人，就上前打听见到那位将军了没，回答总是让她失望。失望中又蕴藏着希望。女子坚信她的未婚夫会骑着高头大马凯旋。她天天来此坐等，从早到晚，春夏秋冬，风霜雨雪，痴心不变。不顾兵荒马乱，不顾寒燠冷热，那女子呆呆地坐着，头上的青丝渐渐变成花发，眼角的皱褶隆了起来，清秀的脸庞变得黢黑苍老。她神色凄然，目光黯然，有人认为她是疯子，也无人理睬她。她身下的石头热了又凉了，凉了又热了，天长地久，边边角角都磨得平滑了，光滑得可以照人。每见到一位身着戎装的兵卒，都要上前询问：见没见将军？人们总是悲切地摇摇头。她泪眼望穿，泪水流尽，"我心匪席，不可卷也"，一颗期待的心枯萎了。"昨日胜今日，今年老去年。黄河清有日，黑发白无缘。"南北朝战争持续不断，狼烟烽火，风鸣马啸何时了？二十三年啊，二十三个秋天雁南归，二十三个春天燕北回，二十三年草枯草荣，花落花开，怎么就不见恋人的踪影？

女子的心死了。她削发为尼。一身海青法衣，一盏孤灯，女人坐在草墩上口念"阿弥陀佛"，昏昏然、凄凄然，长昼短夜，短昼长夜，年年岁岁求菩萨、拜佛陀救赎一个伤痕累累的灵魂。但是菩萨不语，佛陀缄默，只见一抹微笑中含着苦涩。

将军回来，他早已脱下戎装，穿着一身破旧的衣衫，混进赶集的百姓间走进洛阳城。他和女子分别时那道城门已经倾圮，城门旁的老树早已枯死，只是那块青石还在，青石上的凹痕依然清晰。和路人谈起往事，知情者告诉他，一位女子在这里等了二十三年，将军听罢，扑通一声跪在青石旁，泪涌满面。

人们又告诉他，那女子已削发为尼，不知在哪座寺庙里。将军决心寻找，洛阳寺庙有成百上千，将军历尽坎坷，踏遍邙山千沟万壑，终于在深山林茂的荒刹见到那女子，但是人事已非，尘缘已尽。二人相见，不是泪雨霏霏，而是四目相对，默默不语。世间的繁荣富贵，人生的风霜雨雪，生命的恩爱情怨，如同烟花飞逝，剩下的只是空、空、空！四大皆空！

将军也落发为僧，万念俱灰，在这深山古寺里，在蒲台上，静静地打坐，敲着木鱼，一声声，是否惊醒梦中人？

外面秋雨淅淅沥沥，冷雨打在菩提叶子上，打在芭蕉叶子上，点点滴滴都化为苦涩的泪。老僧下意识地敲着木鱼。一声声，一声声，像时光的脚步，沉重而苍老。老僧老尼，近在咫尺，却缘断银河。命耶？运耶？时耶？一个经典的爱情悲剧在古寺里演绎它的尾声。

镜中花，水中月。来自天堂的风，翻阅着一段美丽凄迷的爱情故事。

时过一千五百多年，爱情的悲剧穿过漫长的时空，一位年轻的歌者，感叹烟花易冷，便作歌一曲：

繁华声遁入空门，折煞了世人，

梦偏冷辗转一生，情债又几本，

如你默认，生死枯等，

枯等一圈又一圈的年轮。

浮屠塔断了几层断了谁的魂，

痛直奔一盏残灯，倾塌的山门，

容我再等历史转身，

等酒香醇，等你弹一曲古筝。

雨纷纷，旧故里草木深，

我听闻，你始终一个人，

斑驳的城门，盘踞着老树根，

石板上回荡的是再等，

雨纷纷，旧故里草木深，

我听闻，你仍守着孤城。

城郊牧笛声落在哪座野村

……

烟花易冷，人事易分，

而今你在问我是否还认真，

……

而青史岂能不真，魏书洛阳城，

如你在跟前世过门，

跟着红尘，跟随我，

……

伽蓝寺听雨声盼永恒。

爱和幸福并非结伴而行，常与苦难如影随形。具有执着爱的精神的人，往往也是深切感受痛苦的人。

魏书洛阳城

这是一则民间传说，又有一定的历史真实性，所以流传千载。主人公诚信公主究竟是魏文成帝拓跋濬的女儿，还是魏孝文帝拓跋宏的四姑娘，史学家们争论不休，若是后者，故事就发生在洛阳。因魏孝文帝时迁都洛阳，并改拓跋为元，所以历史上称元魏，也就是整个北魏王朝，历史上也称后魏，我们姑且将诚信公主划为孝文帝的女儿。

这位四公主长得非常漂亮，聪慧又活泼，诗书琴画，样样精通，是魏孝文帝的掌上明珠。但她生性倔强，讨厌这金丝笼子般的生活，常常闷闷不乐。有时由宫女陪伴在御花园一坐半天，看花开花落，看云来雾去，更羡慕枝头鸟儿，飞来飞去，快活、自由地歌唱。她多想走出这幽闭的皇宫，飞到广阔的天地。

　　孝文帝早有打算，把女儿嫁给北方草原部落的首领，在那个时代和亲是最好的外交策略。四姑娘本就讨厌那些油头粉面的贵族子弟，这些年轻人往往不学无术，油腔滑调，举止轻佻，且性情残暴。更何况是草原部落首领的儿子，一介莽夫。四公主哭哭啼啼，抗旨父皇，死也不嫁给那些公子哥儿，她向父皇吐露心声，说她爱上崔尚书的孙子崔珣。

　　她是怎么认识这位风流才子崔珣的呢？诚信公主不安于宫廷寂寞和孤独，更讨厌宫廷繁文缛节、清规戒律，便在宫女的护从下逃出宫阙，到郊外春游。

　　洛阳郊外，群山逶迤，流水环复，山清水秀，林木蓊然，又是烟花四月，春光明媚，春风和煦。公主来到洛河畔草地上。岸边杨柳堆烟，柳下绿草成茵，远望青山着碧，近看流水泛蓝，好一派浓艳春光。姑娘被眼前美景陶醉了。

　　这时，一位骑着白马的青年公子，缓缓走来，一眼看去，是聪明睿智、儒雅高洁之人。他一表人才，如玉树临风，丰采袭人。诚信公主命下人打听是何许人？下人告知是新任吏部尚书崔玄伯的长孙。公主一见钟情。她有一双剪水秋波的慧眼，她爱崔珣那风流倜傥的丰姿，爱崔珣谈吐文雅，文采风流的才华，那风度，那气质，还有那份潇洒，深深地打动了少女的心，一颗爱的种子在心里萌动，酥酥的、痒痒的，有一种说不出来的愉悦。

回宫后，孝文帝再次提起四公主的婚事，为其招赘驸马，诚信公主闻言愁肠百结，整日泪水涟涟，眼看婚期已到，诚信公主急得像热锅上的蚂蚁，恨不得身生双翅，逃出这深宫大院，期待心上人崔珦带她远走高飞。此时她急得团团乱转，宫女心生一计，协助公主连夜逃出皇宫，又联系崔珦接应。诚信公主见到崔珦，一头扑进崔公子怀中，悲泣不止。崔珦带着诚信公主连夜跋山涉水，藏匿到一个山洞，并托人照管。

魏孝文帝得悉后传旨抓捕崔珦。崔珦拒不交代，最后孝文帝无奈，便将其无罪释放。崔珦身体受到巨大伤害，回家后不久便死去。公主盼她的崔公子接她私奔，远走他乡。朝也思君，暮也思君，昼也思君，夜也思君，苦苦地等待心上人的信息。眼望穿，泪流尽，却不见崔公子来接她。当诚信公主得悉自己的心上人死去，她不相信这种噩耗，她生要见人，死要见尸，就是真的死去，也要寻找崔珦的坟冢。在宫女的陪伴下，公主四处寻觅，逢人打听，终于找到崔珦的坟冢，已是坟草青青。公主趴在坟头上，两手抓住青草，放声大悲，哭得死去活来，泪水打湿一片青草。阴阳两隔，那撕肝裂胆的哭声，能惊醒墓中人吗？那椎心泣血的喊叫能让心上人死而复生吗？爱情的悲剧就是爱情的死亡。她哭哑了嗓子，哭干了泪，她要一头撞死在墓碑，却被宫女死死地抱住。公主决心以死殉葬。由于几个宫女看守得很紧，诚信公主死不成，便削发为尼。一身海青色法衣，换去金枝玉叶的女儿装，在青灯黄卷、荒山古寺中度过自己如花青春，公主一心向佛，了却红尘。

这个故事也被后人演绎出多种版本。还有传说，孝文帝得悉诚信公主抗旨，逃婚，非常气愤，立即让他指定的公主驸马带领众多兵丁，跟踪追捕。人马追到公主藏匿的深山，紧紧包围那深涧山洞。驸马命人进洞搜索，却不见踪影，便在石崖洞口堆放柴草，点火焚烧。正当大火熊熊燃烧时，突然天空阴云四合，狂风大作，雷电交加，一场暴雨倾盆而至，大火顿时熄灭，追兵个个惊慌失措，连滚带爬，慌不择路，有的坠崖死亡，有的摔伤。云散雨止，并不见公主出来，有的说，公主已被西天佛祖接去，削发为尼，了却这段尘缘。

世间难有真情在。有多少青年男女为情而死，为爱而殉。这一段阴郁的情缘，为洛城又添一抹凄迷的色彩。繁华如梦，流光易散，多少回灯花挑尽的不眠之夜，多少次在水天晴光的交汇里，那一瓣静静绽放的素蕊，用清香弹奏一曲千古怨悱之情韵。

洛阳桥

洛阳非江南，却有江南风韵，这里河多、水多，桥亦多。石桥、砖桥、木桥，有名的桥梁以数十计，那弯弯的拱桥，如虹似新月架在绿波之上，装点了洛阳的灵气，撩起城市起伏跌宕的动感。青林垂影，绿水为文，山光水色，绝佳之境。白居易有一首诗，便是赞咏洛阳桥的：

上阳宫里晓钟后，天津桥头残月前。

空阔境疑非下界，飘摇身似在寥天。

……

李白、李商隐等人也有咏吟洛阳桥的诗篇。

春天的黄昏是洛阳桥畔最富有诗意的时辰，那溲溲一河碧水，那岸边一排排堆烟杨柳，河堤上还有灼灼桃花，萋萋芳草，茸茸的、融融的，燕语呢喃，蛱蝶乱舞，这诗天画地正是青春和爱的天地。多少怀春少女桥头寻觅未来郎君，多少少年才俊河畔踏青寻找意中情人。

洛阳桥，一尊尊独特景观，"那堪好风景，独上洛阳桥"。桥上行人，河畔情人，唐朝的诗人，宋朝的词人，千古墨客在这里倾泻多少情感。想必李益也是在春天的黄昏，游览洛阳桥，凭栏远眺，远山莽莽，近水悠悠，杨柳依依，芳草萋萋，风景凄迷。"安史之乱"使大唐帝国江河日下，杜牧触景生情，不禁吟道："繁华事散逐香尘，流水无情草自春。"到了元代，洛阳桥头又演绎了一段风花雪月的锦绣剧目。

剧名就是《洛阳桥》。

剧情是：元朝末年，耶律寿世袭了洛阳府爵。此人欺贫凌弱，欺男霸女，无恶不作，权倾一方，又是名震一方的恶霸。他有个妹妹耶律含嫣，人长得十分漂亮，又聪明伶俐，心地善良，和哥哥人品恰恰相反。她痛恨哥哥的恶劣行为，哥哥常常遭到妹妹怒责，但耶律寿一意孤行，仍然劣迹斑斑。耶律兄妹的父亲早亡，按家规，妹妹的婚事由兄长做主。

清明时节，耶律寿应尼姑庵之邀，饮酒作乐。他妹妹耶律含嫣，久住深闺，深感孤独、寂寞，何不趁哥哥外出，也逃离侯门去郊外踏青春游？耶律含嫣在丫鬟的带领下来到洛河岸畔。好明媚的一派春光，春阳朗照，春风拂面，岸边杨柳，柳丝拂拂，树下绿草成茵，人来人往，一片热闹。恰在这时，一位青年猎人走来，那青年身材伟岸，眉清目秀，一脸英气，耶律含嫣遂生爱慕之意。那青年猎人武艺高强，此时天空飞来两只鹰雕，青年张弓搭箭，只听"嗖"的一声，双雕瞬间坠地，引起在场人一片喝彩："好箭法！一箭双雕！""神箭手，英雄哪！"耶律含嫣听到人们夸赞，不知怎的心里像揣着只野兔似的怦怦跳个不停，脸上只觉得热辣辣的，直热到耳根，一双眼睛含羞地偷偷看着那位青年猎人，一颗爱的幼苗在心中生根，抽枝吐叶了。那射雕人名叫花云。

剧情在发展。

耶律寿从尼姑庵归来，遇到一位采桑的良家女子，见人家十分有姿色，顿生邪念，想纳为妻妾，多方调戏，女子不从，又见路人，不好明目张胆抢掠。待回到府里，心生毒计，派人打听采桑女的丈夫姓甚名谁，便勾结公堂，害死其丈夫，罗织冤案，便逼采桑女为妾。采桑女悲愤难忍，欲投河自尽，被射雕人花云所救。耶律寿的暴行惊怒众乡里，他们联合贫苦乡亲，向侯府报仇。

在这期间，耶律含嫣曾向哥哥谈起自己的终身大事，愿嫁狩猎人。耶律寿当然不同意。怒斥妹妹，并拿出家规：蒙汉不通婚，贫富悬殊更不能联姻。遂命人把妹妹锁起来，不得走出侯门一步。

耶律含嫣日日思念心上人，食不安，寝难眠，辗转反侧。望窗外明月，月缺还有圆；看庭院春花，花落又花开，自己何时见到心上人？耶律含嫣悲恨万分，恨自己出身侯门，婚配不由己，更恨哥哥胡作非为，锁禁妹妹。含嫣悒悒成疾。侯门深似海，谁来相救？花云的母亲得悉，也愁眉不展，和乡亲商量，想出一个办法：以卖野花为名进府探查，并与含嫣定计，让花云伺机混入侯府。花云和含嫣终于相见，悲欣交集，泪雨霏霏。

剧情结尾，耶律寿纳妾之日，花云化装为采桑女混进府中，那吹吹打打的民间乐队，正是正义凛然的众乡亲。当花轿进入侯府，揭开新娘的盖头，原来正是英俊魁伟的青年猎人——花云。众乡亲严惩了耶律寿。耶律含嫣终于如愿和花云结为百年好合。

这真是一出戏。

情节虽有漏洞，仍不失为一曲爱的经典。

图书在版编目（CIP）数据

水墨里的声音 / 郭保林著 .—北京：作家
出版社，2020.9
（名家美文集）
ISBN 978–7–5212–1094–1

Ⅰ.①水… Ⅱ.①郭… Ⅲ.①散文集－中国－当代
Ⅳ.① I267

中国版本图书馆 CIP 数据核字（2020）第 153823 号

水墨里的声音

作 者：郭保林	
责任编辑：张 平	
装帧设计：意匠文化·丁奔亮	
出版发行：作家出版社有限公司	
社 址：北京农展馆南里 10 号	邮 编：100125

电话传真：86–10–65067186（发行中心及邮购部）
　　　　　86–10–65004079（总编室）
E-mail:zuojia @ zuojia.net.cn
http://www.ZUOJIACHUBANSHE.COM
印 刷：中煤（北京）印务有限公司
成品尺寸：130×185
字 数：189 千
印 张：11.125
版 次：2020 年 10 月第 1 版
印 次：2020 年 10 月第 1 次印刷
ISBN 978–7–5212–1094–1
定 价：49.00 元